Enzo Ma.

# Come uccidere il padrone di casa

Dedicato a Samiha e Anna compagne fedeli della mia vita

**Capitolo I**

Al numero 5 di Rue Muller, nella parte alta di Montmartre, c'è un vecchio edificio: un'anonima costruzione liberty che domina gli altri palazzi dalla collina e si rende visibile in ogni quartiere di Parigi.

Ha un ornamento semplice ed è una delle tante realizzazioni di inizio secolo, sorta all'ombra dei grandi boulevards e lasciata sola all'incuria dei proprietari poco coscenziosi.

Gli intonaci della facciata sono anneriti dal tempo e dalle intemperie. I graziosi terrazzini, in ferro battuto, trasandati e pericolanti e i gradini che conducono al massiccio ingresso, un tempo adornato di fantasie floreali, sono privi dei marmi. A una ventina di centimetri, sull'entrata, c'è scribacchiata una frase in caratteri gotici: "La verità è l'inquietudine della vita". Arcano vaticinio, stilato in un'epoca in cui, l'ermetismo dava in apparenza un senso di soprannaturale a ogni stupidità che l'uomo scriveva. Naturalmente, a chi o a cosa si riferisca la frase a noi non è dovuto saperlo. Nonostante l'ambiente si trovi in uno stato di abbandono, mantiene ancora una certa dignità. Ricorda confusamente l'immagine di quelle anziane donne che incontriamo spesso nei mercatini rionali, le quali sono consapevoli di essere state in un passato ormai sfiorito belle e, in qualche modo, anche seducenti ma al contempo sono coscienti del fatto che l'inesorabile procedere del tempo le ha così cambiate, alterate e devastate, che nulla di ciò di cui andavano fiere è rimasto integro.

A un anno circa dalla scomparsa della povera Clotilde, nulla è cambiato nel Residence Selma.

L'ornamento di questo quartiere è la gente, e le stradine bagnate dall'umidità. É un luogo diverso dagli altri. Qui, tutto, ha il sapore della simpatia, della passione e del buon vivere.

Tante brasserie, tanti caffè o vini, e un dedalo di viuzze che dal

Boulevard des Italien si inerpica su per la collina.

Più bianca del solito spia dall'alto, sileziosa e compiacente, la cupola del Sacro Cuore. Montmartre non è il centro pulsante di Parigi, è la sua anima nascosta, umile e colorata.

La famiglia Mansard, che viveva al primo piano del modesto edificio, si è ora trasferita a Reims. Montmartre era solo una fonte di dolore. Non c'era giorno, né ora, né minuto che non ricordasse loro la povera nipote finita sui binari della Metro alla fermata di Abesse. Il suo ricordo stava per distruggerli.

Fortunatamente, il destino, ha voluto che si ammalasse una loro vecchia zia, miliardaria. I due hanno deciso di lasciare il Residence e correre al suo capezzale, dove hanno trovato l'anziana donna ammalata di cancro al deretano e diversi milioni di franchi in eredità.

Spesso capita di essere ricompensati in maniera strana dai dolori della vita. La coppia aveva perso la sua unica parente ma, d'un colpo, era stata premiata dal destino ereditando una fortuna.

Triste storia quella dei Mansard.

Dopo tre mesi dalla scomparsa della loro vicina, inviarono una lettera alla famiglia Rocher. In essa, i due esprimevano tutto il proprio dolore e cordoglio per la drammatica fine della loro congiunta.

Quando Francoise e la moglie aprirono la missiva rimasero colpiti dalle parole degli ex affittuari. I Mansard elogiavano il carattere aperto di Clotilde, le sue vere doti interiori, scrivendo una filippica di due pagine e mezzo, in cui elencavano tutte le cose che la donna non avrebbe più potuto fare, compreso il suicidio. Francoise, nel leggere a voce alta, sorrideva sornione e, a ogni complimento che i Mansard rivolgevano alla madre, ammiccava con tenerezza la moglie, compiaciuto per le delicate espressioni.

"Che parole Geltrude! Che parole! Senti che amore! Che frasi sublimi ha scritto questa famiglia che abitava a fianco a noi per

descrivere mia madre. Noi, spesso, ci aspettiamo solo cattiverie dagli estranei e, invece, improvvisamente, dopo tre mesi dalla scomparsa della mamma, gente che tu neanche conosci, prende fra le mani la penna e ti inonda di nobili frasi, ricordando, finanche, gli incontri alla fermata della metro, quando la povera donna si intratteneva con i bambini nei giardinetti. Che amore, Geltrude! Quanta tenerezza in questi fogli! Certo che la ricordano in quei momenti e in quegli atteggiamenti. Spesso, tua mamma, era in prossimità della fermata della metro, Francoise! Non dimanticare mai che, la povera donna, come tu la chiami, era li in cerca di gente a cui fregare il portafoglio e altro, mio caro" risponde biliosa la Rocher.
"Come sei arida, Geltrude! Mia madre è morta e, per giunta, si è anche suicidata. Come puoi essere così cinica nel descriverla? Leggi! Leggi anche tu cosa scrivono questi signori. Sono due persone molto perbene che io, per anni, ho ignorato. Spesso mi sono chiesto: perchè la gente non è più come quella di un tempo?" si domanda rammaricato l'uomo.
"Francoise!" esclama la moglie sciorinando, con uno straccetto logoro, una statuina di creta che svetta sulla credenza. "La gente ora ha paura. Ha paura anche della propria vicina. Pensa a tua madre, amore mio.Viveva con noi, pranzava con noi, parlava con noi ogni giorno e cenava con noi. Era tutto il giorno in nostra compagnia, eppure…" continua la donna, accennando con il viso a un gesto di disapprovazione…
Eppure! "Per piacere, spiegami che significa, quell'eppure?" chiede incuriosito Francoise.
"Eppure, mio caro marito, significa che ignoravamo entrambi le sue attività illecite. Non avremmo mai pensato che fosse una ladra di destrezza, una malfattrice, una delinquente abituale e poi, dolce Francoise, cosa disse l'ispettore? Ricordi maritino mio, le parole del poliziotto quando venne a interrogarci? Adoperò quel termine che ti fece sbattere a terra d'un colpo!"

4

Esclama sorridendo Geltrude.

"Sì conosco quel vocabolo! Non me lo rammentare! Mi sentii di morire udendolo. Accidenti a lui!" risponde Francoise, seduto sulla poltrona nel salotto. "So che cosa vuoi dire. Lo giuro su ciò che ho di più caro al mondo!" esclama l'uomo.

"Non giurare su di me, ti prego, Francoise!" risponde Geltrude.

"No! Pensavo alla mia collezione di pipe" aggiunge il marito.

"Ah ecco!" esclama rassegnata la donna.

"Che mia madre sia stata una donna onestissima, di alto profilo morale, pulita in ogni angolo della sua anima, è da quando è morto mio padre che si è chiusa in un mutismo psicologico che l'ha portata alla morte. Non era una prostituta che pagava gli uomini per ottenere favori sessuali" spiega l'uomo.

"Mio caro amore, l'ispettore Bogan, non disse questo. Pensava che, saltuariamente conosci questo termine? Saltuariamente? pagasse gli uomini per ottenere da loro prestazioni amorose. Non lo credo neanche io, a pensarci bene. Era vecchia, in sovrappeso, con i capelli bianchi e unti da quella sua brillantina. Chi vuoi che avrebbe accettato del danaro per andare con una del genere? Suvvia Francoise! Tu lo avresti fatto?" chiede con ironia la Rocher.

"Sei una donna volgare Geltrude! Ti ho conosciuto come una donna volgare e, in tutti questi anni, non sei cambiata. Volgare eri e volgare sei rimasta, e anche spudorata. Mia madre è stata affascinante, bella, elegante e tante altre cose, che neanche immagini" risponde Francoise spiegazzando con rabbia fra le dita la lettera dei Mansard.

Un'altra cosa che aveva colpito l'attenzione dei due era il fatto che, una lettera di condoglianze, non la si invia tre mesi dopo la morte.

Ma anche su questo il loro parere era discorde.

"Strano che si ricordino di mia madre dopo tre mesi! É un periodo molto lungo per fare le condoglianze? Tu cosa ne pensi?" chiede Francoise.

"Penso che, forse, abbiano avuto la notizia in ritardo e, immediatamente, hanno scritto" risponde Geltrude, continuando il lavoro di casa.

"Mah! Sarà come dici tu!" conclude Francoise.

L'appartamento dei Mansard è stato preso in affitto da una coppia di vecchietti. Gli Oteil. Anche loro pensionati da anni e anche loro vittime della solitudine. Sono come i pappagallini, inseparabili.

Ogni mattina, alla stessa ora, intorno alle dieci, escono per fare la spesa al mercatino rionale. La donna conduce a fatica una grossa borsa dotata di due minuscole rotelle che procurano un fastidioso stridio.

Chiudono la porta del loro appartamento e, con passo lento, guadagnano l'uscita dell'edificio, facendo attenzione a non essere visti da alcuno. Tutto, della loro vita sociale, è appartato e discreto. Non aprono mai l'uscio a nessuno. Non hanno amici, né conoscenti, né qualcuno che li venga a trovare. Sostituiscono alla perfezione la famiglia Mansard che li ha preceduti. Sono ermeticamente chiusi nella loro casa. L'unico essere umano che ha un contatto giornaliero con loro è Gaston, un giovane bretone che lavora dal droghiere a Rue Poulette e che, alle otto in punto del mattino, consegna loro una bottiglia di latte, parzialmente scremato, marca Bedongrì Latteria di Francia.

"Buongiorno signora Oteil! Tutto bene? Ecco la sua bottiglia di latte!" esclama Gaston.

Il giovane consegna nelle mani dell'anziana il contenitore di vetro, attende qualche minuto, fino a quando, una mano rinsecchita, solcata da tante vene, come le foglie dell'edera, esce fuori dalla fessura e gli porge tre franchi e una bottiglia di latte vuota marca Bedongrì Latteria di Francia.

"Grazie signora Oteil. A domani!" risponde Gaston, e va via fischiettando per le scale.

George ha affittato l'appartamento in cui abitavano i Mansard agli Oteil con una certa riluttanza. Era sua intenzione di rinnovare l'edificio e farne monolocali. Avrebbe potuto chiedere cifre astronomiche per l'affitto. Lo ha aiutato un suo amico d'infanzia, un certo Bernard. Si è fatto vivo dopo molti anni, dicendogli che aveva messo su una grande agenzia immobiliare e che, se avesse desiderato degli inquilini seri, avrebbe provveduto immediatamente a trovarglieli.

E così è stato, per la cupidigia di George. Appena i Mansard decisero di andare via, chiamò il vecchio amico e gli chiese se avesse della gente perbene a cui dare quella casa. Il giorno successivo si presentarono Bernard e gli Oteil. George li accolse con pochi convenevoli, fece vedere loro l'appartamento, ne elogiò gli spazi, la luce del sole che entrava dalle finestre, la silenziosità e la riservatezza: ideale per gente anziana che ha necessità di vivere tranquilla. Agli Oteil la casa piacque subito. In serata stilarono il contratto e, il giorno dopo, i due vecchi aprirono con le loro chiavi la porta.

"Ma sei sicuro che è brava gente, Bernard?" chiese George all'amico, "non vorrei che mi creassero problemi. Qui da me ho gia alcuni affittuari di cui poterne fare a meno, ma i loro contratti scadono fra anni."

"Non preoccuparti George!" rispose il suo amico, "sono due vecchietti impeccabili. Con loro non avrai alcun problema. Me li ha raccomandati un amico di Marsiglia, dicendomi che avrebbero pagato qualsiasi cifra pur di essere a Montmartre."

"Va bene, se lo dici tu, vuol dire che ho trovato gli inquilini perfetti. Hai detto loro che non ammetto ritardi nei pagamenti? Che li caccio per strada se non si comportano bene?" chiese George.

"George! Ma li hai visti? Quelli a stento camminano. Sembrano mummificati. Non mi andava giu di strigliarli" rispose Bernard.

"Va bene, va bene. Grazie Bernard. Sei un buon amico"

aggiunse George. I due si strinsero la mano e gli Oteil entrarono in casa.

George, con il suo passo grave e claudicante, raggiunse poco dopo il loro appartamento. Bussò alla porta e, quando la vecchietta aprì, disse:

"Signora Oteil, cosa ne pensa della nuova casa? É di suo gradimento? Mi raccomando non si faccia scrupoli. Se ha qualche problema, mi chiami! Sono a sua disposizione. Posso entrare per salutare suo marito?"

"Signor George, il mio Joseph è a letto e riposa. Il poverino si affatica tanto a leggere. Dice che la lettura tiene il cervello sveglio e, quando si diventa vecchi come noi, è utile che una delle nostre teste ragioni ancora" e sorrise, mettendo in mostra una protesi splendente.

George non si arrese e, spingendo con il piede, tentò di aprire l'anta, ma vide che, con lo stesso impegno e la medesima forza, la vecchia faceva pressione dall'altra parte.

"Allora grazie signor George!" esclamò la donna, schiacciando con maggior forza. George ebbe appena il tempo di togliere il piede che il battente si richiuse violentemente.

L'uomo esclamò: "Arrivederla signora Oteil, e buona giornata!" aggiungendo fra sé: "Che gente! Che gente! Ognuno di loro ha un segreto da nascondere. Ne ho visti pazzi nella mia vita, ma in questo edificio, credo, lo siano tutti e, naturalmente, anche mia madre. Povera donna! Che pena mi fa!" Con lo stesso passo lento e claudicante George ridiscese le scale.

## Capitolo II

Giunto a piano terra, stava per aprire la porta di casa quando Bovary, che era di ritorno dalla sua passeggiata ai giardini di Arles in compagnia del suo cane in carrozzella esclamò: "Buona sera George! Tutto bene? Fa piacere di incontrarla sulle scale, mi raccomando, saluti sua madre!" esclamò fissando il lato opposto a quello in cui era George.

"Buona sera signor Bovary. Le porgerò i suoi saluti. Grazie" rispose George infilando la chiave nella toppa.

Sì! Il cane di August Bovary è costretto a trascorrere la sua vita in carrozzella. Purtroppo, il povero Gustav, minato da quasi tutte le malattie dei cani, e da una precoce vecchiaia, gira su un aggeggio simile a un passeggino per paraplegici.

Una apoplessia fulminante lo aveva colto, a sua insaputa, nella parte posteriore del corpo, costringendolo ad adoperare solo gli arti anteriori per passeggiare. Questa immane tragedia era avvenuta in un giorno d'estate. Lui e Bovary erano diretti ai giardini di Arles, quando la povera bestia si accasciò sul marciapiede e iniziò a urinare sui cesti di verdura esposti in strada al numero 8 di Rue Muller. Il proprietario del negozio lo redarguì con veemenza, affibbiandogli un sonoro calcio. L'anziano padrone del cane, immaginando che Gustav avesse importunato un passante, sollevò il nerboruto bastone bianco che portava sempre con sé e colpì alle spalle Messieu Culon, il padrone, credendo che fosse il suo animale.

"Accidenti a te vecchio cane! Guarda cosa hai combinato? Mi pisci sulle verdure e lei mi colpisce con quell'orrendo legno. Che dolore! Dio mio che dolore!" Urlò il commerciante, massaggiandosi la spalla dolente. Bovary si scusò con lui per l'impertinenza dell'animale e, a sua volta, disse a voce alta:

"Gustav! Non ti è bastata questa bastonata? Ti ho gia detto tante volte di non dar fastidio alla gente." E, rivolgendosi all'uomo: "Mi deve scusare ma Gustav ha un carattere allegro e gioviale. Pensa che tutti siano amici di gioco." Continuò, ordinando all'animale: "Vieni qui e resta accanto a me!" Mollò, poi, altre due poderose vergate all'uomo, che tentava di spiegargli l'accaduto.

"Ma guardi qui! L'insalata sa di piscio! A chi la vendo ora? Che giornata!" esclamò Messieu Culon.

Bovary, udendo queste parole, si voltò e, rivolgendosi all'uomo: "Lei è un malfattore. Ha l'insalata che sa di piscio. Si vergogni! Gustav! Vieni qui!" ordinò di nuovo al cane.

In tutto questo frangente l'animale si era accasciato a terra. Non dava segni di vita, se non un leggero rantolo di dolore.

"Gustav! Dove sei piccolo mio? Stai male? Che cosa ti è successo? Qualcuno ti ha picchiato? Questa gente ti ha fatto del male?" chiese il padrone. August

capì che Gustav era in difficoltà e, sperando di poterlo afferrare, iniziò a roteare su se stesso ma, temendo di rotolare a terra, affibbiò con il bastone, potenti colpi a dritta e a manca in cerca di equilibrio. La gente si affrettò a fuggire dal pericolo, sperando di non essere colpita. Bovary, con le scarpe sporche di piscio, diede fine alla piroetta inchinandosi e accarezzando la superficie di una grossa anguria posta in una cesta, credendo fosse la testa del suo animale: "Povero amico mio!" Sussurrava all'anguria: "Ho capito che hai un problema di salute. Ma non sei solo. Io sono qui con te, ce la faremo, vedrai!" esclamò piagniucolando.

"Ma cosa stà facendo? Accidenti a lei! Mi accarezza le angurie? Lei è uno sballato? Vada via con questo ammasso di pulci!" urlò il negoziante ai due.

"Non le permetto di parlarmi così! Sono un pensionato dello Stato e lei non

ha il diritto di dirmi queste cose!" rispose il vecchio Bovary, asciugando una lacrima che gli si era poggiata sulla punta del naso.

"Si fermi Bovary! Non si inalberi. Ecco! Le metto nelle braccia il suo Gustav! Credo che stia davvero male" disse un passante che ebbe pietà del cieco, sollevando l'animale e accarezzandolo.

Bovary aprì le braccia e stava per afferrare l'animale quando, voltandosi verso il negoziante che ancora imprecava per le bastonate, scambiandolo per il passante disse: "Lei ha il cuore gentile, signore! Forse Gustav stà proprio male e io non posso far altro che riportarlo a casa. La ringrazio per il suo interessamento. Persone come lei sono rare."

Il negoziante rimase di sasso. Solo allora comprese che Bovary era un non vedente e anche il suo cane lo era, e allora cambiò atteggiamento. Sollevò anche lui, con delicatezza, dal marciapiede, il povero Gustav.

"Non si preoccupi! Stia tranquillo, la faccio accompagnare dal mio aiutante. Lei abita qui vicino. La vedo spesso la mattina. Sia sereno, il suo cane si rimetterà presto, vedrà, è cosa da nulla. Forse il caldo eccessivo di questi giorni" disse affettuosamente Messieu Culon, quando un giovane uscì fuori del negozio e prese fra le braccia l'animale con garbo.

Bovary riprese il cammino, facendosi strada a colpi di bastone fra la gente che, incuriosita per l'accaduto, si era fermata ai margini della strada.

Fra le urla dei passanti, e il fuggi fuggi generale, il vecchio si allontanò gridando ad alta voce: "Grazie! Grazie di cuore a tutti per la vostra umanità. Grazie! Siete buona gente e Iddio si ricorderà di voi" mentre i passanti, dolenti, lo mandavano sonoramente al diavolo.

Tutto ciò non aveva sconvolto Bovary, rotto da ogni avversità del destino. Dopo averlo portato dal veterinario e ascoltato la drammatica diagnosi, acquistò una speciale carrozzella sulla quale sistemò, alla meglio, il suo animale. Purtroppo, a causa della loro cecità, spesso capita che Bovary inserisce al contrario il corpo del suo cane nell'apposito abitacolo. L'animale guarda compiatito il susseguirsi delle azioni del vecchio, ma non può far altro che subire in silenzio simili vessazioni.

La bestiola, appollaiata in questa errata posizione, appena fuori del cancello, volutamente prende una direzione diversa da quella del suo padrone. Ma questo capitava anche quando non era paralizzato.

Per tutto il cammino Bovary crede di parlare con Gustav: "Mio caro amico, come vedi la vecchiaia è sempre accompagnata da altre disgrazie. Siamo entrambi ciechi, ma la fortuna ha voluto che ci incontrassimo. Possiamo aiutarci a vicenda. Tu annusi la mia strada e fai sì che non mi metta in pericolo, mentre io ti aiuto a camminare come se avessi tutte e quattro zampe. Dico bene Gustav? Nei prossimi anni dovremmo abituarci a fare molti sacrifici. Ora sei un cane malato e non hai più la forza di prima" dice il vecchio assestando colpi agli ignari passanti per farsi strada e aggiunge: "Eh! Eh! Non rispondi vecchio imbroglione? Forse i miei discorsi non ti piacciono tanto ma non hai il caraggio di interromperli? Perchè ami il tuo padrone e sai anche che dice la verità."

Non è così. Gustav, con un enorme sforzo e stando accucciato in carrozzella, tenta di raggiungerlo correndo dall'altra parte della strada, in retromarcia, fino a quando, approfittando di un semaforo posto lì più dal destino che per la viabilità, può attraversare e porsi dinanzi al suo padrone, ansimando con la lingua fuori dalla bocca. "Vedi che ho ragione?" esclama Bovary accarezzandogli la testa, "sei qui accanto a me, in silenzio devoto, e più amico che mai. Fai bene a non lasciarmi da solo. Bravo Gustav. Sei il mio grande angelo protettore." Spesso accade che una ruota del carrozzino di Gustav si blocchi nella grata di acciaio del cancello di entrata. Naturalmente Bovary, ignorando questo inconveniente, prosegue sicuro lungo la strada e continua a parlare con il cane come se gli fosse accanto: "Mio caro amico, a volte mi sgomenti. Riesci a essere silenzioso come un muto. Non dici nulla. Non mi accorgo neanche del tuo respiro" dice Bovary e prosegue fino a quando non torna e ritrova Gustav ad attenderlo con il collare avvinghiato al cancello.

L'animale scodinzola e il vecchio lo redarguisce: "Finalmente abbiamo il piacere di sentire il rumore della tua coda, caro Gustav, ma se decidi di non voler uscire, dimmelo. Non stare con il muso per tutta la durata della passeggiata" esclama.

Bovary si dirige verso il portone, sale gli scalini che portano al pianerottolo, apre la porta di casa e dimentica di liberare l'animale. Gustav, ancora bloccato, lo guarda compassionevole.

Più su, troviamo Madame Poltel, donna di un discreto fascino, che divide la sua esistenza da pensionata del Ministero delle Poste, con Antoine Brochard, un uomo semplice, buono, disponibile, solidale, comprensivo ma sufficientemente idiota, operaio al mattatoio e inquilino della Mansarda felice. Questo è il nome che, Madame Selma Monovski, ha dato a uno sgabuzzino angusto che gli ha affittato. Antoine Brochard non ha voluto trasferirsi a casa dell'amante per il timore che, se il loro rapporto si fosse incrinato, sarebbe stato costretto a mettersi alla ricerca di un'altra mansarda. Nessuno degli altri affittuari è a conoscenza della loro relazione, nata dopo la tragica morte di Clotilde e nessuno ha mai visto Brochard intrufolarsi, nottetempo, in casa della Poltel. La donna, in punta di piedi, alle tre del pomeriggio e alle undici di sera, con esattezza nei giorni dispari, sale nella mansarda dell'uomo e ne esce a notte fonda, sempre in punta di piedi, badando bene a non emettere alcun rumore.

Entrambi potrebbero palesare la loro unione, ma temono soprattutto George e Baladieu, due personaggi da cui stare lontani, sia nei giorni dispari sia nei pari. I due si sono incontrati per puro caso. Madame Poltel assestò un violento colpo sulla testa della vecchia Clotilde con il proprio ombrello, dopo averla scoperta a rubare nella sua camera da letto. Chiese aiuto a Brochard, che glielo concesse affettuosamente e, da allora, nacque tra di loro una sintomatica attrazione. La polizia, comunque, dopo le indagini svolte scrupolosamente dall'Ispettore Borgan, asserì che Clotilde si era suicidata, lanciandosi dal balcone dell'appartamento di Baladieu, durante un periodo in cui l'anziana era sua ospite. Per dovere di cronaca, dobbiamo anche dire che la morte di Clotilde fu davvero casuale. La povera donna ebbe un violentissimo infarto prima di essere colpita alla nuca dalla Poltel. Di tutto ciò, Madame Poltel, non ne sapeva nulla. Rimase con il tormento di aver assassinato la vecchia. Al piano di sotto viveva Baladieu, un uomo provato dalla vita e dalla sfortuna. Viveva sempre da solo. Dopo un anno dalla morte di Clotilde, non ha cambiato niente della propria esistenza. Schizofrenico lo abbiamo lasciato e schizofrenico lo ritroviamo. A piano terra, troviamo Madame Selma Molovski. Ex proprietaria di una casa d'appuntamento, rinomata in tutta la Francia: il Residence Selma ed ex puttana. Ha l'Alzaimer in uno stato molto avanzato e divide la sua vita con il figlio George, un uomo claudicante e lunatico. La malattia dell'anziana le permette di vivere in una realtà virtuale in cui i personaggi, evocati dalla sua mente, si aggirano di continuo tra le mura del vecchio palazzo. Ha conosciuto molti gerarchi nazisti e sembra sia stata, nientemeno, che l'amante del maresciallo Kesserling. Questi sono i nostri amici al numero 5 di Rue Muller. Gente tranquilla che, per una serie di sfortunate circostanze, si troverà di fronte al delitto e alla redenzione. Speriamo che possa andare tutto bene.

**Capitolo III**

Il Residence Selma, come tanti altri edifici parigini, ha una peculiarità. Con la sua mole copre una vasta area sotterranea realizzata per dare protezione ai parigini durante i bombardamenti.

Questi luoghi prendevano il nome di ricoveri. Naturalmente, alla fine della guerra, molti di questi ricoveri furono utilizzati come garage, depositi, magazzini, rimesse o destinati ad altro uso. Nel Residence, la proprietaria, preferì fare una lavanderia e realizzare l'impianto dell'acqua calda. Da una porticina in ferro, alta non piu di un metro e cinquanta, si accede

al locale e, quasi tutti gli affittuari, nell'arco degli anni, hanno battuto il capo contro il passaggio.

L'uscio si apre, emettendo un sinistro cigolio, e un'ombra umana si adagia lentamente sulle scale.

Qualcuno sta entrando nel locale lavanderia. É Baladieu. Ha, fra le mani, un secchiello come quello che adoperano i bambini sulla spiaggia, da cui fuoriesce un polsino di una camicia gialla. L'uomo regge svogliatamente il minuscolo recipiente.

Solo Baladieu può recarsi in lavanderia con una sola camicia. Scende gli scalini che lo dividono dal locale e si ferma, si guarda intorno come se fosse la prima volta che lo vede e, con flemma, si avvicina all'apparecchiatura di lavaggio.

"Baladieu! L'ho vista sa! Non può dirmi che non c'è? Ahah!" dice una voce femminile dall'alto delle scale.

"Dia una controllatina all'impianto dell'acqua calda! Per piacere. Questa mattina non ce n'era. Credo che si sia spenta di nuovo la fiamma" chiede la voce.

"Chi le ha detto che sono qui? Ora anche i pedinamenti? C'è anche il controllo sulla persona? Inaudito! Un essere umano, un solitario, decide di ritirarsi in lavanderia per riflettere e, immediatamente, scatta l'operazione tallonamento da parte degli altri inquilini. Siete una vergogna per la Francia!" urla Baladieu e, innervosito, sbatte a terra con violenza il secchiello da spiaggia. La camicia esce fuori e va a posarsi sul pavimento impolverato.

"Ecco! Ora è finita per davvero. Dovrò lavarla almeno altre due volte. Questa è una polvere radioattiva, sporca, piena di batteri, virus, microbi. Calcolando il numero di persone che ha calpestato questo pavimento, saranno miliardi. La mia camicia naviga in questo mare di infezioni!" esclama Baladieu, dopo vari conteggi.

"Ma cosa le ho chiesto di tanto importante Baladieu? Non faccia il bambino!

Ora vado via e lei controlla la caldaia. Che maniere! Un uomo che non

cambia mai!" esclama la voce oltre la porta. É Geltrude Rocher.

Baladieu raccoglie l'indumento, lo rimette nel secchiello e si avvia svogliatamente alla caldaia. Anche se distratto da chissà quale profondo pensiero che gli passa nella mente, l'uomo nota un fiocco rosa, lungo circa un metro, che esce fuori dal coperchio metallico del serbatoio. Baladieu, incuriosito, si avvicina alla caldaia con passo dubbioso, stende la mano e afferra il fiocco. È, evidentemente, un oggetto di vestiario femminile. Lo guarda, lo studia e, infine, cerca di tirarlo fuori dal recipiente. Impossibile. Baladieu si sforza, ma il nastro non ha alcuna intenzione di uscire.

"Chissà cosa ci fa un nastro merlettato nell'ebollitore dell'impianto?" si chiede.

Tenta di sollevare la chiusura, ma il coperchio è pesantissimo e, al secondo tentativo, rinuncia. Poggiata al muro vede una spranga di ferro abbastanza lunga per infilarla sotto la copertura e abbastanza forte per tenerla sollevata. Baladieu la afferra e, con uno sforzo impietoso, riesce a farla entrare nella fessura.

"Accidenti! Accidenti a me e alla mia coriosità! Mi sono rotto le mani per scoprire che, un imbecille, ha messo un capo di abbigliamento nella caldaia dell'acqua calda invece che infilarlo nella lavatrice!" esclama l'uomo innervosito e osserva cosa c'è nel serbatoio.

"Ahhhhhh!" urla Baladieu e lo richiude immediatamente.

"Non è possibile! Non è possibile!" esclama a denti stretti.

Riapre di nuovo il coperchio e guarda accuratamente. Due occhi spalancati, stracolmi di venuzze insanguinate lo fissano: una lunga chioma bionda, che vaga libera nell'acqua come le alghe dei fiumi che seguono la corrente, e un viso che Baladieu conosce molto bene. Madame Selma Molovski morta e bollita. Baladieu si affloscia e crolla sul pavimento, mentre ode il rumore dell'ebollitore.

"Allora Baladieu! Ha trovato qualcosa nel serbatoio? Bisogna che avvisi subito George. Non è possibile rimanere senza acqua calda. Baladieu! É ancora lì?" chiede Geltrude.

Non riceve alcuna risposta.

Va bene è andato via. Parlare con quell'uomo è come parlare al vento. Forse neanche mi ha sentito! Va bene, lo dirò a George, almeno lui mi ascolta. Aggiunge la donna: "La porta però è ancora aperta. Guarda quell'imbecille, l'ha dimenticata di nuovo aperta! Pazienza!" conclude la Rocher. La sbarra e va via.

Baladieu è ancora svenuto. La testa di Madame Selma galleggia orrendamente nell'acqua mentre il corpo è rannicchiato sul fondo. Baladieu rinviene lentamente e, sussurrando, esclama: "Dove sono? Qualcuno mi ha colpito alla testa! O sono solo morto? Sì! Una morte apparente quando ho visto la morta vera!" improvvisamente ricorda. Inorridito da ciò che ha scoperto, porta le mani al viso e inizia a piagniucolare: "Ahhhhhhhhhh! Dio! Dio! Diooooooo! Ma quella è la testa di Madame Molovski bollita! Bollita come un pezzo di spalla nel brodo, come un bollito di manzo, bollita come la pastasciutta. Che dico? Bollita, bollita insomma. Possibile che anche lei si sia suicidata?

Possibile? L'uomo ha una pausa e poi ricomincia: "Baladieu, è finita per te! Non puoi giustificare la morte di questa donna. Non puoi. Non hai una penna per scrivere le ragioni del suicidio e le sue ultime volontà. Mi manca la carta, avrei bisogno di un foglio di carta per scrivere che io non c'entro nulla e che sono venuto qui per lavare la mia unica camicia. Dove lo trovo qui un foglio di pergamena? Con la povera Clotilde è stato più facile. Nessun impegno fisico e morale, l'ho gettata dal balcone ed è finita li. Qui è diverso, non sono io che posso averla infilata nella caldaia! Poi, poi, non ci si suicida gettandosi in una pentola di acqua bollente. Povera donna, è diventata di un colore che va dal rosa al viola. Come si diventa brutti quando qualcuno ti bolle in acqua! Chiamo la polizia!" riflette sulle sue stesse parole e: "Mi faranno tante domande inutili. Lei che faceva in lavanderia? A che ora è entrato? Perchè ha scoperchiato il pentolone? Perchè è svenuto? Perchè il cadavere era li? Lei conosce l'assassino? Potrebbe essere stato lei, Baladieu? Ha tentato prima di violentarla e poi l'ha uccisa. Che oltraggio! Povera donna, finire così bollita! Con la morte di Selma Molowsky va via un piccolo pezzo di Parigi, dirà il Sindaco al suo funerale. Una donna che ha dato molto all'intera Francia, morta per mano di un losco individuo, per essersi ribellata alla sua violenza. D'altronde, cosa ci si aspetta da un uomo che va in giro con una mutandina da bambino sul capo? Tante domande stupide a cui dovrò rispondere e poi sarò arrestato per l'omicidio di Selma. No, non l'ho uccisa io! Sono innocente! Urla Baladieu in preda al terrore di questa accusa infamante: "Ero venuto per lavare una camicia. Sì, una sola camicia, non ne ho altre. Non ho camicie! Non ho pantaloni! Non ho cravatte! Allora lei va in giro nudo per strada? Ecco cosa vorrà sapere la polizia e io risponderò: Sì! A volte d'estate, quando fa caldo, esco nudo. Nessuno ha mai notato il mio abbigliamento. Mi amano e poi sanno che sono schizofrenico e, da un pazzo, ci si può aspettare di tutto. Anche

che esca nudo per strada! É finita Baladieu, non hai scampo. Ti hanno incastrato! Vigliacchi!" e sviene di nuovo.

Il poverino è davvero distrutto. Chiuso nella lavanderia. Con una domanda che gli pende sul capo: perchè ha ucciso Selma Molovski? Perchè poi l'ha bollita? Voleva mangiarla? Lei è un cannibale, Baladieu? Perchè non ha fatto così anche con Clotilde? Forse voleva divorarla il giorno dopo?

"Non sono un cannibaleeeeee!" urla Baladieu riprendendo i sensi. Si rimette

in piedi e inizia a pensare grattandosi il ciuffo ribelle, come fa quando è in seria difficoltà. "Qui deve uscire il tuo genio Baladieu! Altrimenti è finita. Devi trovare una splendida idea per andare via, tornare a casa, accendere il televisore e gustare un buon the, altrimenti questa volta non te la cavi" pensa fra sé.

Si sente un rumore sulle scale. Qualcuno tenta di aprire la porta. É Bovary, seguito dal suo cane in carrozzella.

"Mio caro amico, come è brutta la cecità! Ti costringe a vivere in un area dello spazio e del tempo tutta tua. Hai praticamente il dono dell'ubiquità. Puoi essere dappertutto e non lo sai. Una continua sorpresa. Guarda, mio caro amico, ora potremmo scendere le scale della fermata della metro di Abesse o essere a Place de la Concordie e ignorarlo. Questo dono di Dio a volte mi affascina. Dico bene Gustav? Tu cosa ne pensi, mio fido amico di viaggio?" chiede Bovary al suo cane, accarezzandogli la testa.

Il cane non risponde né crediamo possa farlo. É piuttosto intimorito dalle parole del suo padrone. É certo che qualcosa di brutto gli accadrà, ma non può far nulla per evitarlo. Bovary afferra forte la maniglia, entra, e si trova sulla sommità della scalinata: "Ecco! Finalmente si apre. Antipatica porta della lavanderia. Sì! Ne sono certo! Questo è l'uscio della lavanderia. Me ne accorgo dalla puzza di piedi, dall'odore acre delle scoregge dei topi, dal pestifero lezzo emesso da qualcuno degli affittuari che, stando al buio, sicuramente ha defecato sul pavimento per farmi scivolare. Ma io sarò cauto e poi ho te, fido amico mio" dice rivolgendosi al cane che ha altri problemi per la testa. "Ora scendiamo. Tu davanti a me con la carrozzella che io reggo afferrando l'impugnatura. Io dietro di te. Ce la faremo. Non possiamo farci intimorire da una stupida porta né, tantomeno, da sei scalini. Li faremo insieme, io e te, mio caro Gustav, da buoni amici, senza aver paura di cadere. La mia mano è forte e la tua carrozzella ha una stuttura in acciaio. Vedrai che sarà una cosa da bambini." Con forza, afferra il maniglione del landò, fa una leggera piroetta e l'animale è pronto a scendere. Il cane è terrorizzato, emette continui mugolii di disapprovazione e, muovendosi in maniera scomposta, cerca di far comprendere a Bovary che non è una saggia idea portarlo laggiù. É tutto inutile. Il vecchio, costringe la carrozzella a scendere il primo gradino. Udendo il sinistro cigolio delle ruote, il vecchio crede che l'aggeggio sia già arrivato alla fine della scalinata e abbandona la presa. C'è un tonfo secco. Il cane percorre tutti gli scalini con violenti sobbalzi. Quando la carrozzella ha terminato la sua folle corsa, l'animale cade a terra con durezza e resta immobile e dolorante. La povera bestia emette dei brevi latrati, interrotti da mugolii ancora più brevi, mentre Bovary sorride dall'alto della scalinata, soddisfatto per l'impresa.

"Hai visto che è facile! Mio caro Gustav, devi abituarti a queste cose. Sei riuscito a scendere da solo tutti i gradini senza farti male e senza il mio aiuto. Vedo che ogni giorno impari una nuova tecnica di sopravvivenza, come ho fatto io in tutti questi anni. Ora cercherò di raggiungerti."

Baladieu, che è distante dal cane, sguisciando a terra come un topo, va a nascondersi in un anfratto del muro, posto alle spalle della caldaia. Il contenitore, però, è ancora bollente e, afferrandone il bordo per recuperare l'equilibrio, il poverino si brucia le dita. Il cane comprende subito che c'è qualcuno nascosto e inizia a ringhiare.

"Sei bloccato, stupido cane? Non puoi mordermi? Non puoi annusarmi? Non puoi inseguirmi? Non puoi dire a nessuno che sono qui!" esclama a denti stretti Baladieu, ridacchiando e portando le dita alla bocca per alleviare il dolore della bruciatura. Gustav è nervoso, sia per la posizione in cui lo ha costretto Bovary, sia perchè ha scoperto l'individuo che si nasconde. L'animale non può muoversi, ma continua ad abbaiare. Bovary è riuscito a scendere e, facendosi strada e adoperando il suo pericoloso bastone, raggiunge l'animale. Lo colpisce con un fendente alla testa ed esclama innervosito: "Ecco! Cos'è veramente la gente! Lascia i cenci dappertutto" e lo colpisce di nuovo. "Eccoti qui, finalmente! Ma cosa hai da guaire? Siamo soli io e te purtroppo. Guarda! Ora ti mostro che non c'è nessuno. Afferra il legno e affibbia ancora degli energici colpi al povero animale che è disteso esanime a terra, pensando siano stracci abbandonati. Finalmente August tace. Ha compreso che è meglio così.

"Bene, infine ti sei reso conto che non c'è nessuno?" chiede al cane. "Forza, laviamo questa biancheria e andiamo via. C'è puzzo di vino quaggiù o è puzza di fogna. Mah! Avrò perso anche l'olfatto insieme alla vista!"

Il cieco arranca nel buio e, facendosi aiutare dal suo fido amico di legno, si avvicina alla caldaia della lavanderia.

Sente che lì dietro c'è qualcosa, ma non riesce a conprendere cosa. Solleva la mazza e colpisce Baladieu.

"Brutta bestiaccia! Voglio vedere come te la cavi. Topo maledetto! Ecco perchè il povero Gustav abbaiava! C'è un topone nascosto sotto al muro. Sembra di vederlo è enorme e chissà come è entrato?" Baladieu riceve le botte sul capo e sulle spalle. Non può urlare ma, con un movimento fulmineo, riesce a divincolarsi dall'attacco di Bovary e raggiunge la scalinata. Il vecchio lo insegue e lo colpisce ancora. Nella confusione che si è creata, bastona nuovamente per errore il suo cane, che inizia ad abbaiare per il forte dolore e perchè comprende che c'è davvero un'altra persona nella lavanderia. "Ora finalmente hai capito che non devi venire più! Hahaha! Vai a trovare altra gente, un'altra lavanderia più accogliente o resta a casa topaccio!"

Continua a urlare, colpendo qualsiasi cosa che trova sul cammino. Baladieu tenta di schivare i fendenti proteggendosi il viso con le braccia e le mani. Piangendo dal dolore, in silenzio, risale i sei gradini e si dilegua sul pianerottolo.

Il vecchio Bovary, rivolgendosi al suo cane conclude: "Ora, finalmente, il topo è fuggito. Hai visto, mio fido amico, quanto mi è utile il bastone?"

## Capitolo IV

Baladieu corre su per le scale dolorante e si ferma davanti alla porta di casa. Cerca affannosamente le chiavi. Le trova e, con le mani tremanti, riesce a inserirle nella toppa. É a casa sua. Tutto assume una dimensione particolare quando l'uomo è nel suo appartamento. Si sente tranquillo, sereno, disteso, fiducioso e meno schizofrenico: "Devo assolutamente bere un po' d'acqua. Calma i nervi e l'angoscia. In che casino mi trovo! Dio! Hai abbandonato di nuovo Baladieu al suo destino di pazzo!" Va prima in cucina, beve e poi nel salotto. Si guarda allo specchio e apre la bocca: "Ho il quinto molare che è indolenzito, va bene. Devo andare dal dentista e poi. Dio! Sono rovinato!" urla a denti stretti. "Cosa devo fare? Cosa devo fare? La camicia! Ho lasciato la camicia e il secchiello nella lavanderia. Se lo trovano, ed è sicuro che lo trovano, perchè la polizia non è come Bovary, mi condanneranno a morte!" Si siede sul divano e pensa ad alta voce. "Devo assolutamente fare qualcosa per salvarmi. Chiamo la polizia, ho deciso! Dirò loro che ho scoperto il cadavere della vecchia, quando sono sceso in lavanderia per lavare la mia camicia gialla. Se la trovano non è un problema, sapranno che l'ho lasciata io. Era consunta e desideravo gettarla via. Ho pensato di lasciarla lì perchè è il posto migliore e poi dirò loro che non ho fatto nulla. Sono innocente!" E conclude: "Sì! Come spiegazione è perfetta. Mi crederanno, ne sono certo!"
Baladieu corre verso la porta, la apre e, di fronte a sé, trova madame Rocher.
"Buongiorno signor Baladieu. Tutto bene? La sua fantastica pazzia continua? Pensa di metterle un freno? Così le donne anziane non sono più costrette a suicidarsi, dopo che lei ha approfittato della loro buona fede! Dopo aver avuto con loro rapporti intimi, dopo averle illuse e poi sedotte, si vergogni!"
Baladieu resta immobile e, con gli occhi sgranati, ascolta tutte le

invettive che la donna gli scaramenta addosso come una contenitore dell'immondizia da svuotare. La Rocher, comunque, continua: "Uomo lurido, più che lurido, disgusttoso! Ha ucciso mia suocera e l'ha pure violentata! Che Dio l'abbia in gloria e lo perdoni dei delitti atroci che ha commesso. Ho finito! Buona giornata signor Baladieu. Spero che per oggi vada bene!" E va via per le scale.

Baladieu bisbiglia fra sé e poi esclama: "É mai possibile che, ogni giorno dell'anno, debba essere offeso da quella donna?" Va verso la ringhiera e urla: "Io ucciderò qualcuno in questo palazzo. Ho una lista di persone lunga settanta centimetri. Lei è una dei primi nomi che ho scritto. Gliela farò leggere! Suo marito è al trentesimo posto, viene prima del signor George e del cane di Bovary, poi quel gaglioffo di Brochard, contrabbandiere di carne del macello. Soffrirete tutti. Affogherete nel vostro stesso sangue. Ecco, così va meglio! Le ho dato la risposta che meritava. Se ne guarderà bene, domani. Ora torno a casa. No! Non è possibile devo chiamare la polizia. Non posso dire il mio nome. Ho trovato! Dirò che sono un anonimo parigino che passando, per Rue Muller, sono sceso in lavanderia e ho trovato un cadavere. Un cadavere di una donna sulla settantina. No! Sulla settantina non va bene! Basta! Parlerò di una donna vecchia e pazza più di me. Sì! Dirò così! Nessuno può contraddirmi. É la verità." Per un attimo si ferma e pensa: "O non lo è?"

Baladicu decide di andare nella cabina pubblica e chiamare il Commissariato di Montmartre. Troverà sicuramente un'anima buona che può comprenderlo, capire il suo stato d'animo e aiutarlo. Povero Baladieu, è davvero fuori di testa!

"Pronto! Pronto! Polizia di Montmartre? Buongiorno, sono una voce anonima, cioè senza nome. Come si scrive? Come si scrive che cosa? Ma lei è un ignorante! Non mi interrompa, la prego, mi faccia parlare! C'è Madame Selma Molovsky, morta e bollita

nel locale lavanderia al 5 rue Muller. Fate presto! Non posso darle il mio nome. Glielo ho detto, sono una voce anonima, una voce parigina anonima. Così va bene? Se trovate una camicia gialla, non è quella dell'assassino. Gialla! Sì, gialla! Non a galla! Imbecille!" Pensa Baladieu. "Ha capito? Una camicia a maniche corte gialla, come il limone. Va bene? Ecco quella camicia è di un inquilino che era lì per caso. La prego, mi lasci andare ora. Sono un cittadino onesto e ho chiamato per denunziare un omicidio. Non posso dirle altro. Venite presto, altrimenti il corpo andrà in evaporazione! L'acqua è ancora bollente!" Si guarda le mani quasi ustionate e continua: "E non troverete più nulla di Madame Selma Molovsky. É chiaro! Buona giornata." Riattacca la cornetta e tenta di recuperare qualche spicciolo dall'apparecchio. Si ferma e pensa fra sé: "Ecco, ora ho fatto il mio dovere di cittadino modello. Certo, modello, perchè ho denunziato un omicidio e se davvero si fosse suicidata? Povera donna. Come Clotilde, ma Clotilde non si è suicidata. Me l'hanno consegnata già morta. Devo chiamare di nuovo la polizia. Devo dare loro una spiegazione plusibile." Riprende la cornetta del telefon, inserisce tutte le monetine che ha in tasca e chiama di nuovo il comando di Polizia di Montmartre.
"Pronto! Sono la voce anonima che ha chiamato pochi minuti fa per denunziare un omicidio. A 5 Rue Muller, nel locale lavanderia. Non le posso dire il mio nome. Sono anonimo… Porca miseria! Non è lo stesso di prima! Come sono sfortunato! Ora mi tocca spiegare tutto daccapo!" Pensa Baladieu e continua: "Anche la mia voce è anonima. Ho chiamato per dirvi che, nella lavanderia a 5 di Rue Muller, c'è un'anziana bollita. Sì, bollita! E no! No!
Non mi passi nessuno. Sono una voce anonima che non vuole perdere tempo. Potrebbe trattarsi anche di suicidio. Vedete voi cosa fare. Io ho fatto il mio dovere. Buona giornata e mi saluti la

famiglia." Riaggancia di nuovo il telefono e va via dalla cabina telefonica sollevando il bavero della giacca. Si guarda intorno con circospezione prima di attraversare la strada, nel timore di essere riconosciuto da qualcuno.

"Ora va meglio. Ho dato la possibilità alla polizia di verificare bene. Con la vecchia Clotilde non è stato così. Non ho trovato nessuna voce anonima che parlasse in mio aiuto. Che dicesse la verità. Mi hanno dato dell'assassino per mesi. Sono stato prigioniero in casa. Avrei dovuto dire tante cose ma è stato meglio così. Quella lettera scritta da me, in cui spiegavo i motivi del triste gesto furono la mia salvezza. Che idea geniale. In fondo sono un vero genio. Questa è la verità!" Pensa Baladieu e poi: "E ora? Dio, in che guaio mi sono cacciato?" Perchè ho chiamato la polizia? Perchè sei così sfortunato Baladieu?" pensa, dirigendosi verso casa.

Baladieu non ha il tempo di aprire il cancello del Residence Selma che un'auto della polizia gli si affianca lentamente e una voce, dall'interno, esclama: "Baladieu! Baladieu! In quale guaio si è nuovamente cacciato? La lascio a casa a concupire vecchiette, a sedurre donne anziane e la ritrovo a scoprire cadaveri bolliti. Ha fatto una discreta carriera? Non pensa?" L'uomo scende dall'auto e, lentamente, si avvicina a Baladieu che, nel frattempo, fa finta di nulla e continua a cammicìnare.

"Dovrei trattenerla per aver chiamato il Commissariato di Montmartre e fatto una denunzia anonima. Con voce anonima e ritrovamento di cadavere anonimo e poi mi dice pure che è un cittadino onesto. Lei sa come si comportano i cittadini onesti? Dicono il proprio nome, indirizzo e numero di telefono. Ora mi mostri dove ha trovato il corpo e facciamola finita" conclude l'Ispettore di Polizia Christian Borgan, vecchia conoscenza di Baladieu. Fu lui a condurre le indagini sulla morte di Clotilde e, per un pelo, diciamo, per una lettera scritta dalla defunta, non ha accusato Baladieu di omicidio.

Ora è di nuovo qui, al Residence Selma, per un'altra presunta morte e per Baladieu, che è stato riconosciuto immediatamente al telefono.

Borgan lo segue e lo raggiunge. Baladieu lo ha riconosciuto ma, da buon stratega della bugia, fa finta di non conoscerlo e tira ancora dritto, entrando nel giardino condominiale.

"Dico a lei! Baladieu! Si fermi, altrimenti l'arresto!"

Questa minaccia fa sì che Baladieu si blocchi e inizi a dire qualcosa. "Io non so chi sia lei. Io non so di cosa stia parlando e, infine, io non sono la persona che lei cerca! Per giunta, non ho il telefono. Come le viene in mente di bloccarmi e chiedermi delle cose che io ignoro? Dovrebbe cercare gli assassini, gli stupratori, i mendicanti abusivi che vivono nelle strade di Parigi, con i soldi dei contribuenti. In qualità di contribuente le dico buongiorno e proseguo per la mia strada."

"Baladieu! Non mi faccia perdere tempo! Dov'è il cadavere? Glielo chiedo per l'ultima volta?" domanda Borgan.

"Altrimenti cosa fa? Mi butta a terra la porta di casa come l'ultima volta? Mi dà il confino alla Reunion. Mi sculaccia? Mi mette una multa per divieto di sosta? Non le dico proprio niente se con cambia tono. Ci siamo, Sergente?" incalza Baladieu.

"Non sono Sergente!" esclama il poliziotto. Borgan cerca di calmarsi rimettendo a posto il cappello e il nodo della cravatta. Per lui, colloquiare, con Baladieu è sempre dannatamente complicato.

"Non voglio gettarle a terra la porta. Non voglio minacciarla. Visto che non possiede un'auto non le metto la multa per divieto di sosta. Sono qui perchè lei ha chiamato al commissariato e ha detto di aver trovato una donna morta cotta in questo edificio." E con il dito indica l'entrata del Residence.

"Non ho detto cotta! Ho detto bollita! Bollita! Sa la differenza? Non ho potuto verificare lo stato di cottura. Questo non gliel'ho detto" risponde innervosito l'uomo. "Allora è lei? Ha visto che non mi sono sbagliato? Ha visto che avevo ragione? Era lei la voce del cittadino parigino onesto e anonimo?" aggiunge il poliziotto.

"Non ero io! Io ero fuori a… a… a riparare la scarpa di scorta!" risponde l'uomo.

"Che significa di scorta?" chiede incuriosito Borgan

"Ne porto sempre una in più con me. Non si sa mai. Una delle due che ho ai piedi potrebbe rompersi e io sarei in difficoltà" risponde con indifferenza Baladieu.

"Senti Moret?" dice l'ispettore, rivolgendosi al suo collega che gli è a fianco: "Dice che è andato a riparare la scarpa di scorta. Capisci che personaggio mi tocca rivedere?"

"Ma lei non ne ha una, Ispettore? Gliela consiglio. Sono anni che ho sempre con me la scarpa di scorta" aggiunge Baladieu.

"E come fa con il colore e il modello? Mi dica, Baladieu, visto che è così previdente!" chiede Borgan.

"Compro sempre due paia di scarpe dello stesso modello e, naturalmente, dello stesso colore!" esclama l'altro.

"Vada! Non mi faccia perdere tempo! Mi vuol dire dove ha trovato il corpo?" gli domanda Borgan.

"Se lo faccia dire dal poliziotto che mi ha risposto al telefono!" risponde Baladieu.

"Non è possibile!" dice l'Ispettore.

"E perché?" chiede incuriosito Baladieu.

"Perché, a quell'imbranato più di lei, gli si è spezzata la matita e non ha potuto più scrivere. Ecco perchè!" esclama irritato il poliziotto.

"Hiiiiiiiiiiiiiii!" Baladieu inizia a ridere: "Ma davvero? Davvero signor Ispettore? Allora cosa vuole? Che io ora le faccia un piacere?" chiede maliziosamente Baladieu.

"Quale piacere, Baladieu?" risponde il poliziotto.

"Lei compra una penna al suo collaboratore al posto della matita e io chiamo di nuovo al commissariato. Hahahahaha!" Baladieu sogghigna.

"Baladieu! La prego, non mi faccia perdere la pazienza" dice l'Ispettore.

Baladieu diventa serio. Tutto cio che si è detto è acqua passata. Come se l'avesse completamente dimenticato. Si irrigidisce e assume un aspetto sicuro. Ha lo sguardo di chi sa il fatto suo, di chi non fa mai lo stesso errore, di chi non ripete mai la stessa cosa, di chi non prende mai due caffe allo stesso bar e di chi più ne ha, più ne metta.

"Venga Sergente!" ordina con voce gracchiante, rivolgendosi a Borgan: "Mi segua! Ora andremo a verificare cio che il signor Baladieu ci ha detto al telefono. Stia tranquillo, la situazione è sotto controllo. Moret!" esclama ad alta voce rivolgendosi al collega di Borgan: "Faccia circondare l'edificio. Non spari! Metta due uomini all'entrata! Aspettate tutti il mio ordine! E lei mi segua!" Prende sottobraccio Borgan ed entrano nell'edificio.

Moret impallidisce e non sa dire altro che: "Borgan! Borgan! Baladieu è pazzo?"

Borgan si volta e risponde rassegnato: "No Moret, è schizofrenico!"

## Capitolo IV

Baladieu e Borgan percorrono un lungo corridoio buio che termina con l'accesso alla lavanderia. L'uscio è in ferro battuto, arruginito, con una maniglia in rame riparata alla meglio. Baladieu anticipa il poliziotto. Giunti alla porticina, si volta ed esclama: "Qui c'è un locale angusto e scuro, caro Ispettore, ricorda vagamente l'entrata di un girone infernale. Durante la guerra, tutti, nel quartiere, fuggivano qui giu con l'illusione di sopravvivere. Qualche volta gli andava bene ma, altre volte, uscendo, non ritrovavano più le loro case. Ahahah!" e ride ad voce alta: "Brutta vita quella dei bombardati. Gli idioti, prima fanno le guerre e poi si nascondono come talpe. Io non ho fatto mai guerra a nessuno, mio caro Ispettore, e quindi non mi nascondo da nessuno."

"Baladieu! Lei vive prigioniero in una topaia! Non dica sciocchezze e, quando ha terminato le sue elugubrazioni, apra questa porta, per piacere!" ordina Borgan.

"Ecco! Ecco. Aperta! Non si arrabbi! Poteva anche sfondarla se voleva, lei è abituato a farlo!" esclama l'altro.

Baladieu apre il cancelletto. Il locale lavanderia è sotto di loro. Basta scendere sei scalini. Ha il viso teso. Si ferma sulla soglia, mette le mani sugli occhi ed esclama: "É lì Ispettore! É lì! Ihihihi!" e inizia a singhiozzare. Vede, di fronte, proprio un po' a destra, o a sinistra, non ricordo. C'è tanto buio. Provi lei a indovinare dove sta!"

"Entriamo Baladieu!" esclama Borgan.

"Noooooo! Io non entro! Non entro dove vivono cadaveri. Ispettore, la prego! Specialmente se sono bolliti come la povera Madame Selma. L'ho vista! Sa l'ho vista e quasi me la immagino mentre lotta con l'acqua bollente e, contemporaneamente, si cucina. Che cosa orripilante! È orrendo! Con le sue manine da vecchia che nuota, con i suoi piedini da vecchia che tenta di restare a galla e l'acqua le mangia la pelle. Che strazio! No! Ho deciso. Non vengo con lei!" esclama Baladieu singhiozzando.

L'ispettore Borgan lo scalza e varca la soglia ma scivola e precipita dai gradini.

"Ahhhhhh! Accidenti a lei, Baladieu! Poteva dirmelo che c'erano gli scalini! Stavo per rompermi l'osso del collo!" esclama l'Ispettore.

Baladieu risponde con indifferenza: "Ha ragione Ispettore, mi perdoni, ma ho le mani sugli occhi. Comunque ora glielo dico: faccia attenzione, ci sono sei scalini" risponde Baladieu.

"Non vede? Ma può parlare! Lasci perdere. Dove si accende la luce?" chiede Borgan.

"A destra Ispettore. Alla sua destra. No, alla mia destra. Insomma, è lì!" risponde Baladieu

"Lasci stare. Ho trovato l'interruttore" conclude Borgan.

"Sì Ispettore, ora vedo! Ho tolto le mani dagli occhi ed è tutto chiaro adesso. Anche se al buio. Ormai le mie pupille si sono dilatate e io vedooooo!" esclama sorridendo Baladieu.

Borgan preme il pulsante dell'interruttore e la luce si accende. Un debole chiarore illumina il locale. "Ma chi ha messo una lampadina così piccola? Qui non si vede nulla!" chiede il poliziotto.

"George!" risponde Baladieu, "è' un miserabile che, pur di economizzare sui servizi, toglierebbe l'illuminazione alle scale" risponde l'uomo.

Moret, che è rimasto fuori dal Residence, decide di raggiungere i due. Percorre il lungo corridoio chiamando a voce alta: "Borgan! Ispettore Borgan! Dove siete? Sono Moret! Vado più avanti o siete in uno di questi locali?"

"Dov'è la caldaia? Baladieu? Quanta polvere quaggiù!" esclama l'Ispettore tentando di ripulirsi. "Lì Ispettore! Lì di fronte a lei. Proprio di fronte a lei, ma il nastro rosa non c'è più!" risponde

Baladieu.

"Quale nastro rosa? Di cosa parla, Baladieu?" chiede Borgan.

"C'era un nastro merlettato rosa legato al cadavere. Ispettore, io credo che fosse rosa, ma anche se fosse tato blu o verde o rosso… Credo che sia stato giallo. Sì, giallo, ora ricordo! Ma cosa conta il colore? Comunque è sparito il nastro blu che io ho visto!" conclude Baladieu.

"Venga, mi dia una mano!" esclama Borgan avvicinandosi alla caldaia.

"Perchè le devo dare una mano? Lei è un poliziotto e potrebbe denunciarmi. No! E non mi tocchi, altrimenti urlo!" risponde Baladieu terrorizzato. Borgan lo fissa, lo disprezza, lo odia.

Arriva in quel momento trafelato Moret che esclama: "Ah! Siete qui?" Apre la porta che colpisce alle spalle Baladieu. L'uomo precipita dagli scalini e va a sbattere sul pavimento.

"Ahhhhiiiiiiii! Che botta!" grida Baladieu, "aiuto! Aiuto! Tentano di assassinarmi! Ecco cosa accade sotto il naso della polizia!"

"Le do una mano! Stia tranquillo che qui nessuno la vuole uccidere. Poi io non la denuncio" gli dice Borgan e, rivolgendosi al collega: "Moret, stai attento! Per poco non uccidevi questo poveretto!"

Borgan aiuta Baladieu a risollevarsi. Il misero è impolverato. Si alza e guardando Moret chiede: "Ma lei chi è? Cosa ci fa qui? Questa è la scena di un crimine. Vada via!"

"Ma io sono un poliziotto! Accidenti!" risponde Moret.

"Va bene! Lascia perdere Moret! Dammi una mano a sollevare questo cazzo di coperchio, altrimenti si fa sera" dice innervosito l'Ispettore al collega.

Moret afferra la spranga di ferro usata da Baladieu e, finalmente, apre il coperchio della caldaia.

"Baladieu!" esclama l'ispettore, "dov'è il cadavere di Madame Selma Monovsky?"

Nella caldaia c'è solo acqua bollente. Anche Baladieu allunga il collo per guardare all'interno del contenitore e non vede alcun corpo. "Non è possibile! Non è possibile! Ispettore, questa mattina sono venuto qui, ho aperto questo coperchio e ho visto il cadavere cotto di Madame Selma. Lo giuro! Lo giuro!" risponde e inizia a piagniucolare, "io ho qualche rotella che non funziona ma non sono bugiardo!" Si getta ai piedi di Borgan. Gli afferra le gambe e continua: "Mia madre lo diceva: Questo ragazzino non mente mai! Non capirà mai la vita. Quanto è stupido! Così diceva la mamma e ora voi non mi credete? Perchè nessuno crede a Baladieu? Io sono un cittadino modello! Faccio la raccolta differenziata, non sputo a terra in funicolare e pago le fatture del gas a George. Ma spesso dicono che mento. Non è così! Non è così! "Tuttalpiù ometto qualche particolare. Come sono sfortunato…"

Va bene Baladieu. La smetta di piangere! Si alzi! Via, non faccia così!" dice l'Ispettore ammiccando al collega. "Stia tranquillo, verremo a capo di questo enigma."

"A parte che non piango. É solo questo nuovo collirio che adopero. Io l'ho visto Ispettore! Aveva una vestaglia rosa e la cinta ricamata pendeva dal pentolone. Ho tentato di tirarla via perché la signora Rocher mi ha chiesto di controllare se la fiamma della caldaia fosse spenta. Ho aperto il coperchio con quel ferro e l'ho vista. L'ho vista, Ispettore. Due occhi di cuoco, il sangue iniettato nelle pupille e poi era bollitta. Bollita Ispettore! Bianca come la cera e lessa come un pollo" aggiunge Baladieu piangendo.

"Baladieu, si calmi! Si calmi. Le credo. Va bene, le credo. Non so come lei ci sia riuscito, ma io le credo" esclama Borgan.

"Allora lei mi crede Ispettore? Allora non sono un bugiardo! Allora mia madre aveva ragione. Che bello! Non sono un bugiardo. Grazie Ispettore Borgan, lo terremo presente nelle sue note caratteristiche. Ahahaha!" esclama Baladieu ridendo a crepapelle.

"Moret! Ora porta via Baladieu! Altrimenti non riesco a concentrarmi e aspettami fuori! Devo vedere alcune cose!" ordina Borgan al Sergente.

Baladieu, nel frattempo, continua con le sue esternazioni: "Ispettore! Ispettore, ho un testimone! Griga Baladieu!" e sorride soddisfatto. "É il signor Bovary. Anche lui era qui con il suo cane e io mi sono nascosto dietro la caldaia. Ha detto che io ero un topo, anzi un topone. Sì! Un grosso topo comunque. Sa, di quelli che fanno paura, con i baffi lunghi e bianchi. Cioè, lui diceva che io ero un topaccio e ha iniziato a colpirmi con il bastone, naturalmente per cacciarmi via. Io sono riuscito a mettermi in salvo. Lo chieda a Bovary se è vero quello che le sto dicendo."

Borgan ascolta le parole di Baladieu, si innervosisce ulteriormente e urla: "Moretttttttt! Porta via Baladieu! Ti prego, altrimenti potrei davvero ucciderlo!"

Il Sergente Moret prende sottobraccio Baladieu e va via. Lungo il corridoio, Baladieu continua a parlare come un fiume in piena: "Ha visto, non sono bugiardo! Non sono bugiardo! Poi, dov'è la mia camicia gialla? Dov'è la mia camicia? Il mio secchiello della biancheria? Me lo ha rubato l'assassino! Ha rubato le mie cose ed è fuggito. Come farò? Era la mia unica camicia da viaggio, ora non posso più andare da nessuna parte. Come sono sfortunato! É sparita Selma, portandosi via la mia biancheria" dice Baladieu al Sergente.

"Ma di quale camicia parla? Aveva una camicia che è sparita?" gli chiede incuriosito Moret.

"E un secchio rosso per la biancheria sporca. Sono entrambi, capisce Ispettore, sono entrambi spariti! Spariti! Non ci sono più in lavanderia" risponde Baladieu singhiozzando.

"Questo non lo ha detto a Bargan? Ed io non sono Ispettore ma Sergente. Lo tenga a mente!" esclama Moret.

Non mi ricordo. Forse no! Riflette e poi aggiunge: "Forse sì, forse no, non credo... Ahhhh! Sì! Non gliel'ho detto, lo chiamo a casa questa sera. Ne parlerò con la moglie e i figli e poi glielo dico. Ma non è importante" risponde Baladieu più vago che mai.

"Va bene, stia tranquillo, glielo dico io. Ora vada a casa Baladieu e non ci pensi più" conclude Moret congedandosi dall'uomo.

"Ma cosa dice? Non ci pensi! Ho qui davanti ai miei occhi quello spettacolo orrendo. Il cadavere di quella donna mi perseguiterà per i prossimi venti anni. Come farò a dormire, come farò a mangiare, come farò a viaggiare?" conclude Baladieu.

"Ma lei viaggia spesso, Baladieu?" chiede il Sergente.

"Non ho mai viaggiato. Ma se lei intende in metropolitana, sì! Ho viaggiato molto. Da Montmartre all'Operà, da Place de la Concordie al Louvre e poi da Porte de Bagnolette a Montmartre e poi ancora tanti viaggi interessanti, in bici. Non ne avevo una, ma viaggiavo spesso in bici. Ahhhhhh! Quanti viaggi ho fatto! Dioooooo! Quanto ho viaggiato! Potrei considerarmi un viaggiatore nato!" conclude Baladieu.

"Basta, Baladieu, la smetta!" esclama innervosito Moret. "Ora vada a casa, altrimenti rischia che io mi arrabbi davvero. Io non sono buono come Borgan. Io la uccido!"

"Va bene. Va bene. Vado via. Vado a casa mia. Voi cercate l'assassino, vi prego, sono un testimone da proteggere. Dovete darmi un'altra identità, ma voglio chiamarmi sempre Baladieu. Bosson, forse è meglio. Comunque voglio andare a fare il testimone scomodo in Normandia. Lì, tra i flutti dell'oceano, saprò riconoscere l'assassino della povera Selma" dice Baladieu con gli occhi sgranati.

"Buona giornata Baladieu. Vada! Vada a casa, la prego!" lo esorta il Sergente.

Moret, dopo aver parlato con Baladieu, torna indietro nel locale caldaia:

"Ho sentito Baladieu" dice, rivolgendosi a Borgan che fissa un finissimo filo rosa che ha tra le dita. "Mi ha detto che aveva con sé una camicia e un secchio e che ora non ha trovato nulla. Suffraga i miei sospetti. Anche io ho trovato qualcosa." Borgan mostra a Moret un sottile filo di seta rosa. Era incastrato sotto la caldaia. "Questo prova che Baladieu dice la verità. Portalo alla scientifica. Io vado a casa della Molovsky. Voglio parlare con lei, a meno che..." esclama Borgan.

"A meno che?" chiede Moret.

"Non sia davvero morta! Ahaha!" conclude Borgan sorridendo.

I due poliziotti ritornano al piano terra del Residence, quando Borgan esclama: "Moret! Mi ha detto Baladieu che ha visto anche Bovary con il suo cane in lavanderia, quando ha scoperto il cadavere. Sembra che il vecchio cieco lo abbia scambiato per un topo. Aspetta! Voglio chiedere a Bovary se è vero."

Borgan bussa alla porta di Bovary, ma non risponde nessuno. Bussa di nuovo fino a quando una voce dall'interno chiede: "Chi è alla porta?"

"L'Ispettore Borgan e il Sergente Moret!" risponde Borgan.

Si sente il rumore della serratura, la porta si apre e appare Bovary in mutande.

"Buongiorno Ispettore. Che piacere rivederla! Ricordo che lei ha seguito il caso della povera Clotilde e ha fatto una indagine davvero unica nel suo genere. Ha scoperto chi era il suicida! Ahaha! Mi scusi Ispettore, ma ogni tanto bisogna sorridere."

"Sì! Sono io signor Bovary. Mi permetto di disturbarla per porle alcune domande. Posso?" chiede l'Ispettore innervosito dalle parole del vecchio.

"Certo che può! Venga! Venga avanti. Faccia come se fosse a casa sua. Le offro un bicchierino di Pernod." Si volta verso un lungo corridoio buio. Richiude l'uscio di casa con un sol colpo, lasciando fuori dalla porta Borgan e il collega e va avanti parlando da solo.

"Caro Ispettore, qui si vive da soli. Purtroppo la mia cecità non mi permette di avere ospiti, se non qualche amico di infanzia che si ricorda del vecchio Bovary. Pensi che, quando ero giovane, avevo tanti amici. Purtroppo molti di loro sono morti" continua Bovary, spalancando la porta del proprio salotto.

Nel frattempo Borgan, dalle scale: "Signor Bovary! Ci ha lasciato fuori dalla porta. Riapra per piacere, devo farle alcune domande. Siamo qui sul pianerottolo. Signor Bovary! Apra la porta, devo chiederle cose importanti. Siamo qui fuori, apra per piacere!" Non ricevendo più risposta i due uomini rinunciano e, con una levata di spalle, decidono di bussare alla porta di fronte: l'appartamento di Madame Selma Molowsky.

"Moret, ti rendi conto con che gente strana mi tocca lavorare? In questo palazzo sono tutti così. Come lui!" esclama depresso Borgan.

"Non vedenti?" chiede Moret.

**Capitolo V**

Antoine! Antoine! Guarda! C'è la polizia con Baladieu! Che
vedo? Che vedo? Chissà che cosa è successo di nuovo? Ma, ma,
cosa vogliono ancora da lui? Guarda Antoine! Affacciati anche
tu e vedi con i tuoi occhi che cosa sta accadendo." Si volta verso
l'uomo ed esclama: "Sempre in quel letto come un ghiro!
Aspetti che il mondo ti caschi addosso?"
"Lascia perdere! Cosa vuoi che a interessi alla polizia e a
Baladieu? Con quell'uomo può succedere di tutto. É normale.
Baladieu è pazzo e sicuramente ne avrà fatta una delle sue. É
arrivata la polizia e, finalmente, lo mettono in prigione!"
risponde Antoine Brochard.
"No! Antoine, non è come dici tu. Sono sicura che c'è
dell'altro." L'ispettore Borgan passeggia sottobraccio a
Baladieu, come se fossero vecchi amici. "Nooooo! Questa cosa
non credo che sia buona. Almeno per noi, mio caro Antoine"
dice la donna.
"Sottobraccio! Ma che dici? Borgan lo detesta, forse più di me.
Fammi vedere! Spostati!" Brochard si alza dal letto, corre alla
finestra e apre letendine. Allunga il collo e riesce a guardare:
"Baladieu accanto a Borgan che discutono? Guarda! Parlottano
come se fossero vecchi amici. Hai ragione cara. Allora credo che
dobbiamo davvero preoccuparci" dice l'uomo.
"Non credo Antoine! Il caso è stato chiuso da tempo. Cosa vuoi
che scopra la polizia? Se la povera Clotilde è stata uccisa o si è
suicidata? Dammi le pantofole per piacere! Ho i piedi congelati.
Guarda! Guarda! Come chiacchierano? Come cinguettano quei
due maiali!" dice la Poltel all'uomo.
"Ma non so dove sono le tue pantofole! Le perdi in
continuazione! Tieni prendi questie!" E lancia alla donna due
grosse scarpe sporche.
"Vedi come passeggiano a braccetto! Di cosa stanno parlando?"

chiede Brochard.

"Questo è un segreto!" risponde la donna e continua: "Grazie Antoine!" Infila le scarpe ai piedi e poi esclama: "Ma cosa mi hai dato? Le scarpe del mattatoio? Ma le usi anche per andare a letto?"

"No! Questa mattina le ho dimenticate ai piedi" risponde Brochard, tentando di giustificarsi.

"Hai dimenticato ai piedi le scarpe da lavoro? Oh Dio mio! Sei l'essere più assurdo che io conosca! Sono sporche di sangue! Che schifo! Riprendile! Riprendile! Dopo quello che ho visto devo tornare immediatamente a casa. Qui si pettegola, qui si parla degli altri, qui la menzogna dorme con noi, caro Antoine. Credo che cambierò casa, anzi città, se necessario. Sono stufa degli sguardi intriganti della gente. Guarda! Quella è la Poltel! L'amante del macellaio. Come è possibile che una donna così bella, così affascinante, stia con un bestione del genere? Quello è il macellaio, l'amante della Poltel. Sicuramente l'avrà pagata! E poi a ricamarci sopra, a dire cattiverie su cattiverie. No Antoine! Io torno a casa e per un po' di tempo cerchiamo di non incontrarci!" esclama la donna. "Ma che dici? Tutto questo avviene perchè hai visto Baladieu e Borgan parlare fra di loro? Ma è una follia! Ovunque esistono i pettegolezzi, anche al mattatotio avvengono queste cose. La gente parla, parla. Qualcuno dice: chi ha spostato questo manzo? Sei stato tu Brochard? Guarda, Brochard non ne sapeva nulla" risponde un altro. "No, caro Antoine! Tu dimentichi il lavoro!" Poi giù con i pettegolezzi. "É sempre assente con la testa, ma la notte che fa? Non è più quello di prima! Da quando sta con quella donna non ragiona più. Ecco, anche io credo che sia meglio fare come dici tu. Non incontriamoci per un bel po'. Ho bisogno di riposare, altrimenti farò un taglio a una pecora invece che a un bue" spiega Antonine alla donna.

"Eccolo lì! Con i suoi soliti esempi demenziali, stupidi come lui!

Sto parlando di noi e lui parla della pecora! Antoine! Non sai dire altro?" chiede irritata la donna.

"Guarda che quei due sono entrati nel palazzo! Qui c'è qualcosa che non va" dice Brochard interrompendola.

"Aspetta, Antoine! Torno a casa. Fra dieci minuti scendi anche tu. Bussi alla porta e insieme cerchiamo di sapere cosa succede. Antoine, è chiaro. Dieci minuti. Ora io vado! Decide la Poltel."

La donna indossa una vestaglia, apre la porta e inbocca le scale che portano al suo appartamento. Sente le voci di Baladieu e dell'Ispettore Borgan. Si avvicina accucciata alla ringhiera senza far rumore e, sporgendosi, tenta di sapere cosa succede più giu. Baladieu e Borgan sono lontani e l'eco fa sì che le parole giungano dimezzate. La donna sente: "Era bollita, bollita, bollita Ispettore!"

La poltel resta immobile, porta le mani al viso con un'espressione di stupore e terrore. Ha compreso che l'Ispettore Borgan è venuto a 5 Rue Muller a seguito della scoperta da parte di Baladieu di una donna morta bollita.

Chissà chi è questa donna? Vive nel condominio o è una straniera di passaggio? Una turista, per esmpio. Eppure, se lo fosse, perchè dovrebbe essere stata uccisa qui?" Pensa la donna e poi aggiunge a voce bassa: "Guarda, guarda! Sono entrambi nel locale caldaie. Cazzo! Il cadavere sta nel serbatoio dell'acqua calda. Ho indovinato! Quanto sono brava!" esclama e continua a pensare ad alta voce: "Baladieu lo ha scoperto. Questo è accaduto." Poi aggiunge: "Devo dirlo a Antonie."

"Cosa devi dire ad Antoine?" chiede Brochard che è alle sue spalle.

"Mi hai fatto paura! Non puoi dire: sono qui cara, prima di farmi venire un infarto! Imbecille! Ho il cuore in gola. Ascolta: è stata trovata una donna morta bollita nel locale caldaia da Baladieu che, naturalmente, da perfetto schizofrenico e imbecille, invece di tacere ha chiamato subito la polizia. Ecco perchè è arrivato il suo amichetto Borgan."

"E chi è la donna morta bollita?" chiede Brochard.

"Non lo so! Dovrei chiederlo a Borgan, che dici?" risponde la Poltel. "Potresti andare a chiederlo tu! Ma, per educazione è, meglio che tu non lo faccia. Sono cose poliziesche, molto riservate. É come quando noi uccidiamo più pecore che vacche. Potrei chiederlo al capo. Ma non lo faccio perché, sicuramente, c'è stato un cambiamento di programma al vertice" aggiunge Antoine.

"Antoine! Che dici!" "Che dici tu? Cambiamento al vertice, summit, riunione. Stai parlando di vacche o del consiglio dell'ONU? Non riesci a dire due stupide parole se non ci infili una pecora o un maiale!" esclama la Poltel.

"Parlavo di vacche, piccioncino mio" risponde serio Brochard.

"Ma perchè io sto ancora con te? Me lo chiedo ogni giorno" continua la donna.

"É il destino, amoruccio mio. Ahaha!" esclama sorridendo l'uomo.

"E non chiamarmi amoruccio mio. Detesto questi termini stupidi come te! Perché ho sessant'anni e non sono amoruccio. Al massimo sono amore. Ecco, mi piace amore. Poi non sono tua" dice a denti stretti la donna.

"E allora di chi sei, se non sei mia?" chiede sconcertato Brochard.

"Sono di me stessa! Sono tutta mia!" risponde stizzita la compagna.

"Ah! Ecco! Ora mi è chiaro. Tu ami solo te stessa. Sei semplicemente un'egoista" aggiunge Brochard.

"Smettila Antoine! Altrimenti ti faccio volare per le scale!" esclama irritata la donna.

"No! Non urlare! Entriamo da te e parliamone" dice Brochard afferrandole il braccio.

Nel frattempo si odono i passi di Baladieu che torna a casa. I due vanno verso la porta di ingresso dell'appartamento della Poltel ma, per la fretta, non riescono a inserire le chiavi nella toppa.

Improvvisamente odono la voce di Baladieu che è sul pianerottolo e parla da solo: "Fate bene a nascondervi. Nascondetevi negli anfratti dei muri! Nascondetevi negli armadi impolverati. Nascondetevi fra le pareti umide. Come fantasmi. Come i folletti delle foreste. Pensate, invece, che un feroce assassino si annida in questo palazzo. Un assassino perverso e pieno di cattiveria. Anche più cattivo di voi. Ve lo dice Baladieu, che impersona la parte migliore della vostra anima."

"Non lo ascoltare! Dice cose insensate e stupide. Svelta! Apri la porta!" esclama Brochard.

"Sì! Sì, ascolti lui. L'uomo pecora! L'assassino delle vacche e dei maiali. Il killer solitario del mattatoio. Non dia retta al pazzo Baladieu. Fa bene così! Morirà anche lei!" aggiunge con ironia Baladieu rivolgendosi alla donna.

Baladieu tira fuori le chiavi e apre la porta della sua casa e continua nelle sue elugubrazioni: "Comportatevi come al solito! Non ascoltatemi! Non ascoltate Baladieu, l'uomo della verità. L'unico essere vivente che riesce a dire cose sensate. In questo mondo di pazzi. Lo dice anche la polizia. Gli alti gradi delle forze dell'ordine me lo hanno confidato. Baladieu! Di lei ci possiamo fidare! É una persona seria. Questo hanno detto!" esclama Baladieu.

Brochard e la Poltel rimangono immobili ad ascoltare le parole dell'uomo, con le chiavi fra le mani. La donna è terrorizzata.

"Presto entriamo Antoine! Ho paura!" dice a Brochard.

"Sì cara, entriamo subito! Altrimenti prendo a schiaffi quell'imbecille! "Non so neanche se ciò che dice sia vero ma, ti confesso, che le sue parole mi hanno un po' terrorizzato." I due entrano in casa, chiudono la porta e si rintanano nel salotto.

"Hai sentito, Antoine, che c'è un feroce assassino in libertà? In libertà! Fra di noi, qui a Parigi. Significa che può venire da noi e ucciderci. Quando lo desidera" dice la donna a Brochard. "Allora chiudi bene la porta!" esclama Antoine. "Ma sei il solito stupido! Vedi i Film in televisione? L'assassino riesce sempre a entrare, anche se ti nascondi in una cassaforte" aggiunge terrorizzata la donna.

## Capitolo VI

La porta dell'appartamento di Madame Selma Monovsky si apre e compare il faccione di George.

"Buongiorno Ispettore Borgan. Che piacere rivederla!" dice George nel vedere i due.

"Buongiorno signor George. Mi scusi se la disturbiamo. Questo è il mio collega, il Sergente Moret" dice Borgan.

"Lei non disturba mai! Sa che siamo a favore della legge e sempre disponibili ad aiutare la polizia" dice George e con un sorriso aggiunge: "Mi dica in cosa posso esservi utile? Potremmo dire: qual buon vento vi porta qui?"

"Niente di drammatico. Cosa da poco George. La posso chiamare così?" chiede l'Ispettore.

"Certo Ispettore. Mi chiami come vuole. Ormai lei è di casa" risponde ironicamente il giovane.

"Io e il mio collega Moret saremmo lieti di sapere le condizioni di salute della sua anziana mamma. Siamo preoccupati per lei" afferma Borgan.

"Grazie signori. Grazie dal profondo del mio cuore. Un pensiero davvero carino! Oggi purtroppo, alla gente, non interessa più la salute degli altri. Ma accomodatevi, vi prego. Non posso ricevere degli amici sul pianerottolo, almeno un cognac insieme?" dice il giovane.

"La ringrazio, è gentile, ma siamo in servizio" risponde garbatamente il poliziotto.

"Allora un caffè? Un buon arabico. Che dite, entrate?" insiste George.

Borgan guarda Moret in segno di assenso. George spalanca la porta e i due entrano. Seguono il giovane che, claudicante, li conduce nel salotto rosso, che l'ispettore ha gia conosciuto quando venne a interrogare Madame Selma in occasione della morte di Clotilde. Allora non potè trarre un ragno dal buco, perche l'anziana era completamente fuori di senno e lo scambiò per un generale tedesco.

"Un momento. Accomodatevi, mi allontano per dare disposizioni" dice George andando via.

Borgan e Moret si tolgono i cappelli e si siedono sul grande divano rosso ai lati del tavolo impeccabilmente pulito.

"Accidenti, che casa da ricchi!" esclama Moret.

"Certo! Mio caro Moret! La mamma di George è stata la puttana più pagata di Francia."

"Ah ecco! C'era qualcosa che non mi quadrava. L'ho sempre detto a mia madre!" continua Moret.

"Di fare la puttana, Moret?" esclama con lo sguardo accigliato Borgan.

"Ma cosa dice Ispettore? Ho detto sempre a mia madre che, con le cose illecite, ci si arricchisce facilmente!"

"Ah certo! Certo, è vero Moret. Come vedi noi siamo poveri, onesti e imbecilli. Ahahahah! Purtroppo è la verità." conclude l'Ispettore. Torna George e regge un vassoio d'argento su cui fanno mostra di sé due tazzine di Limonge con del caffè.

"Grazie George! Mi dispiace se le stiamo dando disturbo" dice Borgan.

"Niente, Ispettore, gliel'ho detto, è un piacere. Zucchero?" chiede il giovane.

George è comunque un uomo di classe. Inperturbabile, conserva il suo aplomb anche nei momenti più difficili.

"Sì, due! Grazie" risponde Borgan.

"E lei?" chiede George rivolgendosi a Moret.

"No! Io lo prendo amaro. Comunque grazie per la cortesia" risponde il Sergente.

I tre si fissano. George è nervoso. Lo avverte anche Borgan.

"Allora George! Come sta la mamma?" chiede l'Ispettore.

"Bene, bene, grazie. É molto caro a interessarsi della mamma, è una donna ammalata e vulnerabile. Purtroppo, il suo vissuto, le pesa ancora e, come le dissi l'altra volta, il suo tempo è come sospeso tra ieri e oggi. Spesso queste due dimensioni si sovrappongono e qusto diventa il momento più critico della sua esistenza. Come se tutti i pensieri della mente si mischiassero in un brodo primordiale e lei afferrasse solo una parte di questi ricordi. Una grande perdita. Mia madre è, ed è stata, una donna straordinaria" risponde entusiasta George.

"Certo, la sua spiegazione fa comprendere come, in un attimo, inizia a delirare e a parlare con personaggi che sono morti da quarant'anni. Come è avvenuto quando le venni a chiedere informazioni su Clotilde, l'anziana suicida. Ricorda George?" aggiunge Borgan.

Borgan e Moret sorseggiano il caffè.

"Ricordo, Ispettore, anche se non potemmo dare alcun tipo di aiuto" risponde rammaricato il giovane.

"Ma oggi non c'è servitù in casa?" L'Ispettore Borgan, bruscamente, cambia argomento e gli chiede.

"Non ho inteso la domanda, Ispettore?" risponde George che sembra non aver compreso quello che dice il poliziotto.

"Dico che oggi lei è privo di servitù. Vedo che è venuto con il vassoio fra le mani" afferma di nuovo Borgan.

"Ah sì, è vero! É vero!" e sorride, mascherando il fatto che non si aspettava questa domanda. "Sì, oggi sono privo di servitù. Claretta, la nostra fida cameriera, è partita ieri per Boulogne sur mer. Ha problemi familiari.É una brava ragazza e, quando mi ha chiesto il congedo, sono stato immeditamente ben disposto verso di lei e Arthur."

"E Arthur?" chiede Borgan incuriosito.

"Sì! Arthur, mi ha chiesto un giorno di congedo. Non gli capita mai, perchè vive in casa con noi. Aveva delle faccende urgenti da sbrigare." "E io sono" risponde il giovane, immediatamente ben disposto verso di loro. "Bene George, ho capito. Quindi è rimasto solo tutto il giorno?" chiede Borgan.

"Sì, tutto il giorno! Ho poche necessità personali. Riesco a cavarmela. Pochi impegni. Poco lavoro" risponde il giovane.

"E con la mamma come ha fatto?" chiede l'Ispettore.

"Come ho fatto cosa?" risponde frastornato l'uomo. "Come se la cava da solo con la mamma? Sicuramente la signora Selma ha necessità di medicine, di cure particolari, insomma, di un'assistenza sanitaria adeguata per un caso abbastanza delicato come il suo. Come l'ha messa George? Tutto da solo?" chiede Borgan.

"Sì! Come l'ha messa George?" Moret ripete la domanda.

"Moret non ho necessità di eco! Grazie!" Borgan redarguisce il suo collega per la richiesta fuori luogo.

"Mi scusi Ispettore, non volevo" risponde imbarazzato Moret.

"Con le iniezioni, per esempio, come ha fatto oggi? Madame Selma ha certamente necessità di iniezioni giornaliere" aggiunge Borgan.

"No! No, Ispettore. Mia madre non sopporta le iniezioni, le detesta e ha inculcato questo odio anche in me. Pensi che non ne ho mai fatta una e poi lei dice che fanno afflosciare la pelle del sedere" risponde il giovane.

"Ah! É vero. Sono d'accordo con lei! Ebbi modo di farmene una decina lo scorso anno" dice l'Ispettore e sorride sornione, "ho avuto il sedere afflosciato per un anno intero. Accipicchia, me ne ero dimenticato. Ti ricordi Moret? Come era afflosciato il mio sedere?" E continua a sorridere.

Moret comprende l'allusione e aggiunge: "Certo signore, ricordo il suo afflosciamento. E per le pillole? Per tutte le altre cure? Come se l'è cavata oggi? Mi dica" chiede Borgan con curiosità.

"Mia madre non prende nulla! Ora che ci penso, mia madre non ha mai preso medicine in tutta la sua vita" George risponde e sorride. Dice: "Io sono una russa e i russi stanno sempre bene! Solo una tisana ogni sera per conciliare il sonno" risponde

George.

"Bene, bene, una omeopatica" aggiunge Borgan.

"No! Solo una donna che detesta i medici e gli ospedali" risponde George e sorride con sincerità.

"Ma ora dov'è?" chiede l'Ispettore così, su due piedi.

"Ora? Dorme" risponde sicuro George.

"E dove dorme, George?" aggiunge Borgan.

"Nel suo letto! Ispettore, dove vuole che dorma?" risponde incuriosito il giovane.

"Ah certo, nel suo letto. Giusto, Giusto. Potremmo vederla? Uno sguardo superficiale, naturalmente, con tutto il rispetto, non andiamo a disturbare la gente che dorme! Ma quando è necessario, capita di sbirciare nella camera da letto di qualcuno che, ovviamente, possiede un nostro interesse particolare. Ecco, come sua madre. Io vorrei guardarla un attimo e poi mi sentirò più tranquillo" afferma l'Ispettore.

"Ispettore! Che richiesta fuori posto! Mia madre riposa. Mia madre è una donna molto malata e così, su due piedi, dovrebbe essere vista da due poliziotti?" esclama George, innervosito per la richiesta.

"Vista! Via, non esageriamo! Uno sguardo superficiale, una piccola e innocua guardatina sulla soglia della porta. Uno sguardo discreto che non le darebbe il più che minimo fastidio e non le procurerebbe nessun danno alla salute" risponde l'Ispettore.

"Una guardatina? Uno sguardo? Come si permette Ispettore! È inaudito! Lei viene nella mia casa, anzi nella casa di mia madre, e parla di questa donna come se fosse un fenomeno da baraccone." George inizia a innervosirsi. "Non fraintenda George. Non dovrei dirglielo, per dovere professionale, ma noi la consideriamo una persona perbene e quindi possiamo parlare in piena libertà. Siamo qui perché abbiamo un preciso dovere," aggiunge Borgan con tatto.

"Quello di guardare una vecchia ammalata che dorme?" risponde George irritato.

"Non è proprio così, come dice lei. Siamo qui per un'indagine di polizia" continua Borgam.

"Una indagine?" chiede George.

"Sì, una indagine molto seria su un probabile omicidio avvenuto in questo edificio" spiega Borgan.

"Chi avrebbero ucciso scusi? Poi cosa c'entra mia madre, che è anziana e malata, come lei ben sa?" domanda il giovane.

"C'entra! C'entra, mio caro amico. Noi dobbiamo controllare tutti gli inquilini di questo stabile e constatare il loro stato di salute. É un lavoro arduo e delicato e, comprendiamo pure, che essere controllati nel sonno è una cosa fastidiosa, ma io glielo detto, una guardatina e basta. Lo stato di salute. Questo importa a noi" risponde Borgan.

"E non vi basta aver controllato il mio? Sono vivo?" chiede stizzito George.

"Perchè dice: sono vivo? George, nessuno lo ha mai messo in dubbio. Lei è qui vivo con noi, se non lo fosse, le direi che lei è morto!" esclama l'Ispettore e sorride per stemperare la tensione che si è creata.

"Dicevo, sono qui! Mi avete controllato e ora, scusatemi, ho tante altre cose da fare" aggiunge George.

"A parte che a noi, delle sue tante cose, non importa un bel niente!" esclama l'Ispettore interrompendolo bruscamente, "sappiamo che lei non ha cento impegni."

"Ma come si permette? Ispettore? Offendermi qui, in casa di mia madre?" risponde George, innervosito dalle parole del poliziotto.

"Allora mettiamola così: non vogliamo offenderla. Desidereremmo vedere sua madre, è possibile? O devo presentarmi con un mandato del giudice?" chiede Borgan con un'espressione molto seria.

"Un mandato? Dio mio! Oggi sembra tutto surreale. Questa mattina ho gia avuto la visita di due persone che volevano sapere come stesse mia madre e intendevano vederla. Le pare possibile che, della gente estranea, venga a casa e chieda di vedere la propria madre mentre dorme? Le pare normale? Poi voi due, con un'altra richiesta assurda. Possibile che la polizia di Parigi non abbia altro da fare che spiare una donna anziana e malata mentre sta dormendo? É mai possibile tutto ciò?" George risponde indignato.

"Aspetti! Aspetti! Ha detto due visite? Che cosa significa?" chiede il poliziotto.

"Sì, Ispettore, significa che questa mattina i coniugi Oteil sono venuti qui e intendevano avere notizie sulla salute di mia madre e, addirittura, pretendevano che le dessero un'occhiata mentre la poverina era a letto. Inaudito, non trova? Che gente a cui ho affittato un mio appartamento!" esclama il giovane.

"E chi sono questi Oteil?" chiede l'Ispettore. "Sono i due anziani a cui ho ho dato la casa dei Mansard" risponde George. "E volevano verificare se sua madre fosse ancora viva? Cioè, se stava bene in salute? A che ora sono venuti?" chiede ancora l'Ispettore. "Saranno state circa le nove o le nove e trenta. Non ricordo di preciso. Con i loro sguardi curiosi, ansiosi. Naturalmente, apprezzo la loro gentilezza, ma non è possibile presentarsi a casa di qualcuno e chiedere insistentemente di entrare in camera da letto. Questa richiesta la trovo volgare e priva di stile. Comprendo pure che siamo aperti a ogni nuovo principio della privacy, ma spesso la gente esagera, gratuitamente" risponde George."

"Ah! Hanno fatto questo? Le hanno chiesto di vedere sua madre e hanno anche insistito con questa pretesa fuori luogo?" chiede il poliziotto.

"Sì! Quando mi sono rifiutato si sono infuriati a tal punto che stavo per metterli alla porta" risponde George.

"E poi, cosa è successo? Mi dica, mi racconti i particolari" aggiunge Borgan.

"Cosa vuole che le dica? Sono andato su tutte le furie, ecco perchè dico che è surreale. Ora lei mi fa la stessa richiesta! Non so che pensare!" esclama il giovane.

"Sì ma noi staremo pochi secondi. Glielo giuro davvero!" promette Borgan.

"Lei insiste con questa assurda richiesta, Ispettore? Non so che dirle. Mi creda. Sono in totale imbarazzo" aggiunge sbigottito il giovane.

"George! Noi non siamo gli Oteil! Siamo la Polizia. É Chiaro? Ogni richiesta che facciamo diventa lecita nel momento in cui la formuliamo!" incalza Borgan e continua, "le ho gia detto che siamo qui per una indagine di omicidio e dobbiamo controllare tutto. Mi ascolti George! La prego, ci consenta di fare il nostro dovere, la scongiuro! Le assicuro che non la disturbenemo più!" esclama il poliziotto.

"Ispettore, le faccio questo favore, ma la prego di lasciarci in pace. Per me e per mia madre non è stato facile vivere a Parigi. Abbiamo avuto dei momenti terribili, eppure, grazie alla forza di quella donna che dorme, li abbiamo superati. Purtroppo la gente non si rende conto e noi siamo stati vittime dell'incomprensione popolare. Venga! Ma da solo che l'accompagno. La prego, non faccia il benchè minimo rumore. Se si desta sarei davvero in difficoltà" dice George all'Ispettore parlando a bassa voce. "Va bene andiamo! Ha visto che riusciamo sempre a trovare un accordo?" aggiunge Borgan e poi, rigolgendosi al collega, ordina: "Moret tu resta qua e aspettami!"

L'ispettore si alza e segue George. Questa figura grigia, claudicante e senza età avanza a passo felpato nel corridoio buio senza fare alcun rumore. Borgan si chiede come sia possibile che George abbia un passo così leggero, nonostante l'impedimento alla gamba, ma i suoi pensieri sono interrotti al cospetto della porta della camera da letto di Madame Selma Molovsky.

George la apre senza far alcun rumore. Borgan ha di fronte a sé un enorme letto, stile Luigi XII, su cui, supina e coperta, dorme l'anziana. Indossa una vestaglia azzurra di raso priva di merletti. I suoi capelli biondi sono in ordine, sparsi sulle spalle e si intravede parte del viso che ha un leggero colore roseo. Il poliziotto, fermo sulla soglia, pare voglia riempire i propri occhi con quante più immagini possibili in pochi attimi, tentando, poi, di ricordare ogni particolare e le eventuali anomalie che possano aiutarlo nella risoluzione di questo caso. Ma è tutto in ordine. Non c'è alcun oggetto fuori posto. Tutto è meticolosamente sistemato. Finanche due sedie poste ai piedi del letto hanno un perfetto allineamento al tappeto, che copre quasi l'intera superfice della stanza. Sembra una scena teatrale, impeccabile, con ogni oggetto di scena al posto che ha stabilito il direttore artistico.

Pare che si attenda l'attore che reciti la sua prima battuta. Tutto maledettamente fasullo! Ma la donna è li che dorme e non è affatto nella caldaia bollente dove Baladieu asserisce che l'ha scoperta! Selma Molowski dorme lì, davanti ai suoi occhi. "Nessun'altra prova può farmi cambiare idea, a parte il fatto di crederci o no! Non posso accusare nessuno! Questa è la verità!" pensa Borgan, poggiando la mano su una delle due sedie. Non c'è nulla che faccia pensare che ci si trovi al cospetto di una cadavere.

"Grazie George!" esclama con un filo di voce Borgan. I due vanno via in silenzio, come erano arrivati. George fa strada al poliziotto nel corridoio. Giunti alla porta del salone, il poliziotto rompe il silenzio e, quasi sussurrando, col timore di provocare il benchè minimo rumore, dice al giovane: "É stato gentile! Ha collaborato alle indagini. Mi scuso con lei se sono stato brusco. A volte non si riesce a comprendere il delitto, l'indagine, il lavoro di estranei che chiedono spesso cose insensate, fanno domande che sembrano folli ma, purtroppo, sono abituato a tutto ciò. La terrò informata ove mai avessi bisogno ancora del suo aiuto." Entrano nel salotto dove l'Ispettore dice a Moret: "Possiamo andare Moret! Tutto a posto. Madame Selma è nelle mani di Morfeo. L'ho vista personalmente mentre dormiva nel suo letto."

I due rimettono sul capo i rispettivi cappelli e salutano George con una stretta di mano, mentre chiude la porta di casa alle loro spalle.

L'Ispettore si ferma. Pare abbia un pensiero fisso e, rivolgendosi a Moret, dice: "Se Madame Selma è morta, come afferma Baladieu, certo è che ne ha fatto di strada da sola! Ma l'ho vista che dormiva e, allora, devo andare a fondo e pr,ima di archiviare il caso come falsa denunzia, voglio interrogare tutti. Passerò al setaccio gli affittuari fino al solaio di questo edificio e, se qualcuno ha qualcosa da nascondere, saprò di che cosa si tratta."

"Ispettore, lei crede a quello squinternato di Baladieu?" chiede Moret a Borgan.

"Non gli credo affatto, ma è così verosimile che Baladieu trovi un cadavere bollito in lavanderia che potrebbe darsi dica la verità. Per ora deve starne fuori e, mi raccomando, controllalo tu! L'ipotetico assassino potrebbe prendersela con lui. E' l'unica persona che ha visto il cadavere e le sue parole sono l'unica prova certa che abbiamo nelle mani" risponde Borgan.

"Comunque, io cosa devo fare?" chiede Moret al suo capo.

"Devi rimanere qui a controllare, spiare, ascoltare e poi ti rapporti direttamente a me. Se hai bisogno di uomini per il rimpiazzo, chiedi al quinto, parlerò io con il dirigente di turno. Per ora dobbiamo essere impalpabili come il talco, ci siamo capiti Moret? Come il talco!" esclama Borgan.

"Sarò di più, Ispettore. Sarò come il bagnoschiuma. Ahaha!" Moret risponde sorridendo a Borgan e, contemporaneamente, annota quello che dice il suo capo su un notes.

"Non avevano un altro ispettore a cui affidarti, hanno scelto me!" conclude scoraggiato Borgan.

**Capitolo VII**

"Antoine! Davvero, ho paura! Non mi è ancora chiaro di chi parlava Baladieu. Ha detto tutto e non ha detto niente. Comunque sa molte cose e riesce a nasconderle bene. É un calcolatore nato. É capace di dire qualcosa e, dopo poco, asserire il contrario. Seguire le sue parole è quasi impossibile!" esclama pensierosa la donna.

"Dovremmo chiedere a lui cosa è successo? Lui sa, ma credo che, messo alle strette, parli, dica tutto, l'imbecille. Non sa tenersi niente in quella boccaccia, perchè è un gradasso" aggiunge determinato Antoine.

"É vero Antoine! Una volta tanto hai ragione. Dobbiamo riflettere di fino e non ci resta che parlare con lui. Farsi dire ogni cosa, sapere i particolari più torbidi di questa storia. Ogni microscopico elemento ci metterà in condizione di giungere alla verità. Allora, ci vai tu?" chiede la donna rivolgendosi a Brochard.

"Dove vado io?" domanda Antoine.

"A parlare con Baladieu e acercare di saperne di più!" esclama la donna con naturalezza.

"Ma tu sei scema? Ma cosa mi proponi? A volte non riesco a capire cosa bolle nella tua testa, con un assassino in giro, non credo che sia il momento giusto per andare a fare una chiacchierata con Baladieu, sai che lui mi detesta! Ogni volta che parla di me, dice che sono un ladro e un delinquente. L'ultima volta lo abbiamo ingannato e lui lo ha scoperto. Non credo che sia disponibile a parlare con me. Non credo propio mia cara" commenta Antoine.

"Allora portiamogli un regalo!" esclama la Poltel.

"Un regalo? Continui ad essere scema! Perchè un regalo? Fare un regalo a Baldieu? Trovo che le tue idee facciano acqua da tutte le parti. Preferirei schiantarmi dalla Torre Eiffel pur di non fare un dono a quel verme" risponde l'uomo inalberato per la richiesta della donna.

"Un regalo per fargli capire che noi siamo con lui, per fargli comprendere che, questa volta, crediamo in lui, crediamo a ogni cosa che dice, anche la più fantasiosa. Per tendergli una mano. Non puoi capire! Sei un troglodita, un essere inferiore e dimentichi che Baladieu è un uomo sensibile, un uomo di grande cultura" spiega la Poltel a Brochard.

"E io che ammazzo vitelli e pecore non sono un uomo di cultura? Nel mio lavoro c'è tanta cultura che non immagini! Quella della campagna. La cultura dei vecchi contadini, dei campi verdi. Pochi esseri umani sanno dove colpire l'animale per ucciderlo all'istante. Ho la cultura della pecora, io!" conclude offeso Antoine.

"Ecco! Ho ragione! Sei un animale come loro. Questa è cultura secondo te?

La cultura dell'assassinio, di esseri indifesi? Ecco cos'è!" risponde a tono la donna.

"Sì! Ma la carne la mangi anche tu? Ci pensi? Non ti ricordi delle cose che dici quando acquisti la carne?" chiede Brochard.

"Brochard, io mangio la carne che trovo al supermercato. Non scendo da casa, la mattina, con un machete infilato nella vita, in cerca di prede. Comunque lasciamo stare questa idea. Tanto non capiresti mai! Perchè ho scelto te per dividere il mio letto? Questa cosa non me la perdonerò mai!" esclama la donna.

"Hai ragione, amoruccio mio. Facciamo come dici tu! Va bene? Qual è la prossima mossa?" chiede Brochard, accettando consapevolmente l'idea della sua compagna.

"Andare da Baladieu con qualcosa fra le mani, per esempio: un invito a mangiare insieme una torta gelata e dire che, da buoni vicini, vogliamo gustarla con lui. Sì! Credo che una torta sia un segno di amicizia e di amore. Tu non me ne hai mai portata una. Antoine!", esclama la Poltel. "Ma ti ho portato il filetto! La lingua, la coda e la trippa di vitellino!" risponde Antonie.

"Sapevo che mi avresti risposto così! Sì, Antoine! Mi hai portato la carne, va bene, ora sei contento? Sono stata felice dei tuoi doni. Va bene così Brochard? Vuoi qualche altro salamelecco? O posso dirti che tu la carne non la paghi?" conclude la donna.

"Lascia perdere e rispondimi! E se non gli piace la torta gelata?" chiede l'uomo.

"Acquisteremo una una lasagna" risponde la Poltel.

"E se non gli piace neanche la lasagna?" chiede Brochard.

"Allora basta, Brochard! Sei un dispersivo e un controproducente. Ecco che cosa sei! Cacciala fuori tu, un'idea! Almeno capirò cosa hai in quella testa di zucca!" conclude la Poltel.

"Vada per la torta gelata! Almeno se non la mangia, la divorerò io. Ahahah!" la rassicura l'uomo, ridendo.

"Presto! Prepara carta e penna!" ordina la donna.

"A cosa servono la carta e la penna! Dobbiamo disegnargliela?" chiede sorridendo Brochard.

"Imbecille! Dobbiamo scrivere un biglietto di invito e farlo strisciare sotto la porta di Baladieu. Quando leggerà, capirà che siamo noi e accetterà! Va! Va! Prendi quello che mi occorre." Ordina la donna.

L'uomo apre alcuni cassetti ma non trova quello che cerca. "Sai dove posso trovare carta e penna?" chiede Brochard.

"Nel secondo cassetto di quel mobile! Aprilo, senza far rumore, e prendi quel che serve" risponde la Poltel.

L'uomo segue le indicazioni della donna, apre il secondo cassetto e urla: "Trovato! Ahaha!" Nel richiuderlo lo fa cadere a terra, provocando un trambusto. "Ecco, proprio come ti avevo detto. Sbrigati, ora vieni qui!" esclama la donna e pone sul tavolino, al centro del salotto, il foglio bianco. Inizia a scrivere: "Caro Baladieu! Sono la signora Poltel e, accanto a me c'è il signor Brochard."

"Ignorante! Mica ci vede Baladieu!" affferma Brochard interrompendola.

"Si scrive così! Non intervenire più! Siamo molto dispiaciuti per quello che ci ha detto sulle scale. Noi non siamo cattivi come pensa lei, anzi, ci consideriamo dei buoni vicini. Per questo la invitiamo a unirsi a noi, a casa mia, per gustare una torta gelata alla meringa. La ringraziamo e bla bla bla. L'aspettiamo... bla bla bla... Ecco pronta! Valla a infilare sotto la porta di Baladieu senza che se ne accorga. Vai, vai, muoviti!" esclama la donna.

"Bella lettera! Davvero bella. Non ne ho mai letta una così garbata! Congratulazioni! Scrivi lettere belle e personali!" esclama l'uomo.

"Vai! Vai e fa' presto!" conclude la Poltel.

"No! Fermati! Dove vai?" chiede la donna.

"Porto l'invito a Baladieu!" esclama Brochard.

"No! No, caro Brochard! È inutile! Baladieu non abboccherà mai all'invito. Lo conosco bene. È furbo come dice la donna."

"Un bue?" aggiunge Brochard. "Una volpe! Imbecille! Non dire più nulla!" La Poltel è nervosa, tamburella con le dita sul tavolo e pensa quale possa essere la mossa giusta.

"Cosa dovremmo fare allora?" chiede Brochrad.

"Qui ci vuole qualcosa di forte! Di incisivo! Direi quasi di violento! Che lo spaventi ma che non lo terrorizzi. Non la violenza come la intendi tu! Qualcosa di dirompente che lo metta con le spalle al muro e lo faccia confessare. Diciamo, una lettera minatoria, in cui scriviamo che, qualcuno, conosce il suo segreto e vuole incontrarlo. Che ne dici Antoine? No! É troppo forte?" chiede la donna.

"Ma non sarebbe meglio una telefonata anonima da un apparecchio pubblico?" interrompe l'uomo.

"Riconoscerebbe la voce femminile! No! Poi non ha il telefono. Aspetta! Ho capito cosa bisogna fare. Ahah!" La Poltel si alza in piedi e fissa Brochard con lo sguardo di chi ha l'asso nella

manica, di chi ha due piedi in una scarpa, di chi sa tutto ma non parla, insomma, di chi ha trovato finalmente la risposta giusta e, sottovoce, dice all'uomo: "Una lettera di avvertimento che lo porti da noi. Come il cane che insegue l'ossicino per morderlo."
"Non bisogna dare mai l'ossicino al cane! Potrebbe affogare!" esclama con lo sguardo serio Brochard.
"Vai a prendere di nuovo carta e penna! Non dire stupidaggini! Facevo un esempio. Come scriviamo la lettera a quell'uomo?"
Brochard afferra la penna, ferma il foglio con l'altra mano e dice: "Ecco, ora ho capito. Puoi dettare!"
"Bene! Ora che abbiano deciso di non dare l'ossicino al cane, finalmente puoi sederti e scrivere!" esclama, imprecando, la donna.
"Baladieu! Sappiamo tutto! Abbiamo delle informazioni segrete su di te. Incontriamoci agli stenditoi questa sera alle 22. Non mancare, altrimenti diremo tutto alla Polizia! Vieni!"

Baladieu è seduto sul divano. Terrorizzato da ciò che è accaduto. A nulla sono valsi i suoi tentativi di rianimazione psicologica che quasi sempre lo proteggono dal mondo esterno. Non riesce a dimenticare lo sguardo di Madame Selma. Sembrava che la donna gli chiedesse aiuto e dicesse: "Baladieu! Dammi una mano a uscire da questa maledetta vasca! Strappami i capelli, se necessario! Ma salvami, te ne prego! Ti giuro che rivedrò la cifra del tuo affitto e ti farò uno sconto del settanta per cento. Che dico? Dell'ottanta per cento. No! Sarai mio ospite a vita, gratuitamente! Basta che immergi la manina e mi tiri fuori. Già mi bollono le parti intime! Ma cosa avrebbe potuto fare Baladieu se era gia morta e bollita? Dovevo aiutarla prima! O no? Vecchia malefica, sai bene che ho il cuore debole e mi hai voluto mettere alla prova?" Baladieu fissa la sua unica sedia. Ha il viso contratto e lo sguardo assente. Parla a tratti ma, i suoi termini, sono come macigni. "Oggi è un giorno speciale. Voglio dedicarlo tutto a Baladieu. Sparisco! Mi dileguo, diventerò un fantasma per l'umanità, ritornerò a essere un atomo, che dico, un neutrino. Ecco una buona idea! Evito gli interrogatori, evito i giudizi della gente, evito lo sguardo truce dei passanti e le loro frasi offensive. Guarda Baladieu! Se non le uccide, ne scopre una già assassinata. Ahah! E ride di me! Sono stanco, stanco di tutto, anche del barbiere che si ostina a farmi questo ciuffo ribelle. Cosa faccio? Cosa posso fare io, da solo?" L'uomo riflette sul proprio destino e vede che non ha scampo. Non può fare nient'altro che porre la parola fine alla sua triste esistenza. Mordicchiandosi le labbra, esclama fra sé: "Forse è giunto il momento che ponga fine ai miei giorni inutili, è giunto il momento fatale. Probabilmente, per la morte di Madame Selma, mi accuseranno come hanno fatto per Clotilde. Questa volta sarà difficile uscirne fuori. Cosa posso fare se non sacrificare me stesso per la verità? Forse morendo riuscirò a discolparmi? Sono stato ingiuriato così profondamente che ho deciso di togliermi la vita. Già leggo i titoli del Parisienne: "Uomo offeso si suicida"; "Abitante della capitale, molto, ma molto offeso, si suicida a Montmartre!"

Baladieu, come tante altre volte, ha deciso di porre fine alla sua ignobile esistenza, almeno stando alle sue parole, escludendo a priori la sedia che, durante l'ultimo tentativo di suicidio, non gli ha dato risultati soddisfacenti. Si dirige verso la cucina. Questa volta adopererà il gas. Anche se detesta questo modo di farla finita. A nulla valgono le sue teorie di non coinvolgere gli altri in queste sue folli scelte. Questa volta è diverso. Avrebbe aperto il rubinetto del gas e atteso che tutta la casa si riempisse di metano, fino a soffocarlo, fino a strappargli l'ultimo anelito di vita. Baladieu, nel delirio, immagina il suo viso contratto. Sente già gli spasmi del corpo morente edil respiro che si allontana, come quando un amico parte in treno.

Va via lentamente, lasciando chi gli ha tenuto compagnia alla stazione, fermo sulla pensilina, che lo saluta a braccia tese.

Il convoglio si allontana lentamente fino a diventare un puntino all'orizzone. Oggi, Baladieu, ha deciso, per l'ennesima volta, di lasciare tutti alla stazione con le braccia tese.

Nell'immaginario dell'uomo questa gente chiacchiera e, qualcuno, sussurra con cattiveria: "Addio Baladieu! Sei stato un porro sulla pelle della vita, un neo sulla punta del naso dell'umanità, un grande che ha bruciato il suo essere e lo ha reso stupido, imperfetto, ammerdato da continue scelte sbagliate. Ora va' lontano, oltre le nuvole, e cercati un posticino all'inferno dove poter sollazzarti fino alla fine dei tempi."

Baladieu ha le idee chiare, ha il gatto nel sacco, ha il toro per le corna, ha le chiavi del portone, ha una tegola sulla testa, ha tra le mani la spada di Damocle e chi più ne ha più ne metta. Allunga la mano e chiude l'ultimo atto della tragedia, aprendo la manopola del gas. Allenta tutti i pomelli del forno e aspetta a terra disteso supino il sibilo silenzioso del metano e il compimento del destino. Il suo viso è pallido, emaciato, bianco come un lenzuolo di lino appena acquistato. I primi sintomi di asfissia appaiono sulle palpebre e un rigagnolo di sudore gli scende lento e implacabile sul naso, quando, improvvisamente: "Niente! Niente! Accidenti! Non c'è sibilo e non c'è il caratteristico odore del gas, non c'è presenza di metano." Pensa Baladieu: "Di nuovo! Delinquenti furfanti! Avete staccato di nuovo la fornitura! Nonostante io abbia pagato in contanti ben duecento franchi a quell'arpia di George, cosa mai avvenuta. No, non è possibile! Ledere i diritti altrui, calpestare le ultime volontà di un uomo, illudere un potenziale suicida. É tutto contro di me, una congiura di palazzo e il palazzo è il Residence Selma. Tutti uniti per colpirmi alle spalle, come in questi anni."

Si alza da terra e continua a brontolare: "Devo assolutamente chiamare al telefono la compagnia del gas e chiedere se, per una urgenza, possono ridarmi la fornitura. Dirò loro che mi bastano dieci minuti. Il tempo che cuocia la pappetta del mio bambino. Capiranno! Anche loro hanno un'anima e spero un bambino affamato."

Mentre questi pensieri affollano la sua mente, Baladieu sente uno strofinio provenire dalla porta. Il suo udito è fine, riesce a sentire i passi di uno scarafaggio che si nasconde sotto al divano o il fruscio delle ali di una rondine che si posa sul suo balcone.

Era così, sin da piccolo, un udito straordinario. Sua madre spesso diceva: "Questo pargoletto ci sente che è meraviglia. Se i suoi pensieri fossero così, potrebbe diventare un macchinista della metropolitana di Parigi." Questo pensava mia madre. Che sarei diventato un macchinista della linea quattordici. Non ho preso neanche la patente per la moto.

Il rumorino persiste e Baladieu corre nel salotto e, con gli occhi degni di un'acquila che scruta ogni angolo del bosco in cerca di prede, s'accorge che sta avvenendo qualcosa sotto la porta. É Brochard che tenta di ficcare l'invito. Baladieu si affretta ad accovacciarsi meglio per vedere cos'è quel triangolino di carta bianco. Lo afferra e inizia a tenderlo. Dall'altra parte della porta, Antoine, pensando che il foglio abbia trovato un intoppo, fa la stessa cosa. Nessuno dei due riesce nell'intento. La carta continua l'andirivieni, fino a quando, Baladieu, con un gesto rapido, la strappa dalle mani di Brochard.

L'uomo legge rapidamente ed esclama: "Allora è finita davvero? C'è qualcuno che mi odia tanto? Non sono solo io a crederlo. C'è chi pensa che io abbia qualcosa di terribile da nascondere! Ma quali sono queste cose terribili? Forse sono un sonnambulo che compie atti ignobili mentre dorme? Oppure che mi trasformi in mister Jakil e uccida giovani vergini? Possibile? Sono l'uomo più infelice del mondo. Povero me!"

Baladieu corre disperato verso la cucina e richiude i rubinetti del gas ma scopre che il metano ha gia iniziato ad espandersi nell'aria.

Resosi conto, si affretta alla finestra e spalanca i battenti inchiodati da anni. "Come sono sfortunato! La società del gas ha letto nei miei pensieri e, immediatamente, ha provveduto!" Sorride sornione dopo averla scampata per l'ennesima volta.

Anche Brochard è contento, riuscendo nell'intento. La Poltel non si innervosirà e addirittura potrebbe dirgli: "Bravo il mio amoruccio! Ha fatto tutto quello che gli ho detto e, miracolo, lo ha fatto bene. Bravo! Bravo questo mio pacchettino di pecorella! Ahah!"

Baladieu apre di nuovo il foglio di carta e legge. Lo rilegge. Lo appoltiglia fra le mani e lo getta via con disprezzo. Lo riprende e, dopo averlo riaperto, legge di nuovo cio che è scritto.

"Non mi avranno! Andrò all'appuntamento e dirò a costui o costei o a costoro: Baladieu è un libro aperto! Ho scoperto per puro caso il cadavere di Madame Selma che giaceva bollito nella caldaia della lavanderia. Io non so chi l'abbia uccisa! Né perché sia stata uccisa. Penso solo che avrebbero potuto assassinarla in un modo diverso. Ma questo è un mio parere personale. Ho parlato con le forze dell'ordine! Baladieu dice tutto alla polizia. Questa è la verità. Per quanto riguarda la mia vita personale, avete di fronte l'uomo più sfortunato del pianeta. Forse del sistema solare o dell'intera galassia. Per finire, non ho ucciso Clotilde. Quella donna era gia morta quando l'ho trovata a casa mia. Accidentaccio!" D'impulso, quasi dovesse liberarsi di un peso, spalanca la porta di casa e urla: "Nemici di questo buon uomo, ascoltatemi! Sono Baladieu e non ho paura di voi, ho paura di me stesso. Ahah! Mi sento male! Sto male! Aiutatemi, ho un infarto cruento in corso! Un colpo apoplettico vagante! Vi prego, sto morendo!" Baladieu porta la mano alla pancia e sviene provocando un tonfo secco.

"Tutto a posto mia cara. Tutto bene. Pensa che, Baldieu, me lo ha strappato dalle mani per leggerlo!" esclama Brochard sorridendo sodisfatto.

"Davvero? Considerati allora un uomo fortunato. Se non fossi riuscito a dare la lettera a Baladieu, ti avrei ucciso, mio caro Antoine. Ma ce l'hai fatta e sai, allora, cosa ti dico?" chiede compiaciuta la Poltel.

"Cosa mi dici?" domanda Brochrad.

"Che ti considero troppo spesso un inetto. A volte mi stupisci." La donna porge l'udito all'uscio di casa: "Ascolta, Antoine!" dice sottovoce all'uomo, "ho udito un tonfo sul pianerottolo."

"Cosa vuoi che ci interessi mia cara! Fammi ancora qualche elogio, ti prego. Amo ricevere complimenti da te, sono così rari" risponde Antoine. "Togliti dai piedi e fammi andare a vedere cosa è successo! Ho un brutto presentimento" dice la donna e va verso l'uscio di casa, apre la porta e scopre Baladieu disteso a terra.

"Signor Baladieu! Cosa le è successo?" grida spaventata.

Nel frattempo anche Brochard, udendo le urla della donna, esce sul pianerottolo, vede il corpo di Baladieu disteso a terra ed esclama: "Finalmente è morto! Questo imbecille!"

Baladieu è a terra con le braccia e le gambe divaricate. Gli arti sono molli come quelli di una marionetta e l'intero corpo non dà alcun segno di vita. L'uomo ha un visibile colorito giallastro e, il suo dannato ciuffo, si lancia sulla fronte coprendo gran parte del viso.

La donna non sa cosa fare, si rannicchia accanto a lui e gli solleva il capo per rendergli più facile la respirazione. Tenta anche di rianimarlo e dice a voce bassa: "Baladieu! Non si preoccupi! Ora starà meglio. Cerchi di respirare.

Faccia un tentativo. Non deve sforzarsi eccessivamente. Il respiro è una cosa naturale e poi, mi creda, è economicissimo.

Baladieu riapre gli occhi e fissa la figura di Brochard che gli è di fronte: "Sono giunto all'inferno!" esclama. "Sono morto e mi avete condannato all'inferno? Speravo di andare in purgatorio,

ma vedo che non è stato possibile. Ma lei… balbetta l'uomo…
lei che è probabilmente un angelo" dice rivolgendosi alla donna,
"allontani da me questo manigoldo, questo ladro di carne, questa
specie di killer, questo assassino di anime innocenti."
Brochard ascolta le parole di Baladieu. Digrigna i denti, distende
le braccia, apre le sue possenti mani e tenta di strangolarlo
urlando: "Maledetto assassino di vecchie signore, lurido
violentatore di vecchie, sporco essere che approfitta delle
anziane indifese. Come ti permetti di offendermi!? Ora ti faccio
vedere!"
La Poltel afferra le braccia di Brochard, le blocca e urla:
"Fermo! Cosa fai? Non vedi che sta delirando! Forse ha
ingurgitato del veleno, del deodorante ascellare, dei medicinali
ed è crollato qui nel tentativo di chiedere aiuto."
"Non si chiede aiuto accusando me di essere un ladro e un
assassino" aggiunge innervosito Brochard. "Ma lui non ti ha
riconosciuto! Sei stata la prima figura che gli è apparsa dinanzi
agli occhi. Lascialo stare! Non fargli del male. É così indifeso, è
come un pulcino!"
"Come fa a sapere che io sono un ladro? Ecco vorrei venirne a
conoscenza anch'io!" chiede Brochard alla donna.
"Perchè è vero Antoine! Rubi la carne al mattatoio e poi la
rivendi, ma nessuno lo dice. Baladieu, invece, che è un uomo
molto intelligente, comprende tutto" risponde la Poltel.
"É vero, mio angelo protettore. Sono molto intelligente e
comprendo tutto, ma lei è Madame Poltel?" chiede Baladieu con
un filo di voce.
Lentamente si rimette in sesto e restituisce un decoro al ciuffo
maldestro, aggiungendo: "Madame io sono Baladieu, piacere di
conoscerla. Mi hanno parlato bene di lei e incontrarla è
stupefacente. Ognuno di noi dovrebbe avere un angelo custode
bello, elegante, piacevole, come lei."
"Baladieu! Io abito lì! Sono la sua vicina" risponde la donna,

indicando la porta del suo appartamento.

"Abitare lì, o qui, o più in là, non significa nulla. Risvegliandomi da questo lungo coma, lei è stato il primo essere umano che ho incontrato."

"Baladieu lei non era in coma. Era solo svenuto!" esclama la donna.

"Sarebbe stato meglio se ci andava davvero in coma, questo imbecille!" aggiunge Brochard a denti stretti.

"Zitto Brochard! Entra in casa e non farlo irritare, altrimenti salta il nostro piano" dice la donna a voce bassa rivolgendosi a Brochard e, voltandosi verso Baladieu che si guarda intorno frastornato, aggiunge: "Signor Baladieu, vuole entrare in casa? Le posso preparare una tisana? Un caffè? Un the? Può dirmi lei cosa desidera?" chiede.

"Un goccino di ginseng" risponde Baladieu.

"Bene, vada per il ginseng ma si sorregga al mio braccio, venga, si appoggi e non pensi ad altro. Ora deve stare tranquillo e guardare al futuro" aggiunge la Poltel.

"Quale futuro? Madame, non ricordo il suo nome. Ah sì, Poltel! Io sono l'uomo del presente, il passato mi riempie di angosce e il futuro è l'immagine di una donna morta bollita in lavanderia."

La Poltel e Brochard, che stava rientrando in casa, restano immobili. Si fissano e, all'unisono, esclamano: "Una donna morta bollita in lavanderia? Accidenti a me! Accidenti Baladieu! Sei uno stupido! Era un segreto e lo hai spifferato alla prima donna che incontri" dice fra sé Baladieu." "Baladieu! Ma io non sono la prima donna che incontra. Sono la signora Poltel che vive qui, di fronte a lei, da anni. Con me può parlare liberamente, suvvia si, confessi con il suo angelo custode!" esclama la donna riprendendosi dalla sconcertante notizia.

"Allora lei mi conosce bene? Da quando ero bambino? Mi parli di me! Ora non ho più ricordi! La prego, La prego, madame" chiede Baladieu con insistenza."

"Da bambino no! Decisamente no! Viviamo da diversi anni qui, nel Residence Selma e ci siamo incontrati tante volte."

"Che bello! Anche lei vive qui? Ma è pronto il caffè?" chiede l'uomo ancora frastornato.

"Ma lei ha chiesto un ginseng?" risponde la Poltel.

"Davvero? A me non piace, non si preoccupi, ora sto meglio. Entriamo in casa, prendo volentieri una tisana" conclude Baladieu. La donna lo sorregge e insieme entrano in casa.

"Si accomodi Baladieu, è un appartamento piccolo ma accogliente!" esclama con falsa modestia la donna.

"Ma lei vive qui signora? Non l'ho mai vista! Quel brutto ceffo di Brochard cosa fa a casa sua? Le vende carne di contrabando?" chiede Baladieu ancora frastornato.

"Io ti uccido Baladieu se non la finisci di dire stronzate!" urla Brochard dalla cucina. "Questo caffè caldo te lo verso sulla testa!"

"Allora è vero! Signora vede come è violento?" aggiunge Baladieu.

"Ma lei lo fa innervosire con delle false accuse" risponde la donna.

"Perchè false? Tutta Montmartre lo sa! Forse tutta Parigi! Anzi, credo che la notizia sia giunta anche alle Banlieu. Brochard è un ladro di carne" sentenzia Baladieu.

"Brocharddddd!" urla la Poltel. "Allora in tutta Montmartre, in tutta Parigi, in tutte le Banlieu, sanno di questo tuo insignificante commercio!"

"Insignificate commercio?! Ahah!" esclama Baladieu e ride. "Sì! Così asserisce lui. Un insignificante commercio, basato più sull'amore per i poveri che sul danaro" aggiunge la donna rivolgendosi a Baladieu.

"Brochard! Almeno una volta in vita sua dica la verità! Una piccola verità!"

"Sì! Sono un ladro di carne!" esclama Baladieu a voce alta.

"Guarda Baladieu! Ora stai male e non è possibile picchiare un degente pazzo come te! Ma, appena ti rimetti in sesto, faremo i conti. Ti spello vivo e poi ti appendo a un gancio come faccio con gli agnelli al mattatoio!" urla minaccioso Brochrad tenendo in mano una tazzina colma di caffè. "Prendi il caffè e taci! Pensa che oggi è il tuo giorno fortunato. Potevi morire sul pianerottolo e nessuno se ne sarebbe accorto, anzi, se qualcuno fosse passato di lì, avrebbe pensato: ah! Vedi un po'! Baladieu finalmente è morto! Quell'essere inutile, quel parassita della società" e sarebbe andato via sorridente infischiandosene, nella totale indifferenza.

"Davvero?" chiede Baladieu fissando la donna.

"Sì! Questo è vero! Ha ragione Brochard. Lei è una delle persone più odiate a Parigi ma stia tranquillo, non pensi più alla carne di contrabando e ci parli invece del corpo bollito che ha trovato in lavanderia" risponde la Poltel.

"Non posso! Borgan mi ha raccomandato di non parlare con nessuno di questa orribile avventura. É un segreto poliziesco, rischio di andare in prigione solo accennandone a qualcuno" dice Baladieu.

"Borgan! Maledetto! Ancora lui fra i piedi. Non sei più libero di uccidere qualcuno che, immediatamente, arriva Borgan" sussurra la donna e aggiunge: "Ma non dia retta a Borgan! Lo ha terrorizzato ingiustamente. Non è un suo amico. Si ricorda quanti grattacapi le diede quando morì quella vecchina? A proposito, come si chiamava? Ah, Clotilde! Sì, ricordo. Ora siamo noi i suoi veri e unici amici, a quanto pare."

"Davvero? Sono fortunato. Anche io ho degli amici come tutti gli esseri umani!" esclama Baladieu. Si ferma, come se avesse un pensiero fisso, e aggiunge con entusiasmo: "Allora, andiamo qualche giorno insieme a passeggiare nel bosco del Boi? Mano per mano e facciamo il picnic? E mangiamo il pane raffermo? E portiamo l'uva secca?" "Io e te mano per mano! Tu sei veramente pazzo! Mai!" interrompe Brochard. "Piuttosto, la mano, me la taglio al mattatoio."

"Certo Baladieu! Perchè no?" annuisce la donna, lanciando uno sguardo di odio a Brochard. "Andremo nel bosco a passeggiare insieme, ma continui per favore, la prego, non ci faccia stare in ansia. La scongiuro, in qualità di angelo custode, mi dica: cosa ha trovato?" chiede la donna.

"Niente madame! Sono andato in lavanderia, questa mattina, a lavare tanta biancheria e ho scoperto il cadavere di Madame Selma chiuso nella caldaia che bolliva. Tutto qui" esclama Baladieu.

"Tutto qui?" ripete sornione Brochard che ha preso posto sul divano accanto ai due.

"Tutto qui? Ma tu sei davvero scemo! Cosa vuoi che abbia scoperto nella caldaia, un ordigno atomico? Non hai cervello Brochard! Sei una nullità che spera di diventare un niente! Questo povero uomo è andato in lavanderia per lavare la biancheria e ha scoperto il corpo di Madame Selma. Ma era morto! Comprendi? Era un corpo morto. Dio che spavento!" esclama la donna.

"Morto e bollito mia cara signora. Era come il cotechino, come il maiale in salamoia, come il bollito di manzo con la mostarda, bianco, anzi ceruleo e senza trucco. Una cosa orrenda. Non era come Clotilde. Povera donna!" aggiunge Baladieu.

"Che invece hai fatto fuori, a casa tua. Ahah!" esclama sorridendo Brochard.

"Lei è uno stupido come dice Madame Poltel. Da uno stupido possono venir fuori solo idiozie. Clotilde si è suicidata davanti ai miei occhi. Ihih!" Baladieu inizia a piagniucolare.

"Baladieu! Ora non esageri! Davvero l'ha vista mentre si suicidava?" chiede incuriosita la Poltel ascoltando la versione dell'uomo.

"Sì! Con questi occhi!" aggiunge Baladieu. "La mia povera

amica pensava che, con quel tragico atto, avrebbe finalmente trovato la pace che desiderava, dimenticando il figlio tanto amato, la nuora tanto odiata e allora, con un impeto stravolgente, aprì i battenti del balcone e con tutta la forza che le rimaneva, si lanciò nel vuoto al grido: "Viva la Francia, viva la rivoluzione, viva la Repubblica!"

"No! Non è possibile!" esclama atterrita la Poltel e continua: "Lei non ha fatto nulla per impedirglelo? Che dire, uno strattone, un abbraccio, niente. Ha lasciato che Clotilde si suicidasse così! Sola. Hiiiiiiiiiiiiiiii! Povera, vecchia, Clotilde."

"Sì, povera vecchia. Ha trascorso gli ultimi giorni della sua vita con un pazzo e bugiardo come te. Abbandonata dal figlio e dalla nuora che, nel frattempo, erano in crociera" aggiunge Antoine sorridendo.

"Perchè bugiardo? Brochard! Perché bugiardo? Sei davvero stupido! Questo povero giovane ha sofferto, non ha potuto impedire un suicidio." La Poltel tace, pare stia riflettendo sul significato delle sue stesse parole e aggiunge, incuriosita dalla narrazione fantasiosa di Baladieu: "Sì, è vero ma, Baladieu, resta sempre lo stesso quesito. Lei non ha fatto nulla per impedirlo?"

"Non l'ho impedito? Perchè non ho fatto nulla per fermare il suo folle gesto? Perchè non ho mosso un dito e non ho interrotto il delirante atto? Ma cosa dite? Voi non sapete nulla!" Baladieu si ferma e inizia a piagniucolare: "Io l'amavo! Ecco, sì, io la amavo! Ma proprio tanto tanto. Per me era una madre, che dico, una cugina, che dico, una sorella, che dico, una moglie che non ho mai avuto. In poche parole, era tutto."

"La amava? Che ribrezzo! Baladieu! Lei amava Clotilde, una vecchia e sciatta donna per giunta ladra e bugiarda?" esclama la Poltel.

"Ladra! Perchè ladra? Le ha forse rubato qualcosa?" chiede Baladieu.

"No! No! Non mi fraintenda. Dico ladra di cuori. Non è vero che le ha rubato il cuore? Alludevo a lei! Comunque lasciamo stare Clotilde che è morta da un anno, parliamo invece di Selma. Mi ha detto che era andato in lavanderia e ha scoperto il corpo?" continua la Poltel.

"Sì, è così. Molto brevemente. É così." Baladieu è in totale imbarazzo. Non vorrebbe dire più nulla alla donna che lo incalza con le domande. "Ora vorrei tornare a casa!" esclama l'uomo, poggiando la mano sul sedere della Poltel e assumendo l'atteggiamento di chi è sofferente. Continua: "Sa? Ho l'artrite! Una malattia che non perdona. A volte sono costretto a camminare carponi come un gatto. Immagini, mia cara amica che, spesso, la mattina, prendo il latte in una ciotolina posta sul pavimento della cucina. Questo tonfo sicuramente acuirà i dolori."

"Comprendo l'artrite baladieu. Ma lasci stare il mio culo! La prego! Poi cosa ha fatto? Mi dica cosa ha fatto, dinanzi alla vista del corpo bollito di Selma. É andato via? Ha urlato? Ha avuto paura? É rimasto lì a fissarla?" insiste la donna.

"Noooooooo! Niente di tutto ciò. Ho chiamato immediatamente la polizia, qualificandomi, naturalmente, come cittadino onesto, senza però dare il mio nome" conclude Baladieu.

"Bel cittadino onesto! Uno che chiama la polizia senza qualificarsi con nome e cognome!" lo interrompe bruscamente Brochard.

"No! L'ho fatto per serietà!" risponde Baladieu.

"Serietà?" chiede la donna.

"Quando si parla a un telefono pubblico non bisogna mai dare i propri connotati. Mai dire il proprio nome e cognome. Lo dice anche la Polizia" risponde candidamente Baladieu.

"Che modello di rettitudine! Che onestà intellettuale! Taci che è meglio! Hai fatto una telefonata anonima. Ecco che cosa hai fatto!" grida Brochrad.

"Ha ragione Baladieu! Lascialo parlare, Brochard." La donna lo interrompe e aggiunge con ansia: "Poi? Cosa ha fatto? Cosa ha pensato? Mi dica la prego! Ho il cuore in gola."

"Sono tornato a casa, ma, accidenti, l'Ispettore Borgan era lì che mi aspettava" dice Baladieu corrugando la fronte.

"Perchè l'aveva riconosciuto! Ahah! Che imbecille! Fa' una telefonata anonima e immediatamente viene riconosciuto!" esclama Brochard.

"Sì, è vero! Ha riconosciuto la mia voce al telefono. Povero me, come sono sfortunato! Anche se faccio una telefonata anonima, sanno che l'ho fatta io!" esclama Baladieu piagniucolando.

"Baladieu! Non si dilunghi su particolari inutili. Poi non dia ascolto a Brochard. É un provocatore. Lo lasci stare! E, rivolgendosi ad Antoine, dice sottovoce: "Imbecille!" Continua poi ad assillare Baladieu con le sue domande: "E cosa le ha detto l'Ispettore?

Baladieu! Che cosa le ha chiesto Borgan? Ha intuito qualcosa? Non ci tenga sulle spine. La prego amico mio…" chiede la donna sempre più in ansia.

"Niente! Solo banalità: come stavo? Come se la passava il cane? Se il mio pesciolino rosso ha ancora la brochite? Ecco, queste cose banali! E poi siamo andati insieme in lavanderia e lì" continua Baladieu, quando i due, attenti a ciò che dice, esclamano all'unisono: "E lì?" dice la Poltel.

"E lì?" dice Brochard…

"Ora devo proprio andare via! Purtroppo è tardi, ho molti impegni e diverse riunioni. Se vi fa piacere chiamatemi domani. Ne sarei anche io lusingato. Tra le altre cose, ho ricevuto anche una lettera anonima a cui devo rispondere. Ma non ho il mittente. Ho deciso di dar seguito sa, queste cose si perseguono per vie legali. Questa sera chiamerò il mio avvocato. Mi ha fatto piacere conoscervi e passare qualche ora in vostra compagnia. Lei è una donna molto simpatica. Spero che anche a lei,

Brochard, possano capitare tante bellissime cose, ad esempio, che l'arrestino e la mettano in prigione" conclude Baladieu.

"Maledetto imbecille! Prima ti innamori di una vecchia, la seduci, la uccidi e io dovrei andare in prigione?" esclama bruscamente Brochard.

"Aspetti! Aspetti, Baladieu, non ci lasci così all'improvviso. Dimentichi la lettera ricattatoria, ne ricevo tante anche io."

"Anche lei è ricatata?" chiede Baladieu.

"Dalla compagnia del gas, da quella dell'elettricità, da quella dei telefoni. Mi scrivono lettere farneticanti, offensive e minacciano di chiudere la fornitura. Ma io me ne frego. Segua il mio consiglio, non vada a questi incontri allo stenditoio" risponde evasivamente la donna, anche se, sul viso, le si legge chiaramente di aver detto qualcosa in più del necessario.

"Anche a lei, chiedono un incontro allo stenditoio?" domanda ignaro Baladieu.

"Certo! Certo, è come se avessero i loro uffici sul terrazzo del Residence Selma. Chiedono a tutti un incontro allo stenditoio. Non ci pensi più! Non vada da nessuna parte e vedrà che non succede nulla. Glielo assicuro." E aggiunge la donna: "Ma lei non può andare via così, su due piedi! Ci dica almeno cosa è accaduto quando è arrivato Borgan e siete andati in lavanderia. Le assicuro che la accompagnerò personalmente a casa e, se necessario, le rimboccherò le coperte!" esclama la donna, facendo l'occhiolino a Brochrad.

"Ma cosa vuole che le dica? Mia cara amica. Nulla, non è successo nulla. Io ora vado via perchè ho una miriade di impegni e poi devo dare da mangiare al gatto" dice Baladieu alzandosi dal divano e dirigendosi verso l'uscio.

"Ma tu non hai un gatto!" esclama Brochard.

"Taci! O ti uccido!" urla la Poltel a Brochard.

"Nulla? Come nulla? Lei è insieme a un ispettore di Polizia, in lavanderia, dove è il cadavere di madame Selma e mi dice che non è successo nulla? Ma come posso crederle Baladieu?" chiede la Poltel.

"Signora, io vado via! Torno a casa" risponde irritato Baladieu.

"No! Tu non vai da nessuna parte! Resti qui e ci racconti tutto! Vogliamo sapere che cosa è accaduto in lavanderia!" grida innervosito Brochard, "perchè ti giuro su quello che ho di più caro al mondo." "Non giurare su di me! Ti prego Brochard" dice la donna interrompendolo.

"Ti giuro sul mio coltello da lavoro, che ti uccido con le mie mani" continua minaccioso Antoine.

"Brochard! Sei pazzo! Non puoi minacciarlo così! Baladieu è una brava persona e ora ci dirà tutto!" esclama accomodante la donna. "Vede che essere spregevole vive accanto a lei, amica mia?" conclude Baladieu rivolgendosi alla donna.

"É vero, è un essere spregevole, ma non gli dia retta, dica tutto a me e non ci pensi più!" continua la donna.

"Non è accaduto nulla di importante! Nulla! Le assicuro" aggiunge Baladieu.

"E ce lo dica allora! Non ci faccia attendere, fino a notte, la prego!" implora la Poltel. "Va bene! Non c'era più niente! Finito! Ora vado a casa" risponde evasivamente Baladieu.

"Cosa significa, non c'era più niente? Baladieu! Cosa non c'era più? Me lo dica! O le giuro su quanto di piu caro al mondo..." grida la donna, con tono minaccioso.

"Non giurare su di me! Ti prego!" dichiara Antoine interrompendola.

"Le giuro sul mio bracciale di diamanti che la uccido con le mie maniiii!" grida la Poltel, ma comprende pure di aver detto qualcosa di troppo e allora cambia tono e aggiunge: "Baladieu! Mi perdoni! Non lo pensavo. Me lo dica per piacere!" e poi va a casa.

"Il corpo di Selmaera sparito! Ecco! Questa è la fine della storia" conclude Baladieu.

"Selma era sparita!" esclama la Poltel.

"Il cadavere non c'era più!" grida Brochard.

"La Molowsky si era dileguata!" esclama Baladieu.

"Dileguata! Come dire: non c'era più!?" chiede la Poltel.

"Sì, sparita! Dileguata! Scomparsa. Il suo corpo non era più nella caldaia!" risponde Baladieu.

"Dio mio che cosa terribile! Atroce! Questo vuol dire che l'assassino prima l'ha uccisa, poi ha messo il corpo nell'acqua bollente e, infine, lo ha ripreso per depositarlo altrove! Dio mio! Che cosa agghiacciante! Oscena! Che storia allucinante è accaduta al Residence Selma. Ora vada! Vada, Baladieu, ritorni a casa e chiuda bene la porta!" esclama la donna accompagnadolo all'uscio.

## Capitolo VIII

La Poltel chiude la porta e rientra in casa. Brochard è tornato a sedere sul divano e l'aspetta.

Se non era per me che avevo udito il tonfo, non avremmo mai saputo che cosa stava accadendo. "Hai ascoltato anche tu le parole di Baladieu?"

"Sì, ho sentito! Ma non credo a una sillaba di quel farabutto! Baladieu è così. Lui vive in una realtà virtuale. Dice che è vera ogni cosa che gli passa per la testa e, poi, come la mettiamo con George? Il figlio di Selma? Gli sparisce la mamma da casa e lui non chiama la Polizia? L'esercito? I vigili del fuoco? Qualcuno insomma. Niente! Non dice nulla, anzi, ieri, nel pomeriggio, l'ho visto gettare come al solito il suo sacchetto di immondizia. Cerca di immaginare un figlio che non trova più la mdre e che continua a fare le stesse cose di prima! Dolce amore, Baladieu ha raccontatto solo balle! A meno che..." dice Brochard afferrando un quotidiano che è sul tavolino del salotto. "Parli sempre a vanvera Antoine. Se Baladieu ti avesse detto di aver trovato il cadavere di una pecora nella lavanderia, tu gli avresti creduto subito. Non è così?" risponde stizzina la Poltel.

"A meno che... Non sia stato proprio George ad ucciderla" conclude Antoine.

"Ti sbagli ancora. George è un personaggio triste e scontroso, ma non credo che possa arrivare a tanto. Come avrebbe portato il corpo di Selma in lavanderia? Hai dimenticato la sua gamba?" chiede la donna.

"La storia che ha raccontato Baladieu fa acqua da tutte le parti. É così fantasiosa, così rapperciata di errori, così stupida. Ecco, stupida! Sono certo: neanche Borgan ha creduto a una sola parola" risponde Antoine iniziando a sfogliare il quotidiano.

"Comunque, il poliziotto è venuto qui, con quella sua aria da saputello, con quel suo sguardo da Sherlok Holmes. L'ho visto con i miei occhi, era sottobraccio di Baladieu e parlavano come due vecchia amici" aggiunge la Poltel.

"E allora? Potrebbe darsi che, dopo la morte di Clotilde, siano diventati amici. A noi cosa interessa tutto ciò? L'hai uccisa per caso, tu come hai fatto con Clotilde? Ahah!" chiede Brochard sorridendo.

"No! Idiota! Con Clotilde è tutt'altra storia. É stata una disgrazia e tu lo sai. Un fatale atto involontario compiuto per paura, come dire, un episodio sporadico. Io non uccido il primo che incontro. Lo sai! Comunque, chiariamo una volta per tutte: Non ho ucciso Selma. Sei soddisfatto? É stato qualcun'altro a far fuori la vecchia e, a pensarci bene, ce ne sono tanti che avrebbero desiderato farlo. Io ora ho paura che, tra gli affittuari, ci sia un brutale assassino! Antoine! Ascoltami!" esclama la donna, "solo un mostro può uccidere un essere umano e cuocerlo nella caldaia della lavanderia. Questa cosa a te non fa paura?"

"No! Non mi fa paura! Chiudo la porta e lascio tutti gli assassini e i bollitori di vecchie signore sul pianerottolo di casa. Ahah!" risponde l'uomo sorridendo e continuando a sfogliare il quotidiano.

"Sei una bestia Brochard! Non hai capito che dobbiamo fare qualcosa per uscirne vivi o faremo la fine di Selma! Bolliti come cotechini."

La Poltel ha l'inconsapevole certezza di essere la prossima vittima. É nervosa, continua a battere i piedi sul pavimento e porta spesso le mani al viso.

"Basta!" dice la donna e fissa il suo compagno: "Ho deciso! Anche se tu rifiuti di capire la gravità del momento. Andrò a fondo! Ormai sono abituata a pedinare, ascoltare le parole degli altri, a restare dietro l'uscio di casa per ore" dice la Poltel.

"Sei diventata una professionista del pettegolezzo!? Ahah!" ride Brochard: "Ascolta: ricordo un certo Milor che lavorava con me al macello. Era interessato a tutto ciò che facevano gli altri. Un bel giorno, sai che cosa gli è capitato? Nessuno ha voluto più parlare con lui! Ecco!" esclama Brochard.

"Intendevo dire che bisogna investigare, bisogna organizzarsi, pensare a chi possa aver assassinato quella povera donna!" grida a denti stretti la Poltel singhiozzando.

"Baladieu e Borgan, non hanno ritrovato il cadavere, hai sentito Baladieu? Allora ti racconto che cosa è successo: diciamo che Baladieu ha ucciso Selma e poi ha recitato la farsa con l'Ispettore Borgan. Lui è stato a compiere il delitto! Probabilmente l'ha sedotta, ha avuto violenti rapporti sessuali con lei e poi, per paura che la vecchia potesse parlare con il figlio in un momento di follia, l'ha uccisa. Va bene così?" dice Antoine ricostruendo a modo suo il delitto. "Ma qui casca la pecora!" esclama, sfogliando con indifferenza le pagine di un quotidiano.

"La pecora! Caso mai l'asino!" lo interrompe la Poltel.

"Sì! Va bene, la pecora o l'asino non fa differenza. Il poliziotto dovrebbe interrogare per prima il figlio della vittima? Penso che sia la cosa più logica. Far partire un'indagine con le persone che vivono insieme al morto? Invece nulla. George continua normalmente la sua vita. Borgan va via su due piedi e non accade nulla" dice Antoine.

"Ma cosa dici? Baladieu ha ucciso Selma perché potrebbe avere avuto dei rapporti sessuali con lei? Una ultraottantenne per giunta con Alzheimer? Nooooooooo! Non ci credo neanche se li vedessi con i miei occhi!" esclama la Poltel.

"Sì! É così! Come fanno le capre, prima montano le femmine e poi le prendono a cornate" spiega Brochard.

"Che cosa sudicia e impertinente hai detto! Antoine, dovresti vergognarti! Ti odio! Io ti odio! Non è possibile che, ogni tuo discorso, termina sempre con la storia di un animale da mattatoio!" grida irritata la donna.

"Il mattatoio questa volta non c'entra nulla. Ascoltami, mia piccioncina adorata. Mio cuoricino palpitante. Baladieu lo ha gia fatto con la povera Clotilde, forse ha usato attidittura la forza per possederla. In un secondo momento si è liberato del cadavere" dice Brochard.

"Stupido idiota! Imbecille! Hai dimenticato che sono stata io a uccidere involontariamente Clotilde. Sono stata io a dare un'ombrellata in testa a quella povera vecchia. Baladieu non c'entra nulla. Noi abbiamo portato il cadavere di Clotilde a casa di quel pazzo. Lo hai forse dimenticato?" continua la Poltel.

"É vero! Ma la povera donna è stata ospite di quel farabutto per sei giorni e ha dovuto sottostare a ogni suo desiderio. Ha dovuto soddisfarlo sessualmente, anche contro natura!" esclama candidamente Brochard, abbandonando la lettura e fissando la donna.

"Hai ragione! Questa volta, invece, potrebbe essere stato proprio lui, se non addirittura lo stesso Geoge, che ora vive nell'indifferenza" esclama la donna come se stesse pensando ad alta voce. "Credo che entrambi siano i sospettati!" e continua: "Ascolta bene la mia teoria."

"Ascolto la tua teoria" risponde Brochard.

"Chissà per quale ragione a noi sconosciuta, Baladieu ha ucciso Selma. Mi segui Brochard?" chiede la Poltel all'uomo.

"Ti seguo!" risponde Antoine.

"Ha poi nascosto il corpo della donna da qualche parte, se non la ha già sepolta nel giardino condominiale. Purtroppo, non abbiamo un custode ed è diventato un porto di mare. Successivamente ha chiamato la Polizia dicendo di aver scoperto il cadavere di Selma bollito nella caldaia della lavanderia. Brochard, fino a ora ti è tutto chiaro?" chiede la donna.

"Sì! Mi è tutto chiaro! Spero…" risponde Brochard.

"L'Ispettore ha riconosciuto subito la voce di Baladieu, anche se anonima, perchè Baladieu ha fatto in modo che la riconoscesse. Quando il poliziotto è arrivato al Residence, ha spiegato tutto a

Borgan e, insieme a lui, è andato a vedere che cosa fosse successo. Così, la commedia, era giunta al finale. Ti è chiaro Brochard?" chiede irritata la donna all'uomo.

"Sì! Tutto chiarissimo!" risponde Antoine senza mai abbandonare lo sguardo fisso sulla donna.

"Nella caldaia della lavanderia i due, naturalmente, non hanno trovato nulla e, ora, attendiamoci una lunga indagine da parte della Polizia. Ti è chiaro Brochard?" chiede di nuovo la donna.

"Sì! Sì! Tutto chiaro. Baladieu è un uomo diabolico, ma posso fare una domanda?" chiede Brochard.

"Certo che la puoi fare! Mica siamo in collegio!" risponde la Poltel.

"Ora che Baladieu, per una ragione a noi sconosciuta, ha ucciso Selma, pensi che possa essere un uomo pericoloso? Non è possibile, invece, che abbia commesso il delitto in combutta con George? Baladieu ha bisogno di soldi. George ne ha tanti e ha la necessità di eliminare la madre per poter vendere il fabbricato. Hanno trovato un accordo e così eliminano insieme la vecchia. Questa è, a parer mio, la sola verità plausibile" conclude Antoine.

"Baladieu e George hanno ucciso Selma e quindi potrebbero uccidere ancora?" chiede la donna.

"Chi, ad esempio?" chiede Brochard.

"Noi, stupido! Noi che abbiamo saputo la storiella dalle sue labbra possiamo essere delle potenziali vittime. Siamo dei testimoni indiretti del suo atto omicida. Qualsiasi assassino vuole liberarsi di chi lo ha visto compiere il delitto" esclama la donna.

"Diooooo! Allora devo aver paura? Sei riuscita a terrorizzarmi! Non voglio essere sepolto nel giardino condominiale. Il cane di Bovary piscia lì continuamente. Nooooooo!" urla terrorizzato Antoine.

La Poltel, con uno sguardo compassionevole, gli si avvicina. Ha compreso di aver esagerato, lo prende sottobraccio e gli accarezza il capo: "Se mi dai una mano a risolvere questo caso, ti assicuro che ti amerò alla follia. Lo giuro!" Esclama mostrando in viso i segni di una evidente bugia e aggiunge: "Non preoccuparti, noi abbiamo ragionato e siamo arrivati a una conclusione. Da questo momento dobbiamo essere l'ombra di Baladieu e di George, seguirli come due segugi. Dobbiamo stargli alle calcagna, calcolare i tempi dei loro spostamenti: dove vanno, da dove vengono, metterli in condizione che non possano farci del male. Ti è chiaro Antoine?" chiede la Poltel all'uomo ancora terrorizzato.

"Mi è tutto maledettamente chiaro! Ma non voglio finire in giardino, vittima di quel dannato cane!" esclama Brochard.

"Sì! Bravo! Finalmente, per una volta, è tutto chiaro anche a te ma Bovary deve collaborare con noi. Lui potrebbe farci delle soffiate sui movimenti di Baladieu e di George. Bovary vive a piano terra ed è al corrente di tutto ciò che accade nel Residence. É cieco, ma non sordo. Lui può farci arrivare agli assassini di Selma. Dobbiamo contattarlo immediatamente, con le dovute precauzioni, perché è vecchio e, a volte, stralunato." A quel punto Baladieue e George si trovano in trappola. Non hanno scampo. Sono nel collo della bottiglia. Sono a tavola con il boia. Sono a braccetto con la morte. Sono due che, ad *Auschwitz*, ci hano lasciato la pelle e chi più ne ha più ne metta. Maledetto schizofrenico!" dice la donna mordendosi le labbra.

"Ma nessuno dei due è ebreo!" afferma con un filo di voce Brochard.

"Non fa nulla! Potrebbero esserlo e nessuno lo sa!" conclude la donna.

## Capitolo X

L'Ispettore sale lentamente le scale del Residence. Ha pensieri cupi che gli passano per la mente: "Maledetto caseggiato, tocca sempre a me venire quassù. Ogni volta che sono in servizio accade qualcosa di losco in questo covo di pazzi, ma è una storia ingarbugliata. Baladieu dice di aver trovato madame Selma bollita nella caldaia della lavanderia e, invece, la donna dorme nel suo letto. Varrebbe la pena scriverne un romanzo!" Mentre tutti questi pensieri si accalcano l'uno sull'altro nella mente di Borgan, come i sacchi di Juta colmi di grano nel ventre di una nave, giunge al secondo piano. Ha deciso di interrogare gli Oteil, che il poliziotto reputa come gli altri affittuari del Residence: gente strana. Bussa alla porta, ma non riceve alcuna risposta. Bussa di nuovo e finalmente, dall'interno, una vocina esile chiede: "Chi bussa alla porta?"

"Sono l'Ispettore Borgan del quattordicesimo distretto e vorrei parlare con qualcuno di casa" risponde il poliziotto.

"Apro subito Ispettore! Mi dia un po' di tempo e sono da lei" risponde la stessa vocina.

Borgan sente il rumore di una serratura che si apre e poi di un'altra e ancora di un'altra. La porta si spalanca e Borgan ha di fronte l'esile figura di una donna anziana.

"Venga Ispettore, si accomodi! Scusi per l'ambiente in penombra ma, da qualche giorno, ho una forte congiuntivite e preferisco stare al buio. Spero che mi passi, perché ho l'impressione di vivere in una caverna!" dice la vecchietta sorridendo.

"Non si preoccupi! Per me va bene, anzi, mi dispiace di avervi disturbato, ma avevo la necessità di porvi qualche domanda."

"Su quale argomento, Ispettore?" chiede la donna mentre fa strada all'uomo nel lungo corridoio che conduce al salotto.

"Abbiamo ricevuto una denunzia da parte di alcuni abitanti della zona sulla presenza nel quartiere di sconosciuti, forse zingari o ubriachi, e stiamo indagando" risponde Borgan, senza alcun riferimento al ritrovamento di Selma.

"Si segga Ispettore Borgan!" esclama la Oteil, facendo entrare il poliziotto in un salotto stile anni '50.

Borgan prende posto su un vecchio ma decoroso divano, sulla cui spalliera è disteso un panno di lino bianco, bordato con alcuni ricami colorati. Il classico vecchio arnese che, gli anziani, tentano di mettere in salvo dalla senescenza provocata dell'impiego quotidiano.

Di fronte c'è un vecchio televisore che trasmette le previsioni del tempo, in ostinato silenzio.

"Grazie!" risponde Borgan.

"Desidera un caffe o qualcos'altro? Mi dica!" chiede la donna con garbo.

"Niente signora. Sono in servizio e preferirei rendere breve il nostro incontro" risponde garbatamente il poliziotto. "Certo, ha ragione! Ecco, ora seduti va meglio! Se desidera posso aprirle la finestra per farla stare a suo agio" esclama madame Oteil che sta per alzarsi ma il poliziotto, con delicatezza, le afferra il braccio e la ferma.

"No, signora, la ringrazio ma non occorre. Possiamo parlare anche al buio. Le farò alcune domande e, se lei vorrà collaborare, mi risponda."

Tutto l'ambiente è modesto e di semplice fattura. Nessun soprammobile, nessun vaso con fiori di plastica, nessuna foto di famiglia sul lungo comò che occupa gran parte della parete laterale della stanza. Come se, in quell'appartamento, non vivesse nessuno. Nei raggi di sole che si insinuano tra le persiane semichiuse, c'è un denso pulviscolo che, muovendosi velocemente per lo spostamento d'aria provocato dai due, rende ancora più disabitato l'ambiente. Madame Oteil è una donna semplice, indossa un abitino grigio datato come lei e una quantità eccessiva di trucco sul viso che la invecchia ulteriormente. I suoi movimenti sono lenti, per una probabile artrosi mai guarita del tutto e siede con le braccia consorte poggiate sulle ginocchia che stanno a indicare una buona educazione ricevuta da piccola.

"Signora, mi scusi, ma da bambina ha studiato in qualche collegio?" chiede con curiosità l'Ispettore.

"Oh sì, Ispettore! Sì! Sono stata circa dieci anni dalle Orsoline Leonesi, un ordine minore che ha una piccola sede qui a Parigi, in Rue des Martires. Nella mia città, Orleans è presente massicciamente con oltre venti sedi. Io sono stata a studiare da loro a Boyssy, dove risiedeva la mia famiglia. Ma, mi scusi Ispettore, questa domanda fa parte del mio contributo alle indagini?" chiede la donna incuriosita.

"No madame! La prego, non fraintenda. Noi poliziotti, purtroppo, siamo anche specialisti in psicologia e cerchiamo sempre di andare a fondo nella personalità dei nostri interlocutori. È come una malattia professionale, direi" risponde l'Ispettore sorridendo.

"E allora, che cosa ha dedotto, mio caro Ispettore?" chiede la Oteil sorridendo.

"Niente madame! Che lei è una donna gentile e simpatica. Ahah!" esclama sorridendo anche Borgan.

"Allora sono felice che non mi abbia trovato scontrosa e antipatica! Altrimenti sarei stata di impaccio alle sue indagini. Comunque, anche lei è fuori dagli schemi. Ha un'aria così spensierata. Non è possibile pensare che si occupi della parte più tragica della nostra società" aggiunge la donna, poggiando simpaticamente la sua mano sulla gamba di Borgan.

"Non dica così madame Oteil, altrimenti mi mette in soggezione e mi fa dispiacere. Cerco sempre di alleggerire il colloquio, provando ad abbattere quel muro di tensione che c'è tra me e il mio interlocutore. Già avere un poliziotto in casa è una cosa sgradevole.”

“Mi dica, invece, da quanto tempo vivete a Montmartre?” chiede l’Ispettore comprendendo che, quella donna, non è la solita vecchietta che incontra ai giardini pubblici. Ha un vissuto, un passato forse da dimenticare o qualcosa che nasconde dietro la sua affabilità. Fatti suoi!” pensa Borgan, continuando il colloquio.

“Da un po’ di tempo… Ci siamo trasferiti qui da ottobre dello scorso anno” risponde dall’altro capo della stanza il marito.

“Ispettore, abbiamo affitato questa casa per stare un po’ più tranquilli. Dove eravamo, mi creda, era un vero calvario. Avevamo le finestre che si affacciavano sulla piazza del mercato e, si immagini, soprattutto le urla e i rumori. Comunque piacere! Sono Joseph Oteil. Il marito di questa gentile e simpatica donna!” esclama l’uomo rivolgendosi al poliziotto.

“Ah! Piacere di conoscerla, signor Joseph, mi dispiace disturbarvi a quest’ora del mattino ma, purtroppo, sono stato costretto dagli eventi. Come dicevo a sua moglie, alcuni abitanti del quartiere si sono lamentati della presenza di estranei che girovagano per le strade. Ci sono molti caseggiati e, qualche malintenzionato, potrebbe mettere a rischio la loro tranquillità” spiega l’Ispettore Borgan.

“Quali eventi Ispettore? A parte le stravaganze del signor Baladieu nel Residence, non accade mai nulla di interessanre. Ahah!” risponde Joseph e sorride sornione.

“Ha ragione! Baladieu è sempre l’unica novità di questo condominio ma, tutto sommato, è un uomo tranquillo con tanti problemi. Lo escludo, lo conosco bene. Della signora Selma cosa ne pensate?” chiede a bruciapelo ai due l’Ispettore Borgan.

Joseph si avvicina alla moglie e al poliziotto e si accomoda sul divano. Pare non aver udito la domanda. Borgan nota che, nel pronunciare il nome Selma, le labbra del signor Oteil hanno una leggerissima contrazione e, allora, continua nelle sue domande.

"Da quanto tempo non la vedete?" chiede.

"Saranno tre o quattro giorni! L'ultima volta che l'abbiamo incontrata... Quando è stato, caro?" chiede la donna rivolgendosi al marito.

"Non ricordo! Ma hai detto bene, saranno tre o quattro giorni che non abbiamo sue notizie. La vediamo in giardino a curare le sue piante di fiori ma, devo confessarle, che non lo ricordo" risponde Joseph.

"Bene Ispettore! Vuole farci quelle domande sugli sconosciuti?" esclama Joseph, interrompendo bruscamente il colloquio.

"Sì! Gli sconosciuti! Giusto!" dice distrattamente Borgan.

"Ispettore tutto bene? Ci ha chiesto la collaborazione?" chiede la donna, vedendo l'Ispettore assente.

"Sì! Scusatemi, pensavo ad altro. Hanno, per caso incontrato qualche volto nuovo che gironzolava qui intorno?" chiede il poliziotto.

"Sì! Mi sembra che, l'altro ieri, un uomo fosse entrato furtivamente nel palazzo ma, probabilmente, era Baladieu. Quando rientra, ha sempre un atteggiamento sospetto. Povero uomo, così solo! Non si accorge neanche dell'esistenza degli altri" continua Joseph.

"E allora perché siete andati nell'appartamenteo di Madame Selma per avere sue notizie?" chiede maliziosamente Borgan.

"Non ricordo, non ricordo di esserci andato mai!" risponde l'uomo.

"Dunque il signor George si sbaglia? Sì, credo che si sia sbagliato" aggiunge l'Ispettore con indifferenza.

"Mi scusi Ispettore, se mi è lecito sapere, qual è il nesso tra la scoperta di uno sconosciuto che gironzola per la strada e la nostra visita al signor George?"

"C'entra! C'entra! Scusatemi, ma devo andare a fondo a molte cose" risponde Borgan assumendo un atteggiamento serio.

"Prego, faccia come vuole!" aggiunge la donna. "Voi

conoscevate i Mansard?" chiede l'Ispettore. "No!" risponde Joseph.

"No!" afferma la signora Oteil.

"Erano brava gente! Li aveva colpiti una tremenda tragedia. La loro nipote era morta accidentalmente sui binari della metro alla fermata di Abesse" aggiunge Borgan.

"Sì! Conosciamo questa triste storia e ne siamo addolorati" risponde con garbo la donna.

"Io non li ho mai conosciuti! Ero qui per la morte di una affittuaria, una donna anziana che si era suicidata e ho avuto modo di conoscere tutti gli altri inquilini del Residence. I Mansard furono subito stralciati dalla lista degli indagati, perché, inizialmente, avevo pensato a un omicidio. Erano fuori Parigi da un po' di tempo e non sono più tornati. Sembra abbiano ricevuto una grossa eredità da una loro vecchia zia e sono spariti nel nulla. Comunque, la loro scelta, è stata saggia. In questa casa c'era tutto il loro dolore per la nipote scomparsa, speriamo che abbiano trovato la pace che desideravano" dice Borgan.

"Io non credo che l'abbiano trovata!" esclama la donna.

"Perchè dice così, signora?" chiede il poliziotto.

"Dedicare una vita a un essere umano per poi vederlo scomparire così, improvvisamente, dinnanzi ai propri occhi. Amare un familiare e non ritroverselo più accanto non è certo un buon presupposto per ritrovare se stessi!" esclama la Oteil e le si intristisce lo sguardo. Le appaiono due minuscole ma significative lacrime che, lentamente, vanno a posarsi alla punta del naso. "Mi perdoni Ispettore, ma queste storie infondono una immensa tristezza!" aggiunge la donna.

"É vero signora. Sono d'accordo con lei" annuisce l'Ispettore.

"É un dolore oltre il dolore" dice la donna asciugandosi gli occhi.

Borgan ascolta con attenzione le parole della Oteil e pensa che, probabilmente, questa famiglia abbia avuto un'esperienza simile.

Mentre conversa con i due anziani, si accorge che, su un mobile alle loro spalle, nascosta fra i libri di cucina, si vede una foto di Reims. Questa scoperta lo colpisce. La città in cui si erano trasferiti i Mansard è Reims. Pensa l'uomo: "Sarà una coincidenza." E aggiunge: "Mi avete detto che venite da Reims?" chiede Borgan.

"No! No, Ispettore, noi vivevamo a Marsiglia" risponde immediatamente l'uomo e aggiunge: "Abitavamo a Marsiglia" ribadisce Joseph come se non fosse chiara la prima risposta. "Non siamo mai stati a Reims" aggiunge la donna.

"Dunque, dove eravamo rimasti? Ah, ecco, dicevo, non vi è sembrato di vedere nessuna persona sospetta Signor Joseph?" continua Borgan.

"Giusto. É così! Conduciamo una vita ritirata, non abbiamo amici né conoscenti. Se escludiamo la breve passeggiata mattutina, restiamo tutto il giorno in casa. L'unica nostra compagnia è la televisione. Pensi che è accesa sempre, come se fosse un nostro familiare. Ahah!" risponde sorridendo Joseph.

"Bene! Mi scusi, un'ultima domanda: perchè volevate vedere Madame che dormiva? Così mi ha riferito George!" chiede a bruciapelo Borgan, come se volesse vedere la loro reazione.

"Ma lei crede a quello che le dice George? Ispettore, la prego. Quell'uomo è un farabutto!" risponde stizzita la donna. "Ma cosa dici cara? L'ispettore penserà che noi odiamo quel giovane!" aggiunge Joseph. "Hai ragione! Mi scuso con lei per il termine che ho usato nel descrivere George. É una buona persona" esclama la Oteil.

"Ispettore! Non vedevamo da tre giorni Madame Selma e, preoccupati, abbiamo bussato alla sua porta per chiedere notizie. Ecco, tutto qui, non facevamo alcuna indagine. Solo curiosità. Una richiesta educata e amichevole. George, non dico che ci abbia mandati a quel paese ma è stato oltremodo sgarbato" dice la Oteil risentita.

"Comunque l'avete vista?" chiede Borgan.

"No! Non ci è stato concesso farlo. Il figlio ce lo ha impedito. Ci ha detto che la madre riposava e non era possibile disturbarla! La nostra visita le avrebbe procurato un dolore fisico. D'altronde, è una donna molto provata. Ecco come è andata" conclude Joseph.

"E voi siete andati via?" chiede l'Ispettore.

"Certo che ce ne siamo andati! Riposava e non potevano entrare con la forza sfondando la porta della camera da letto. Lo abbiamo ringraziato, ci siamo scusati e siamo andati via" aggiunge l'uomo.

"Dunque, due giorni fa, Madame Selma riposava. Ecco, bene, bene…" pensa ad alta voce l'Ispettore.

"Mi scusi, ma questo particolare è molto importante per lei e per le sue indagini? Ispettore?" chiede Joseph.

"Le chiedo se la nostra visita alla signora Selma sia utile alle sue indagini" aggiunge la signora Oteil.

"No! Lasci stare, signora, anzi, mi perdoni. Sono pensieri in libertà! Ora, credo, che debba andare via. Grazie per la collaborazione" dice Borgan congedandosi dai due.

"Di niente Ispettore. Ora l'accompagno alla porta" risponde la donna.

I tre si alzano e Borgan, stringendo la mano a Joseph, dice: "Grazie signor Oteil. Se ci saranno novità, l'avviserò personalmente. Nel frattempo tenete la porta di casa ben chiusa."

"Buonasera Ispettore e grazie" risponde Joseph.

La signora Oteil e Borgan si inoltrano nel corridoio di casa dirigendosi verso l'uscio. La donna apre la porta e Borgan sta per salutarla, quando si accorge di aver dimenticato i suoi guanti nel salotto.

"Signora, ho dimenticato i guanti sul tavolino. Vado a prenderli!" esclama l'Ispettore.

"Non si scomodi. Vado io" risponde la donna e si allontana.

Borgan resta solo e, con lo sguardo da professionista, cerca di memorizzare tutto l'ambiente e cio che lo circonda. Lo colpisce una foto in cui sono ritratte tre persone: "Un gruppo di famiglia," pensa l'uomo. Al centro, fra i coniugi Oteil, scorge l'immagine di una bella ragazza dai capelli bruni e gli occhiali di tartaruga.

"Ecco i suoi guanti! Ispettore! Arrivederci!" esclama la signora Oteil distraendo Borgan dalle riflessioni.

"Di nuovo, signora Oteil, e grazie per la collaborazione" risponde il poliziotto. Borgan va via mentre la porta degli Oteil si chiude alle sue spalle.


Madame Poltel e Antoine Brochard scendono in silenzio le scale del Residence, con un'andatura sospettosa, inciampando spesso nei gradini.

Vanno da Bovary per estorcere al vecchio le informazioni su George e Baladieu. Giunti alla sua porta, la Poltel, guarda prudentemente intorno e bussa con vigore al campanello. Dopo un breve silenzio, una vocina dall'interno suggerisce loro che, nell'appartamento, c'è qualcuno.

"Un momento, per piacere, sono malandato e impedito nei movimenti. Non bussate più! Ho sentito, ora apro la porta!" sbraita Bovary dall'interno e la sua voce si fonde con il ringhiare del cane.

É allora che la Poltel, tirando a sé il braccio di Brochard gli mormora: "Speriamo che quel sudicio animale non ci infastidisca. Ho avuto sempre paura dei cani!"

"Non temere! É un cane disgustoso e ripugnante ma, fortunatamente, non ha mai morso nessuno e, se te lo dico io, devi credermi!" risponde a sua volta fiducioso, con un filo di voce, Antoine.

"Signor Bovary! Sono madame Poltel che abita al secondo piano, sono insieme al signor Brochard. Per piacere, prima di aprire la porta richiami il cane! Temo possa morderci!" invoca la donna.

"State sereni! August è un cane per ciechi, non un cane da guardia. Ringhia ogni volta che bussano alla porta ma poi si comporta bene" risponde Bovary.

I due odono il cigolio delle serrature e, infine, la porta si apre. Compare Bovary a dorso nudo, indossando un paio di mutande color verde chiaro.

"Perdonatemi! Ma oggi il caldo è insopportabile e qui, in casa, si soffoca. Ho voluto indossare dei pantaloncini e sono stato costretto a farvi attendere. Ahah!" esclama il vecchio sorridendo e spalanca la bocca priva di denti da cui spunta una linguetta rosa simile a quella di un Geco.

I due prendono atto che, Bovary, ha anche dimenticato di mettere la dentiera. "Ma! Ma! Quest'uomo è in mutande! Per giunta di un colore orrendo e poi è senza denti! Che immagine ripugnante!" esclama sbigottita la Poltel, fissando l'uomo.

Antoine, trattenendole il braccio, le bisbiglia: "Abbassa la voce! Non dire nulla, comportati con indifferenza. É cieco ma potrebbe non essere sordo." E rivolgendosi a Bovary, aggiunge: "Non si preoccupi, signor Bovary. Stia come vuole, è casa sua, anzi, siamo noi a scusarci con lei. L'abbiamo disturbata, ma siamo qui per chiederle aiuto."

"Siete venuti a chiedere aiuto al vecchio Bovary? A un povero cieco? Deve essere una cosa molto importante, altrimenti questa mattina il mondo sta girando al contrario!" risponde il vecchio, rimanendo al centro dell'uscio.

"Signor Bovary se ci lascia entrare le vorremmo fare qualche domanda sul Residence" afferma la donna.

"Certo! Entrate pure! Io vado avanti, vi faccio strada nel

91

corridoio e voi, mi raccomando, seguitemi. Purtroppo, dopo la comparsa della cecità, ho dovuto imparare bene ogni palmo della casa" risponde il vecchio voltandosi per far loro strada e imbocca un lungo corridoio che si perde nel buio. I due restano di stucco nello scoprire che, a Bovary, manca la parte posteriore dell'indumento che indossa.

La donna si volta verso Antoine e, sottovoce, esclama: "Antoine! Antoine! Gli si vede tutto il culo! É raccapricciante. Che sconcezza! Ma quest'uomo non vede proprio nulla?" "Ha detto qualcosa signora? A volte sono anche un po' sordo! Ahah!" la interrompe, sorridendo, Bovary, incamminandosi nel corridoio.

"Niente! Niente! Ho detto al signor Brochard di fare attenzione perché qui dentro è abbastanza buio e potrebbe inciampare. Comunque ora entriamo e la seguiamo" risponde la donna prendendo per mano Antoine.

Appena i due richiudono la porta dell'appartamento, da un angolo scuro, appaiono gli occhi infuocati di August. Il cane non ringhia e li sorveglia con una espressione di odio e livore. Le piccole ruote della sua carrozzella emettono un sinistro cigolio e sfregano sul pavimento come quelle delle auto da corsa prima della partenza.

Le sue fauci, al buio, appaiono più grandi di quanto realmente siano e due goccioli di saliva fatiscente pendono minacciosi ai lati del muso. La Poltel e Brochard rimangono immobili per la paura, si tengono stretti ma, ricordando le parole rassicuranti di Bovary, sperano che l'animale non possa fare loro del male. Non è così. Il cane ha una eccezionale padronanza del suo mezzo di trasporto e lo muove velocemente a suo piacimento. Con un guizzo fulmineo, August si lancia su Brochard che, inciampando nelle piccole ruote, precipita a terra. La cazzozzella, piroettando su se stessa, colpisce più di una volta il capo dell'uomo. Il misero, colto di sorpresa dalla furiosa aggressione, non si accorge di ciò che sta accadendo, tanto è fulmineo il gesto del cane nel lanciarsi dalla sua portantina. L'animale, in assoluto silenzio e strisciando sul pavimento, gli afferra la gamba con ferocia e inizia a morderla. I denti si spingono nel polpaccio, provocando immediatamente, all'uomo, un dolore straziante. Antoine Brochard tenta di allontanarlo, agitando le mani e colpendolo alla testa con l'altra gamba, ma l'animale, spinto da una incontenibile collera e procedendo con un progetto malvagio, riesce ad addentargli anche le dita. Gli arti sanguinano e l'uomo è allo stremo delle forze quando la Poltel, sconvolta da quanto sta accadendo urla: "Signor Bovary richiami il cane! Richiami August! Sta mordendo il signor Brochard, lo faccia immediatamente! La prego!"

Pronta, ma impassibile, è la risposta di Bovary: "Non abbiate paura! August sta giocando con lui! Fa' sempre così con i miei ospiti! Cerca di fraternizzare! É un animale molto buono e non farebbe del male a nessuno e poi, come potebbe essere offensivo se è relegato sulla carrozzella? É solo una bestia sfortunata e ammalata."

La Poltel, visto che il vecchio è indifferente all'appello, afferra la sua borsa e inizia a percuoterla sulla testa dell'animale. Brochard è a terra sanguinate e, mentre continua invano a difendersi dalla ferocia dell'animale, urla alla donna: "Colpiscilo con più forza! Uccidilo! Uccidilo! Dannato cane, mi sta stracciando la gamba!"

L'animale, nonostante i colpi infertigli dalla donna, non intende abbandonare la presa. É disteso a terra, ma proteso verso l'uomo. Stringe fra i denti l'arto di Brochard e dissimula un piacere che è impossibile descrivere. La Poltel continua a percuoterlo con la borsa e con calci violenti sull'addome, tentando di scacciarlo fuori dalla porta di casa.

I tre ingaggiano una furente rissa, interrotta sporadicamente dai lamenti di Brochard e dai latrati del cane, fino a quando la donna riesce ad afferrargli la coda e, bastonandolo ripetutamente con un obrello, trovato per caso su una cappelliera all'ingresso dell'appartamento, lo scaccia da casa, chiudendo definitivamente la porta alle sue spalle. La borsa della donna resta, però, intrappolata nei robusti battenti. Nel frattempo Bovary, trascurando involontariamente ciò che stava accadendo esclama: "Allora signori! Mi seguite? O preferite stare lì tutto il giorno!? Ahah!" e sorride sornione.

Brochard, per sollevarsi, implora aiuto alla donna. Ha un dolore intenso alla gamba, dove August ha affondato i suoi canini e farfuglia: "Maledetto cane! Ti ucciderò! Dovesse essere l'ultima cosa che faccio nella mia vita! Ti ucciderò dannata bestia infernale e, giuro su Dio, che alla prima occasione ti strangolo con le mie mani!" esclama con un filo di voce, mentre la Poltel tira fuori dalla tasca un fazzoletto e lo poggia sulle ferite. August è sul pianerottolo e ringhia. Con le due zampe anteriori raschia la superfice della porta per rientrare in casa e, con disprezzo, azzanna la borsa della donna riducendola a brandelli.

"Qui, purtroppo, è buio, ma se mi seguite troverò la porta del salotto e potremo accomodarci sul divano!" esclama Bovary, continuando a sculettare nel corridoio.

"Ecco! Siamo giunti finalmente al salotto. Entrate! Prego, ora potremo parlare con calma. Posso offrirvi qualcosa? Un caffè, un the?" chiede ai due Bovary, invitandoli ad accomodarsi erroneamente in cucina. Antoine, in un lampo di rabbia, colpisce violentemente con il piede la carrozzella del cane, riversa nel corridoio. L'oggetto è di acciaio e gli provoca un ulteriore dolore. "Dio che giornata! Capitano tutte a me! Questa carrozzella, accidenti, è un carro armato!" pensa l'uomo, seguendo a tentoni la donna.

"Grazie signor Bovary! Non vogliamo nulla. Solo parlare con lei e andare via" risponde con garbo la donna, fissando Brochard che ha un colorito bianco come l'amido di mais.

"Questa sala non è molto spaziosa, ma per me va bene" dice Bovary, pensando di trovarsi in salotto. "Da quando non vedo più nulla, ogni stanza è uguale all'altra. Spesso mi capita di addormentarmi sul divano, scambiandolo per il letto o di mangiare nello sgabuzzino, credendo sia la sala da pranzo. Ogni giorno spero di trovarmi nel posto giusto" dice rammaricato Bovary e, rivolgendosi al cane, il cui latrato si ode distintamente: "August non ringhiare! Accidenti a te! Ti prego, sono ospiti e amici. Lasciaci in pace e vai in cucina! Questo cane è buono come il pane, gioca con tutti, ma spesso è un po' invadente."

Ad Antoine, udendo le parole di Bovary, appare sul volto un ghigno di odio mentre il vecchio, rivolgendosi ai due aggiunge: "Allora, in che cosa posso aiutarvi?"

"Io ucciderò il tuo pezzo di pane! Maledetto vecchio!" esclama a bassa voce Brochard, massaggiandosi l'arto ferito. Il vecchio si accomoda su una seggiola e così fanno anche la Poltel e Antoine.

Sedendosi Bovary assume, a sua insaputa, una posizione alquanto sconcia. Le mutande gli si aprono nella parte anteriore mostrando cose inimmaginabili. La donna si volta verso Brochard, senza farsi accorgere da Bovary e gli sussurra: "Ma non posso parlare con lui! Gli si vede chiaramente l'uccello! Sono imbarazzata da questa sconcezza!"

"Ti prego cara, non credo che sia la prima volta che ti trovi in una situazione del genere" risponde con un sorriso malizioso Brochard.

"Sei un idiota e, per giunta, un uomo volgare! Macellaio di second'ordine!" esclama offesa la donna e bisbiglia: "Va bene! Andiamo avanti e poi a casa ne riparliamo."

"Ma non volevo offenderti! Sei stata una mamma! Avrai pur visto i tuoi bambini nudi?"

"Sì! Lì ho visti! Ma Bovary non è mio figlio!" esclama stizzita la donna. "Allora parlate, forza! Non tenetemi sulle spine! Il vecchio Bovary è un gran curioso!" afferma l'anziano.

"E anche un grande sporcaccione!" aggiunge a denti stretti la Poltel. "Noi crediamo che, in questo condominio, sia avvenuto un delitto" esordisce la donna.

Brochard la fissa ed esclama: "Potevi dirglelo con più garbo! Cara." "Cosa volevi che dicessi? Signor Bovary, le vorrei comunicare che, nel nostro condominio, qualcuno non è più vivo! Così sarebbe stato meglio?" risponde la Poltel rivolgendosi all'uomo.

"Lascia stare! Quando vuoi essere antipatica, ci riesci benissimo!" conclude Brochard.

"Scusate signori! Ho capito bene? Nel nostro condominio è avvenuto un delitto!? E chi è stato assassinato?" chiede Bovary.

"Non lo sappiamo ancora!" esclama Antoine.

"E allora come potete asserire una cosa tanto atroce?" chiede il vecchio, assumendo un'altra posizione sulla sedia.

"No Antoine! Non posso rimanere. Guarda lì come sta seduto! Sono una donna e mi rifiuto di assistere a una tale indecenza!" esclama a bassa voce, rivolgendosi al compagno. Sta per andare via ma l'uomo la trattiene.

"Avete delle prove di questo delitto? Senza sapere chi hanno assassinato è anche difficile sapere chi l'ha assassinato. Scusatemi, ma io penso che questa storia sia inconcludente e poi, che cosa potrei fare io? Come posso aiutarvi? Spero che non abbiate pensato che diventi un allievo poliziotto! Sarebbe una follia. Ho un cane che mi fa strada. Spesso non trovo la via di casa e hanno dovuto riaccompagnarmi. Non penso proprio di potervi essere utile" dice sconsolato il vecchio.

"No, Signor Bovary, non le chiediamo di cercare l'assassino. Le stiamo dicendo che cosa può essere accaduto, non che cosa è davvero accaduto. Abbiamo saputo da Baladieu che, nella caldaia della lavanderia, ha trovato per caso il corpo senza vita e bollito di Madame Selma. Ha chiamato immediatamente la polizia. É intervenuto l'Ispettore Borgan che, in compagnia di Baladieu, è andato nell'interrato. Ma lì..." racconta la donna.

"Ma lì?" chiede Bovary.

"Non hanno trovato nulla! Il cadavere era sparito, si era dileguato. Diciamo che non c'era più" aggiunge Antoine.

"Povera Selma!" esclama il vecchio. Una donna così buona, gentile, affabile, educata.

"Va bene Bovary, abbiamo capito!" Brochard lo interrompe bruscamente dicendo: "Ma è stata assassinata! Lo ha detto a noi in segretezza Baladieu."

"Allora fino a una decina di giorni or sono ho parlato con un fantasma? Posso vedere i fantasmi?" Esclama con enfasi il vecchio e continua: "Allora, ecco il dono che Dio mi ha dato! Sono cieco, ma vedo nell'oltretomba! Sono felice!"

"Non è stata assassinata da molto tempo. Tutto ciò che le ho detto è avvenuto solo ieri l'altro" puntualizza Antoine, stupito per l'atteggiamento di Bovary.

"Ora capisco! Allora ho perso il dono?" chiede rattristato il vecchio. "Ma di quale dono parla, Bovary?" domanda la Poltel.

"Nessun dono! Nessun dono ricevuto! Ma ora che ricordo, sono circa due giorni che quella donna sembra essere svanita nel nulla" aggiunge il vecchio. "Vede che abbiamo ragione? É morta!" esclama Brochard.

"Scusatemi..." dice il vecchio. Si alza e afferra il suo fido bastone che è poggiato al muro e tenta, invano, di togliersi la cinta dei pantaloni. "Ma dove avrò messo la cinta? Era qui in salotto e ora è sparita."

"Ma cosa fa?" chiede la Poltel.

"Scusatemi! Devo dare una bella scudisciata al cane. Noi ragioniamo su un argomento così delicato e lui continua a ringhiare. A volte non riesce a comprendere che il mondo non è fatto solo di passeggiate. Vi ho gia detto che è come un bambino." Nell'alzarsi dalla seggiola, le mutande dell'anziano si impigliano malauguratamente nello spigolo del tavolo. Bovary, senza accorgersene, rimane quasi nudo, dinanzi ai due che lo fissano increduli e impressionati.

La Poltel, con un gesto pietoso, tenta di rimettergliele a posto e poggia la mano sugli occhi per non assistere a quello spettacolo. Bovary pensa che il cane sia entrato in cucina. Scambia le gambe della Poltel per la coda dell'animale e le assesta sulla mano un poderoso fendente. "Ahiiiiiiiiiii!" grida la Poltel. "Che dolore! Bovary, cosa fa? Stia attento! Dio mio! Che dolore!"

"L'ha morsa! L'ha morsa!" esclama Bovary rivolgendosi alla donna: "Allora è qui? Non mi ero sbagliato. Ho sentito il suo scodazzare e l'inconfondibile cigolio delle ruote! E, contemporaneamente, appioppa un paio di colpi sul capo di Brochard. Antoine, dopo aver ricevuto le randellate, per istinto di sopravvivenza, si nasconde sotto il tavolo.

"Torna in cucina da dove sei venuto, August! Ti ho detto di non disturbare! Non hai il diritto di andare dove vuoi, ora che stai comodamente seduto! Oggi ne prenderai di santa ragione!" esclama il vecchio e, con la terribile arma, continua a picchiare a dritta e a manca, credendo che Antoine sia il suo cane. Colpisce l'uomo anche con calci, fino a quando, ormai esausto, si risiede e, rivolgendosi alla sedia vuota di Brochard, dice con affanno: "Vede, mio caro amico? Finalmente è andato via. A volte non capisco quell'animale. É ostinato nel chiedermi di uscire. Signor Brochardon, dopo che mi ha parlato di questo efferato e ipotetoco omicidio, non mi è ancora chiaro cosa dovrei fare io per aiutarvi" chiede Bovary, poggiando la mazza al muro.

Antoine esce allo scoperto e, riaccomodandosi indolenzito, dice con un filo di voce: "Brochard! Prego, mi chiamo Brochrad, signor Bovary. Noi abbiamo pensato che lei potrebbe esserci di aiuto, se fosse molto attento a cosa succede nel residence!" e poggia la mano sulla gamba ferita.

"Ma io non sono il custode! E, poi, non conosco la gente! Potrei tentare così, giusto per darvi una mano, ma non credo che risolviate il problema. Posso, però, dirvi che l'Ispettore Borgan è venuto anche da me" dice Bovary.

"Che cosa le ha chiesto?" domanda la Poltel, carezzandosi la mano ferita.

"Nulla! Ha bussato alla mia porta, gli ho aperto e lui è sparito! Una persona alquanto strana quel poliziotto!" spiega Bovary e continua: "Selma! Povera donna! E chi sarebbe stato a compiere un atto così indegno?" chiede il cieco.

"Non lo sappiamo di preciso e, in buona fede, come le abbiamo già detto, ignoriamo se sia stata assassinata per davvero. Le nostre, purtroppo, sono solo supposizioni. Abbiamo il sospetto che, se fosse così, gli autori dell'insano gesto siano Baladieu e George, il figlio della vittima. Ecco perchè siamo qui da lei. Dovrebbe fare attenzione ai movimenti di quei due che avvengono di notte o di giorno. Se scopre qualcosa che la colpisce particolarmente, ce lo dica. Ecco che cosa deve fare, Bovary! Le è chiaro?" chiede Antoine.

"Chiarissimo e, per Selma, lo farò con amore. É stata sempre gentile nei miei riguardi" risponde Bovary e aggiunge: "Non la sento più cantare l'overture della Carmen di Bizet, sapete, la ama tanto che, ogni mattina, odo la sua voce e devo confessarvi che l'ascolto con tanto piacere, ma sono un paio di giorni che non la sento più cantare. Pensate allora che Baladieu, in combutta con George, possano essere gli assassini?" chiede Bovary ai due.

"É certo Bovary! Sono i sospettati numero uno e due" conclude Brochard.

"Allora bisogna essere vigili. Bisogna fare come mi avete detto e scoprire chi è stato a compiere il delitto. Ora, però, scusatemi, devo assolutamente lasciarvi, ho la passeggiata con August, prendo il bastone!" esclama Bovary.

Sentendo queste parole la Poltel e Antoine provano paura. Non sanno dove nascondersi. Si accovacciano entrambi e guadagnano l'uscita carponi, senza che nessuno se ne accorga.

"Bovary, non crede che sia meglio indossare degli indumenti diversi per andare a passeggiare?" chiede la donna.

"Perché? Non penso che, andare per strada in pantaloncini corti, sia uno scandalo" risponde Bovary.

"Ma lei è nudo!" esclama senza accorgersene la donna.

"Non esageri! Indossare abiti leggeri non è certo uno scandalo! E poi siamo a Parigi, la città delle luci. Io e il mio August non abbiamo mai una stagione che ci impedisce di uscire. Anche il mio cane è nudo, ma nessuno se ne accorge, né desta scandalo. Ahah!" risponde il vecchio, ridacchiando.

"Ma costui esce in mutande? Cerca di fermare il suo folle gesto!" esclama la Poltel a denti stretti, rivolgendosi a Brochard.

"Ecco qui il mio fido bastone! Senza di lui non saprei cosa fare!" esclama Bovary e afferra il legno bianco. Sorride soddisfatto. Stringe nella mano il manico nodoso per dimostrare agli ospiti la sua efficienza e colpisce di nuovo Antoine, alle gambe e sulle spalle.

"Ecco il mio secondo vero amico! Ahah!" dice sorridendo Bobary.

"Signor Bovary, attento con quell'arma, potrebbe fare del male a qualcuno!" afferma dolorante Brochar.

"Via, alziamoci e usciamo! Ho capito cosa devo fare e Baladieu e il suo socio sono fregati! Di sicuro non si aspettano che Bovary gli è alle costole." Il vecchio è dietro di loro nel corridoio e dice: "Venite dietro di me, vi accompagno alla porta."

"Dai August! Usciamo. Ora ti sistemo nella carrozzella così, per strada, non ti sforzerai. Povero cane! Che pena! É così innocuo."

"Allora noi andiamo!" esclama la donna alzandosi dalla

scomoda posizione, seguita da Brochrad. "Grazie per la sua ospitalità e, mi raccomando, sia preciso nelle informazioni" dicono nel congedarsi. Poi fuggono carponi in direzione del pianerottolo ma, appena aprono la porta, incontrano di nuovo lo sguardo dell'animale, più inferocito che mai. Il cane scivola e arranca sul pavimento liscio. Ha tra i denti ciò che resta della borsa della Poltel. Vorrebbe inseguire i due, ma la malattia lo ferma di nuovo. La donna scopre, così, che la borsa è a brandelli ma, nonostante ciò, con un gesto eroico, gliela strappa dalle faucik mentre Antoinek con un guizzo veloce, lo colpisce sul muso.

Il cane che non si aspetta una tale reazione, sorpreso e disorientato, scivola verso le scale che portano alla lavanderia, ma riesce a fermarsi con le zampe anteriori. I due possono raggiungere le scale e fuggire.

"August! Dove sei? Amico mio, ora usciamo, prepariamoci!" esclama il cieco. Bovary riesce a trovare sul pavimento la corda di cuoio con cui trascina la carrozzella. La afferra e dice: "Povero August, attendevi in silenzio che ti portassi fuori? Ecco qui il tuo amico! Ora possiamo andare" e si avvia verso l'uscita del residence. Il cane, malconcio, lo fissa da lontano, deluso.

**Capitolo X**

Mille pensieri si accalcano nella mente dell'Ispettore Borgan.
La moglie lo ha lasciato da diversi mesi e la sua esistenza si sta
sbriciolando come la sabbia al vento. Il ritrovamento di questo
cadavere, e la sua successiva sparizione, provocano nell'uomo
una pesante insonnia. Borgan crede a Baladieu ma, nel
contempo, pensa che sia schizofrenico e potrebbe essersi
inventato la storia di sana pianta. Deve assolutamente andare a
fondo in questa indagine così aggrovigliata.
"Quei due lì, gli Oteil, non me la contano giusta" pensa il
poliziotto. "Con la loro cortesia, con la loro educazione
religiosa, con il loro perbenismo, sono certo che nascondono
qualcosa. Ma cosa? L'interrogatorio, per certi versi è andato
bene, hanno risposto plausibilmente a tutte le mie domande,
anche quelle maliziose e fatte a bruciapelo. É andato bene, ma
non sono riusciti a giustificare la loro visita a casa Molowski.
Non è possibile che vadano da qualcuno e pretendano di
guardarlo mentre riposa! George ha ragione! Quel verme,
purtroppo, ha ragione. Anche io ho fatto la stessa cosa, ma sono
un poliziotto e dovevo constatare di persona che Selma fosse
ancora viva. In fin dei conti, ho visto una donna supina sotto le
coltri. Ed allora? Può darsi che i due abbiano scoperto il
cadavere di Selma prima che lo facesse Baladieu e volevano
sincerarsene. Sì! Ma anche io sono stato a casa di George e gli
ho chiesto di guardare sua madre mentre dormiva e George ha
accettato senza proferire parola. Allora? Allora è tutto vago! É
tutto così confuso. Devo interrogare la Poltel e Brochard,
potrebbero darmi degli indizi ma, se parlo con loro, scopriranno
che sto indagando su qualcosa di grosso. Su un delitto!"
Arrovellato nelle sue ipotesi, l'Ispettore non riesce a dormire. Le
notti insonni si sommano una dopo l'altra, come fa un
totalizzatore all'ippodromo, senza dargli uno spiraglio di

serenità.

"E poi, quel personaggio viscido: George! Anche lui ha qualcosa da nascondere. L'omicidio della madre, ad esempio! É da tanto che vuol vendere il Residence e la donna glielo ha sempre impedito. Imperturbabile nelle risposte, sempre all'altezza di ogni situazione, ha il responso giusto per ogni quesito. É da qualche giorno sotto sorveglianza ferrea, ma non si è mosso dall'appartamento. Anche questo è strano! Lui che è sempre in giro nel condominio, resta a casa accanto alla madre? In quella gabbia di matti ognuno ha un alibi perfetto ma ognuno è un potenziale assassino. Ma di chi? Il cadavere è sparito," così asserisce Baladieu. "E se fosse proprio Baladieu l'assassino? Avrebbe progettato il delitto perfetto. Manda me al manicomio e lui se la passa liscia. No! Baladieu non può farmi questo!" esclama Borgan e continua a pensare: "Devo stare assolutamente all'erta, non devo farmi sfuggire nulla e domani vado da mia mia moglie per sapere se questo periodo di separazione le ha fatto bene e se ha intenzione di tornare a casa" questo pensa Borgan nelle interminabili ore della sua giornata.

## Capitolo XI

"Ecco di nuovo il nostro Ispettore Borgan! Buongiorno! Prima di entrare in casa lei già conosce qual è il protocollo delle scarpe? Ahah!" chiede Geltrude e sorride mentre apre l'uscio al poliziotto.

"Lo so! Signora Rocher, conosco bene il protocollo" risponde a sua volta, sorridente, Borgan.

Il poliziotto si toglie il cappello e lo affida alle mani attente della donna che lo poggia a una cappelliera all'ingresso. Sfila le scarpe dai piedi e le depone accanto all'uscio. Ai piedi indosssa dei calzini di un colore vistosissimo.

"Complimenti ispettore! Che tinta sgargiante! A me piace il rosso. Anche se è il colore del sangue, ma capisco che lei è un uomo di gusto e allora, le dico, che sono simpaticissimi. Prego si accomodi! Mio marito non c'è, ma sono certa che posso aiutarla. Venga! Venga, le faccio strada."

I due entrano nel salotto che Borgan già conosce e si accomodano sul divano.

"Ispettore!" dice Geltrude, "mio marito non si è ripreso ancora dalla morte di sua madre. Durante la notte non riesce a dormire e, di giorno, è spesso assente. Penso che ci voglia del tempo per rimettere a posto i suoi pensieri. Tutte quelle strane notizie su Geltrude. Siamo rimasti di stucco quando abbiamo saputo la verità. Una ladra! Era una ladra e noi conoscevamo solo una parte della sua vita. Non ha mai fatto trapelare nulla. Un'esistenza irreprensibile, anche se condita da un carattere difficile. Mi dica ispettore, chi di noi ha un carattere perfetto?"

"Comprendo il suo stato e cerco di immedesimarmi in quello di suo marito. Un tale colpo non si supera facilmente e poi, signora, non dimentichi che lui è stato un testimone diretto della tragedia. Eravate tornati da un viaggio e siete arrivati sotto casa, proprio quando la poverina decideva di togliersi la vita. Una coincidenza più unica che rara" aggiunge Borgan.

"E questo è quello che stavo per dirle! Anche la morte ha una sua giustificazione. Vedere la propria madre lanciarsi dal balcone è una delle cose più orrende che possa capitare a qualcuno. Io, che posso considerarmi un'estranea, l'ho vista e non riesco più a dimenticarlo. Ho avuto incubi per più di un mese. Immaginiamo, per il figlio, che cosa può essere stato..." continua la donna, stringendo fra le mani nervosamente un panno per le pulizie.

"É vero! A volte, mi creda, anche io mi sento fuori posto quando devo dare una ferale notizia a qualcuno. Comunicare a gente estranea la perdita tragica di un loro congiunto, ne farei a meno ma, purtroppo, è il mio lavoro e devo farlo fino in fondo" dice l'Ispettore.

"Per quale ragione è qui? Non mi faccia stare sulle spine!" chiede la donna.

"Le vorrei porre alcune domande su Madame Selma" risponde Borgan. "Mi dica, Ispettore!" esclama Geltrude. "Da quanto tempo non la vede?" chiede l'uomo. "Cosa vuole che le dica! Io e mio marito andiamo a lavorare la mattina presto. L'unica persona che, spesso, incontriamo è Bovary che porta a spasso quel suo odioso cane. Per quanto riguarda la signora Selma, l'ultima volta che l'ho vista e salutata sul pianerottolo risale a circa due giorni fa, con Francoise che portava su un borsa pesantissima. Mio marito, spesso, acquista generi alimentari in promozione al supermercato e, dove trova la conveniena del prezzo, è capace di comprare di tutto. Appena giunti al Residence, abbiamo notato che George e Selma litigavano a voce bassa sul pianerottolo. Non ricordo l'argomento. Era una discussione abbastanza accesa perché, quando siamo passati e li abbiamo salutati, nessuno dei due ci ha risposto. Che maleducati, ho pensato fra me, ma li ho giustificati perché, a volte, capita anche a me e Francoise di litigare. In quei momenti non rispondiamo neanche al telefono. Ahah!" spiega la Rocher.

"Dunque, l'ultimo incontro risale a circa due giorni fa. Esatto!" Borgan annota sul suo blocchetto e aggiunge: "Poi, niente altro?"

"Niente altro! Il solito tran tran di ogni giorno. Io sono libera oggi e, contemporaneamente, Francoise lavora in pasticceria. Domani è libero e io, invece, sono in birreria. Necessità della vita. Prende un caffè Ispettore? Non vorrei sembrarle maleducata e poi, oggi, non è venuto ad accusare nessuno, né tantomeno me e mio marito. Merita una giusta accoglienza. Ahah!" conclude la Rocher.

"La ringrazio Geltrude! Mi è stata molto utile. Purtroppo non le posso dire nulla, ma sto lavorando a un caso piuttosto complicato" spiega il poliziotto.

"Hanno ucciso madame Selma? Ahah!" esclama Geltrude.

"Chi glielo ha detto?" domanda l'Ispettore.

"Chiedo, Ispettore! Ho notato il suo interesse per quella vecchia megera. Geltrude è una donna che comprende, mio caro Borgan. Sono certa che sta lavorando a un caso in cui c'è la signora Molowsky. Che non so se è viva o morta!" esclama Geltrude.

"Ma lei mi sta strabiliando! Cosa le fa pensare che quella donna possa essere morta?" chiede incuriosito Borgan.

"Lei Ispettore! Me lo fa pensare con le sue domande. Sono circoscritte a quel personaggio. Ha voluto sapere da me quando l'ho vista l'ultima volta. Esatto! Questa è la classica domanda che la polizia fa quando una persona scompare o è morta. Nel caso di Selma, visto che non è stata uccisa o, almeno, non è stato trovato ancora il suo cadavere, deduco che sia sparita. Mi auguro che non sia fuggita con il Feldmaresciallo Kesserling. Ahah! Poi le dico la verità!" esclama Geltrude.

"Mi dica, signora" chiede Borgan.

"Se fosse morta, o l'hanno uccisa, poco interessa alla gente. Quasi tutti la odiano e spesso ho sentito George che, urlando, le diceva: uno di questi giorni ti ucciderò! Hai rovinato la mia vita!" racconta Geltrude.

"Questo non lo sapevo! Resto interdetto. Pensavo che i loro rapporti fossero di altro tipo. Il figlio è legato da un grande amore per la mamma ammalata" dice il poliziotto.

"Ispettore! La prego! Scenda con i piedi in terra. Gli interessi sono tanti, come il danaro, ad esempio. Ora, Borgan, non vada ad arrestare George per queste parole che le ho riferito! Mi raccomando! Ahah!" esclama sorridendo la donna. "No, signora Geltrude, non lo farò e per il caffè, devo rifiutarlo, anche se, le confesso, ne ho una gran voglia. Sono in servizio e quindi maggiormente ossequioso della legge. Ahah!" risponde a sua volta, sorridente, l'Ispettore.

"Come è ligio, il nostro Ispettore! Ha finito? Perchè dovrei scendere?" chiede la donna.

"Sì, ho finito, e tolgo il disturbo" risponde Borgan.

Nel voltarsi, il poliziotto, urta violentemente il piede contro una orrenda statuetta poggiata a terra, come vezzo a un mobilio già scadente e brutto di suo.

"Ah! Questo maledetto cammello!" grida a denti stretti Borgan.

"Dio mio! Si è fatto male Ispettore? Mi dispiace, ma non è un cammello. É un dromedario. Vede ispettore, ha una sola gobba anche se tutti dicono che è un cammello" aggiunge dispiaciuto la Rocher.

"Va bene signora, ho capito la differenza. Per piacere, mi porti qualcosa di freddo, ho le dita del piede indolenzite" dice l'uomo.

"Immediatamente Ispettore!" risponde Geltrude.

La Rocher va in cucina a prendere del ghiaccio. Borgan torna a sedere sul divano.

La donna arriva con il ghiaggio: "Ispettore, mi permetta di metterle il ghiaccio sul piede, sono abbastanza pratica. É importante che venga posizionato nel punto giusto" dice la donna.

"Ma non vorrei disturbare a tal punto" risponde Borgan.

"Non disturba! Dopo la morte di Clotilde, la consideriamo una persona di famiglia. Ahah!" esclama sorridendo Geltrude.

"Lei continua a prendermi in giro ma con tale simpatia, che non mi concede di innervosirmi e di questo mi scuso. Nell'indagine, sulla morte di Clotilde, sono stato eccessivamente duro con lei e con suo marito" confessa il poliziotto.

"Maggiormente con mio marito! Ha avuto un comportamento duro e ingiusto! Francoise è un buon uomo e non meritava di essere trattato da lei come un indagato, ma il tempo passa e l'abbiamo perdonata. Le fa molto male?" chiede la donna.

Geltrude fascia il piede di Borgan con una busta di plastica in cui ha chiuso il ghiaccio.

"No! Anzi, sto meglio! Ora vado via e spero di poter camminare" conclude l'Ispettore.

Geltrude aiuta il poliziotto ad alzarsi e lo accompagna alla porta.

Borgan esce e, dopo aver ripreso le scarpe che erano in un angolo sul pianerottolo, tenta di infilarsele ai piedi.

"Hai! Fa un po' male ma, fortunatamente, è entrata" dice il poliziotto. Riprende il cappello dalle mani di Geltrude e si accommiata.

"Di nuovo signora Rocher! Grazie delle preziose informazioni che mi ha dato! Le terrò a mente e mi scusi. Grazie anche per il ghiaccio e mi raccomando, saluti suo marito Francoise, da parte mia" dice l'Ispettore congedandosi.

"Di nulla Ispettore! Siamo tutti esseri umani e camminiamo piano, mi raccomando" risponde la donna salutandolo. Geltrude chiude la porta e Borgan si ferma a riflettere: "Non è rose e fiori il rapporto tra madre e figlio, naturalmente in ballo c'è la vendita del Residence. Questa storia la conosco bene, ma quello che ignoro è il rapporto tra i due. Il figlio, probabilmente, è stufo di stare continuamente accanto alla madre malata, chiudendo così ermeticamente gran parte della propria esistenza. Ecco! Questo potrebbe essere un buon movente, se non ci fosse un piccolissimo particolare. Ho visto Selma che dormiva e ho avuto la sensazione che fosse viva. Una persona che dorme non è sempre morta, ma potrebbe esserlo se è stata ben truccata, ben rivestita, abbellita e tenuta sotto una coperta in un letto, nella penombra. Mio caro Ispettore, inizia a diradarsi la nebbia che è scesa su questo caso? George avrebbe potuto promettere molto danaro a Baladieu in cambio del suo aiuto. Baladieu è sensibile a queste proposte. Avrebbero ucciso insieme la vecchia, ne avrebbero occultato il cadavere e poi, Baladieu, avrebbe chiamato la Polizia, imbastendo, così, il suo alibi. Il mio istinto mi dice che sbaglio su Baladieu. Credo che dica la verità! É troppo pazzo e troppo stupido per mettere su un tale copione. Non sarebbe stato capace di uccidere Selma. No! Non mi sono sbagliato, penso che Baladieu abbia detto la verità. Ha trovato il cadavere e, spaventato, è corso a chiamare la Polizia, dando il tempo all'assassino di riprendere il corpo e nasconderlo altrove. Bella trama di un libro giallo! Ahi! Che dolore al piede! Devo togliere questa scarpa altrimenti rischio di non camminare più."

Borgan se la toglie e poggia a terra il piede dolorante: "Ora va meglio! Torno in commissariato" pensa l'uomo.

Riesce ad arrivare in strada trattenendo fra le mani la scarpa.


Baladieu è nel suo appartamento. Chiuso in se stesso, si è disteso sul letto e cerca di portare le sue inquietudini verso un ragionamento che chiunque possa accettare, senza accusarlo di essere pazzo.

Ha voglia di prendere per mano tutti i suoi pensieri, catalogarli per importanza e, come se fossero bambini, metterli in fila uno dopo l'altro, come si fa a scuola giunta la ricreazione.

I più ribelli corrono veloci verso il giardino per appropriarsi dell'altalena a scapito dei più deboli che restano ordinatamente in fila senza fiatare.

Sente le grida di felicità di questi birbantelli che salgono e scendono dal cielo. Si spintonano fra di loro mentre i bimbi buoni, rimasti accanto all'insegnante, li fissano, sperando che i ribelli si annoino e cedano loro il gioco.

Ecco, allora, che i pensieri dell'uomo si accalcano, spingono all'inverosimile, fino a quando la voce dell'insegnante impone a tutti un ordine: "Basta! Ora scendete e fate andare gli altri, altrimenti per oggi niente ricreazione!" dice l'uomo, rivolgendosi ai ribelli che non intendono abbandonare il gioco.

"Ho paura!" pensa Baladieu, "ho paura che l'assassino possa uccidere anche me! Ho paura che mi possano nuovamente accusare come è stato per Clotilde! Ho paura degli sguardi della gente! Ah! Vorrei essere Bovary e non vedere più nessuno. Non vedere i loro occhi trafiggermi con sguardi malvagi! Non vedere le loro dita indicarmi per strada! Non vederli scansarsi, quando passeggio. A pensarci bene, forse potrei risolvere tutti i miei problemi diventando cieco. Chiederò a Bovary come ha fatto. É un buon uomo e riuscirà a spiegarmi se è guarito dall'infezione della vista senza dolore. Io detesto soffrire! Non posso dire più la verità. Il mondo intero me lo impone! Sono nato bugiardo e sono costretto a non poter cambiare. Andrò da Borgan e dirò tutta la mia verità! La mia, naturalmente!" Nel frattempo va alla toilette a guardarsi allo specchio. Baladieu ha ereditato questa abitudine da suo padre: "Guardati allo specchio nei momenti di difficoltà e saprai cosa fare. Nel tuo viso riflesso troverai la verità" diceva il vecchio, assaporando un pizzico di tabacco da masticare, raschiato dal fondo di un astuccio di latta che conservava in una tasca dei pantaloni, con quel fare ingannevole degli anziani che ritengono possedere ogni verità. Ogni cosa, su cui emetteva una sentenza, il vecchio Baladieu la ribadiva un paio di volte, quasi volesse convincersi della veridicità delle sue parole: "I detti popolari, figlio mio, non sbagliano mai! Che schifo questo tabacco!" concludeva sospettoso e inacidito dalla scoperta.

Baladieu, col passare del tempo, ha scoperto che, nonostante avesse adempiuto al consiglio del padre, la sua mente ora è più vuota che mai. Forse neanche lo specchio riesce a dargli una risposta. La pancia gli duole più del solito e i capelli, che scivolano lunghi dalla fronte, mettono in luce quella orrenda vertigine che gli svetta dal capo, simile a un palmizio africano annaffiato da poco. É inutile che si vezzeggi i capelli come un bambino ribelle, pentito dell'ennesima bricconeria. Quell'agghiacciante mausoleo si erge segretamente tra i cespugli degli altri capelli, conscio del fastidio arrecato, come ogni altra cosa di quell'uomo, non desiderata e occorsagli per caso. Questa è l'immagine di se stesso che Baladieu vede allo specchio della toilette di casa.

Decide, allora, di andare alla Polizia, portando sottobraccio la sua nuova verità. Si dirige rapido verso la porta di casa. La apre ed è sul pianerottolo. Rientra, la richiude alle sue spalle e si ferma a pensare. Nella minuscola anticamera si accerta di aver riflettuto nel giusto. Apre la porta di casa ed è di nuovo sul pianerottolo. Qualcosa, però, gli balza alla mente e gli dice che quella non è la soluzione giusta. Riapre l'uscio ed entra. Corre nel salotto, si siede sull'unica sedia e poggia i gomiti sul tavolo, come se fosse in attesa di una intuizione che non arriva. Infine, soddisfatto delle sue riflessioni solitarie, si alza e si dirige di nuovo verso la porta di casa. La apre e la richiude rabbiosamente alle sue spalle, esce sul pianerottolo e, afferrate le chiavi, con fare sospetto, sigilla le tre serrature. Si blocca ancora, riflette per un attimo su qualcosa che a noi non è lecito sapere e, velocemente, guadagna la scalinata del Residence. Scendendo esclama: "La prego Borgan, questa è la verità! Glielo giuro!" Poi si chiede: "Non so se faccio più schifo come uomo o come bugiardo."

Brochard, dopo aver aperto l'uscio di casa di madame Poltel, si getta a peso morto sul divano ed esclama: "Guarda! Guarda qui, quel delinquente di cane che cosa è stato capace di fare! Dio, che dolore! E le mani! Guarda qui le mie mani sanguinanti! La mia borsa? Uno straccetto! Quella orrenda bestia, me l'ha ridotta un colabrodo. Era costata una fortuna! Dovrò ricomprarla! Dove ti avrebbe...?" chiede la donna con noncuranza.

"Dove mi ha graffiato? Questi li chiami graffi?" dice Brochard indicando la profonda ferita alla gamba. "Ho il polpaccio a pezzi e le mani? Completamente affettate! Penso che dovrò correre in ospedale, altrimenti rischio una cancrena, un'infezione inguaribile. Non immaginavo che un cane da accompagnamento fosse così feroce e così cattivo! Sì, perchè questa è cattiveria allo stato puro! Con lui, invece, sono stato sempre affettuoso e carino. Spesso ho accarezzato quel suo pelo ruvido e purulento" aggiunge Brochard.

"Ospedale? Non esagerare! Per qualche graffio non ne vale la pena! Cosa ti direbbero in ospedale? Signor Brochard, la prossima volta, tagli la buccia della mela con più attenzione!" esclama la donna.

"Una buccia di mela? Con attenzione? Cosa stai farfugliando? Penserebbero, invece, che ho partecipato a una rissa! Che sono stato accoltellato da qualche malandrino! Ahi! Che dolore lancinante! Devi prendere immediatamente del disinfettante, cospargerlo sulle ferite e fare una fasciatura come meritano questi tagli" dice l'uomo indicando le lacerazioni.

"Ma lui stata giocando?" e con una smorfia mima l'atteggiamento del cieco. "Ha detto quel rincitrullito di Bovary! Chiaro, non vede mai cosa combina il suo dannato cane? Cosa vuoi che ci dica? É un animale buono e socializza con la gente. Lui la divora la gente! Morde chiunque gli capiti a tiro! Non conosce affatto il gioco. Comunque, abbiamo realizzato un buon lavoro!" esclama la donna.

"Guarda! Dopo questa avventura non parlarmi più di Baladieu, Bovary, George! E, principalmente, del cane del vecchio. Voglio starne fuori! Al mattatoio penseranno che questo sia il frutto di una lite familiare! Neanche alle pecore procuriamo tali vessazioni! Questa è malvagità!" esclama irritato l'uomo.

"Lo sapevo! Sapevo che prima o poi avresti parlato delle tue pecore!" aggiunge stizzita la Poltel.

"Non sto parlando delle mie percore! Non posseggo pecore! Parlo degli animali che uccidiamo al macello. Siamo tecnici qualificati" aggiunge Brochard.

"Voi siete assassini qualificati!" lo interrompe la donna.

"Noi siamo tecnici della morte indolore, stiamo attenti a non far del male all'animale" spiega Antoine.

"Glielo hai mai chiesto alla pecore se sentono dolore quando fai il tecnico qualificato?" domanda curiosa la donna.

"Già! Bella domanda! Potrei tentare di farmi capire da loro, prima che le uccida. Questa sì che è un'idea!" esclama Brochard, pensando seriamente al consiglio della Poltel.

"Sei un idiota Brochard! Ormai sei in ballo e devi ballare! Dobbiamo organizzare un controllo preciso su tutte le persone che vivono al Residence!" esclama la donna.

"Io non ho voglia di ballare, né di organizzare pedinamenti. Mi è bastata la morte di Clotilde. Vuoi sapere perchè? Detesto pedinare ed essere pedinato. Non voglio controllare nessuno! Sono ferito gravemente e desidero starmene a casa, davanti al televisore, a bere una birra. Specialmente ora che c'è un feroce assassino in giro. Ora vado a lavorare e non ne parliamo più. Chiaro!?" dice l'uomo determinato.

"Antoine! Sai quanto ti amo! Mi sei stato vicino e mi hai dato una mano. Ora devi assolutamente aiutarmi in questa storia. Ti ricordi che, grazie a noi, l'Ispettore Borgan stava per accusare Baladieu? Insieme, siamo riusciti a mettere il morto in casa di Baladieu per ben due volte, senza che lui se ne accorgesse. É stata una grande indagine, anche se poi, quel pazzo, è riuscito a cavarsela. Inoltre, non sono sicuramente i graffietti di un cane a fermarmi!" esclama la donna, "a prescindere dal fatto che, Baladieu, non ha ucciso nessuno! Tu lo sai bene! Abbiamo rischiato che l'Ispettore incolpasse noi della morte della vecchia. Questo devi ricordare! Quel maledetto cane li ha fatti a me, i graffietti! Non a te!" risponde a tono l'uomo.

"A me ha rovinato una borsa di grande valore" aggiunge la Poltel.

"A me ha rovinato un polpaccio, un piede, le braccia, le mani e mi è andata bene che non mi ha azzannato altre parti del corpo! Quindi, come uomo ferito gravemente, ti dico che me ne vado a lavorare al mattatoio, perché è tardi! Non ho tempo da perdere con i tuoi folli progetti da detective!" conclude Antoine.

"Shhhhhh! Taci! Invece di dire idiozie! Senti?" Baladieu va via e chiude per ben tre volte la porta di casa. "Hai ancora le chiavi del suo appartamento?" chiede la donna.

"Sì, le ho a casa, ma non vado a prenderle!" risponde Brochard.

"Allora, corri subito a prenderle! Faremo visita al nostro amico. Sono certa che scopriremo cose interessantissime" ordina la donna.

"Ma se torna mentre noi siamo a casa sua? Cosa succede? Cosa gli diremo?" chiede Brochard impaurito dalla proposta della donna.

"Gli diremo che siamo andati a trovarlo per ricambiare la visita" risponde la donna.

"Ma ci scoprirà! Torna a casa e trova noi ad attenderlo? É una pazzia! Non è possibile fare quello che dici!" esclama l'uomo.

"Troverò una scusa! Perché, poi, dovrebbe tornare subito? In pochi minuti riuscirò a rovistare dappertutto! Ci sarà pure una piccola, piccolissima prova che lo inchiodi all'assassinio di Selma?" aggiunge la donna.

"Va bene, vado! Ma ti giuro che è l'ultima volta che ti seguo in queste follie! Che stupido che sono!" esclama irritato Brochard.

"Ecco! Ora lo sai! Finalmente lo hai scoperto! Corri a prendere le chiavi e sbrigati!" conclude la Poltel.

"Ispettore le ho mentito! Ihih... (Baladieu inizia a piagniucolare). Nella caldaia dell'impianto di riscaldamento non c'era nulla! Ho avuto un abbaglio. C'è stata una tromba d'aria, una nuvola di molecole negative, direi un tornado! Una visita improvvisa di satana, una visione, un paradosso mentale, insomma, un qualcosa che mi ha impedito di vedere la verità!" esclama Baladieu tutto d'un fiato.

L'uomo è seduto di fronte all'ispettore Borgan, perchè ha chiesto di incontrarlo con la massima urgenza. Il poliziotto ha lo sguardo fisso su di lui, tamburella con le dita sulla scrivania ed è molto, molto nervoso. Quando Baladieu lo ha chiamato, era al telefono con la moglie e ha dovuto interrompere il colloquio. Per Borgan, questo, è un periodo davvero difficile. É rimasto solo e tenta di capire perché la moglie lo ha abbandonato. Il rapporto tra i due si è lacerato col tempo, complici la noia e il lavoro in Polizia. La solita banale storia del marito buono e serio e della moglie che è stanca di non averlo accanto. Come nei soliti telefilm americani, dove la puntata finisce sempre con il divorzio degli interpreti.

Borgan pensa continuamente a come poter riportare la moglie a casa. La verità, che rifiuta di ammettere, è che non è riuscito ancora a fare i conti con se stesso.

Ora è lì, nel suo ufficio, e pensa. Baladieu gli è davanti, ma è come se non lo fosse. Il piccolo Baladieu ha lo guarda impaurito. Non conosce ancora la reazione che il poliziotto avrà ascoltando le sue parole, ma non può vivere con il terrore di essere nel mirino di un pazzo omicida. Questa responsabilità lo sta annientando giorno dopo giorno.

## Capitolo XII

Improvvisamente, il poliziotto, accorgendosi che Baladieu ha finito di parlare, ripete nella sua mente tutto ciò che ha detto. Si alza dalla sedia lentamente, come se lievitasse. Batte improvvisamente il pugno sulla scrivania e le sue sopracciglia assumono un'improvvisa e anomala piegatura all'insù. Digrigna i denti, mettendo a nudo una poderosa carie ai molari. La salivazione si fa abbondante e la lingua assume la forma di un piccolo criceto che si muove turbinosamente nella sua cavità orale. Fissandolo con terrore, Baladieu, nel suo immaginario, paragona quella bocca a un tunnel della linea ferroviaria, cupo e profondo.

"Baladieuuuu!" urla Borgan gonfiando a dismisura le mascelle. "Si rende conto di quello che mi sta dicendo? Questa è una confessione! Una confessione in piena regola! Cosa vuole che le risponda? La mando in un campo di prigionia per bugiardi? La spedisco in Nuova Guinea? La torturo per un paio di giorni o desidera che le faccia staccare le unghie dei piedi? Accetto supinamente le sue menzogne? I suoi sogni di schizofrenico, che mi impediscono di arrestare un pazzo assassino? Me lo dica? Me lo dicaaaaa! É stato lei! Ed ora, con me, si sta creando disperatamente un alibi. Vuole realizzare il delitto perfetto? Questa storia non finisce qui! Domani verrò al Residence e ridurrò in briciole ogni angolo, ogni appartamento, ogni sgabuzzino, ogni essere umano che mi capiterà a tiro! Rivolterò quel covo di pazzi come un calzino e troverò quello che lei dice di non aver trovato! Il cadavere di madame Selma!" Borgan urla minaccioso contro Baladieu che è raggomitolato sulla sedia di fronte a lui. A ogni imprecazione del poliziotto, si rannicchia come un bambino redarguito dai genitori. Ha il viso bianco come il borotalco e le mani sudate stringono il bordo della scrivania. Il poliziotto, con una rabbia inconsueta e senza rendersene conto, gli assesta un pugno sulle dita.

"Ispettore! Ahi! Mi vuole uccidere? Ora anche la Polizia vuole eliminarmi? Lei, che butta a terra le porte! Lei, che dice di volermi rivoltare come un calzino, afferma che io sia l'assassino perfetto. Che orrore! Quanta cattiveria con Baladieu! Io non ho detto di aver ucciso qualcuno! Le ho detto di aver trovato qualcuno ucciso! Non lo dimentichi, Ispettore! E... e... poi, invece, purtroppo, mi sbagliavo. Era solo una vestaglia da donna, caduta involontariamente nella caldaia. Ecco! Le ho detto tutto e non mi prenda più a pugni sulle dita!" grida Baladieu tirando a sé le mani e portandole alla bocca per il dolore.

Borgan si calma, ritorna alla normalità e dice: "Non volevo ucciderla, né farla soffrire, ma io le ho creduto dal primo momento perché, la sua dannata storia, è verosimile e, ancora ora, che lei asserisce di non aver visto nulla, credo che non mi abbia mentito. Lei è uno schizofrenico pazzo, ma non è un bugiardo e non dica di esserlo perchè la metto in prigione! Baladieu! Ha davanti a sé il primo uomo sulla terra che le ha creduto! Si rende conto?" esclama Borgan in uno slancio di sincerità, fissando Baladieu che trema come una foglia.

"Eh, ha sbagliato! Doveva fare come gli altri, trattarmi come uno scarafaggio, che dico, come una formica, che dico, come un microbo!" "Va bene, Ispettore! Un microbo va bene? Perché la mia vita è così piccola e insignificante che, per guardaci dentro, non basterebbe un microscopio. Ora non se la prenda più con me. Io sono un fallito! Sono un essere davvero meschino, un professionista della bugia. Ecco chi è il vero Baladieu! Un uomo che, pur di avere un momento di notorietà, fa morire bollita una donna buona, gentile, garbata e timorata di Dio. Una donna santa. Desideravo che si parlasse ancora di me sui quotidiani. Desideravo avere le troupe televisive fuori al cancello di casa che mi intervistavano in continuazione. Desideravo andare in giro per Montmartre e ascoltare la gente: quello è il famoso

Baladieu! L'uomo che scopre i cadaveri bolliti! L'uomo che uccide le vecchiette dopo averle stuprate! Questo era ciò che desideravo. Un momento di gloria tutto per me. Ho inventato la storia del cadavere bollito nell'acqua, ho creato un copione servendomi di quella povera vecchia, adorata, di madame Selma! Poverina, quando lo saprà, sicuramente, mi aumenterà l'affitto" dice Baladieu singhiozzando.

"Ma non dica cazzate! Lei odiava Selma! Lei odia George e, penso che, odi tutti gli altri inquilini! Lei è un ipocondriaco e non cerca un rapporto con gli altri, evita di bella posta il suo prossimo ed è alla ricerca continua di compiatimento e pietà" risponde l'Ispettore.

"Ha ragione! La sua diagnosi è perfetta! Conosce il mio psichiatra, allora? Ma questa volta non è così, non sono tutti uguali. C'è qualcuno che amo. Un angelo buono, dolce, caritatevole. Una donna che mi ha salvato da un coma precoce, da una malaria perniciosa e si è presa cura di me per più di cinque minuti" dice Baladieu e smette di piangere.

"E chi è costui o costei?" chiede seccato Borgan.

"La signora Poltel!" risponde l'altro.

"La signora Poltel? La signora Poltel? Una donna ignobile, curiosa e bugiarda. Direbbe il falso anche davanti a Dio pur di mandarla in prigione. Sa quante volte mi ha detto che è stato sicuramente lei a uccidere Clotilde? Quante volte ha tentato di farla imprigionare? Se non fosse stato per me, che le ho creduto, sarebbe stata al Quai d'Orsey da tempo a soffrire le pene dell'inferno!" grida Borgan.

"Allora mi ha mentito! Che donnaccia! Forse voleva solo portarmi a letto?
Ma io ho la psoriasi!" esclama Baladieu interrompendo il piagnisteo.

"Che dice Baladieu? Voleva portarla a letto? La Poltel ama quell'animale di Brochard, un imbecille travestito da uomo, una nullità piena di boria e, per giunta, ladro di carne al mattatoio. Quel tipo ha una fedina penale lunga come le Ave Maria del rosario" aggiunge Borgan, "e dice di essere un uomo pulito e saggio. Come sono sfortunato! Tutti mi mentono! Anche mia madre lo faceva! Come è bello il mio piccolo Baladieu! Diceva alle amiche e mentiva. Che gambette straorinarie ha il nostro Maximilian! Che bellissimi occhi ha il nostro pargoletto!" ricorda Baladieu.

"Perché mentiva?" chiede l'Ispettore.

"Perché ero brutto come un uccello spennacchiato! Come un gatto che cade in acqua! Come un ranocchio dell'Alsazia! Come un babbuino senza scarpe! Come… come… Cosa posso dirle Ispettore? Ero semplicemente il bambino più brutto di Parigi" risponde rattristato Baladieu.

"Ora non esageri, ì complimenti di sua madre erano sinceri. Quale mamma potrebbe mentire affermarmando che, il proprio pargolo, è il più brutto di Parigi?" chiede l'Ispettore. "Mia madre, Ispettore! Glielo assicuro! Mia madre! Ecco perché mentiva e mio padre mentiva e zia Clara mentiva e zia Alessandra, morta di tubercolosi, mentiva! Anche l'amante di mia madre mentiva e l'amante di mio padre mentiva!" risponde Baladieu.

"Baladieu la smetta! Sta farneticando! Anche lei ora mente spudoratamente!" esclama deciso Borgan.

"Perchè Ispettore, si vede?" chiede incuriosito Baladieu.

"Sì! Lei mi sta mentendo per proteggere il vero assassino. Un protettore di assassini. Un uomo che copre un delitto atroce. Lei è come il bambino che ruba la merendina del compagno di classe. Si vergogni Baladieu!" conclude Borgan.

Squilla il telefono, l'Ispettore torna a sedere dietro la scrivania e afferra la cornetta. Baladieu, gesticolando, cerca di far capire al poliziotto che può accomodarsi nella sala d'aspetto ma Borgan, mimando a sua volta, gli ordina di non muoversi di lì e, nel frattempo, risponde al telefono.

"Pronto? Ispettore Borgan. Ah, sei tu amore? Mi fa piacere che mi chiami qui in ufficio, ascoltare la tua voce mi aiuta a superare cose orrende, bugie, cattiverie" e fissa Baladieu che, imbarazzato, cerca di distogliere lo sguardo.

"Come stai? Ah! Non posso chiamarti più amore? Allora, dimmi come devo chiamarti? Signora Borgan? O signorina Marion? O ex signora Borgan?" abbassa la voce e, a denti stretti, dice all'interlocutore: "Brutta troia, mi stai uccidento con le tue insensate decisioni! Sei una donnaccia, una bastarda, una poco di buono e ora vuoi anche lasciarmi! Sì! Ti restituisco questa tua libertà di merda!" dice Borgan, visibilmente scosso. Baladieu non può fare a meno di ascoltare la telefonata ed è in grave imbarazzo. Non ha mai visto l'Ispettore Borgan comportarsi così. Il poliziotto interrompe per un breve attimo il colloquio, pone la mano sul microfono e, rivolgendosi irritato a Baladieu, esclama a voce bassa: "Non tocchi nulla sulla scrivania altrimenti la faccio pentire di essere qui!"

"Ispettore non le ho toccato nulla!" esclama Baladieu.

"No! Lei sta sbirciando con quegli occhietti da furetto tutti i documenti riguardanti il caso. La smetta!" aggiunge il poliziotto.

"Ispettore, si sbaglia! Sulla sua scrivania c'è solo polvere e mozziconi di sigarette, di pessima marca" risponde ringalluzzito Baladieu.

"Allora raccolga le cicche e non metta le sue mani da indagato sui documenti!" aggiunge l'altro.

Continua, poi, la sua telefonata cambiando tono e volume di voce: "Non parlo con te, tesoro, è che detesto che il primo che arriva, metti sottosopra la mia scrivania. Ti prego, ritorna a casa, c'è tanto abbandono e non apro le finestre da quindici giorni. Immagina il nostro nido d'amore, il nostro piccolo dorato mondo di gioia e calore quanto puzza! Il tuo gatto ha la diarrea! Sì! Ha sporcato il divano, una delle poltrone nel salotto e, finanche, il vaso di fiori a cui tieni tanto. Uno schifo dappertutto!" Borgan abbassa di nuovo il tono di voce quasi a giungere al sussurro: "Mi dici che non devo chiamarlo più il nostro nido d'amore? Perché l'amore è finito da tempo a causa mia? E tu? Nel frattempo, brutta troia, te la spassi con il tuo amante? Con quel mollusco che ti dava lezione di teatro! Lo tieni al guinzaglio per bene! Ahah! - ride nervosamente - vai in giro agli Champs Elysee a fare compere con il tuo nuovo cagnolino? Bastarda!" esclama irritato Borgan al telefono.

Baladieu si alza dalla sedia e dice all'uomo: "Borgan! Vado in sala d'aspetto, sono in difficoltà! Non so cosa fare! Vorrei tanto trovarmi a casa mia accanto al camino a bere un the."

Borgan, levando alto il braccio, gli dice: "Non dica idiozie! A casa sua non c'è né il camino, né il the e vorrebbe trovarsi lì? Dove va? Stia seduto! Mica la mangio!" Il poliziotto riprende il colloquio telefonico con la solita voce impalpabile e bassa.

"Aspetta! Aspetta! Ho qui un coglione che ha deciso di confessare! É solo un bugiardo da quattro soldi. Fra qualche minuto lo faccio crollare, amoruccio mio. Ti chiamo più tardi e parleremo con calma ma, ti prego, torna a casa, fallo per nostro figlio."

"Ma cosa dici? Quale figlio? Diodato! Amore! Il nostro ragazzo, il nostro pargoletto, un bambino adorato. Ah! Sono d'accordo con te! É vero! Hai ragione! É un delinquente! Un gaglioffo! Come figlio fa schifo! Approfittando delle mie assenze è diventato un nemico della famiglia e poi mi odia. Odia anche te? Se torni ne facciamo un altro, come vuoi tu o dimmi, amore, come ti piace? Biondo o bruno? Alto, basso, anche nano se è questo che desideri, va bene! Ti imploro, in nome dell'amore che c'è stato, torna…" (Lunga pausa) "Che dici? Non vuoi più figli da me? Allora sei una puttana! Ho ragione quando dico che tu hai un amante! Tu vuoi un figlio da lui? Sai Marion, cosa faccio?" Borgan, con un movimento rapido e leggero, poggia la mano sulla pistola e dice con un tono di voce ancora più basso: "Io ti sparo! Ti uccido Marion! Un colpo solo alla bocca, così non potrai farmi del male! Di te non troveranno nulla, neanche un capello, neanche un'unghia."

Baladieu, ascoltando la conversazione, rimane di stucco. É terrorizzato. Non riesce a fare alcun movimento, né a deglutire. Non può neanche fuggire e pensa: "Questa è una gabbia di matti, ho paura! Sono certo che il mio psichiatra desidererebbe conoscere Borgan! Quest'uomo è più pazzo di me! Mi sono messo in un vicolo cieco, non posso fuggire. Forse era meglio non venire, glielo avrei detto al telefono, avrei dovuto inviargli una email, che dico? Un fax. Così non avrebbe potuto minacciarmi! Ho paura!"

"Pronto! Cosa dici?" chiede Borgan a voce alta alla moglie, così che tutti, nell'ufficio, possano udirlo. "Cosa devo comprare? Il detersivo per pavimenti? Il mangiare per il gatto e il tonno per Diodato? Aspetta che scrivo! Ah! Sì, hai ragione, comprerò tutto da Gustave, sì Gustave, quello all'angolo di Boulevard Saint Michel. Ha dei buoni prodotti." E, abbassando il volume della voce, dice: "Ti prego! Torna a casa! Ho la cucina sottosopra e manca tutto, anche la tisana. Ti amo, palloncino mio."

"Ti amo, anguillina mia."

Baladieu si rilassa nell'udire che la telefonata volge verso una conclusione positiva. Borgan, d'un colpo, si alza dalla sedia ed esclama, coprendosi la bocca con la mano per non farsi sentire: "Sono uno stronzo e non devo continuare a chiamarti palloncino? Non farmi innervosire! Ho i nervi tesi, le braccia tese, anche il mio sguardo fisso sul nulla è teso, nel vedere la tua foto. Quale foto, mi chiedi? Quella grande sul camino." Poi cambia di nuovo atteggiamento: "Ma cosa dici? É una foto minuscola? La foto è sbiadita? Ma cosa farfugli? Baldracca! Ti ho sposata per toglierti dal marciapiede e tu, invece, ti ostini a dirmi che eri lì ad aspettare il bus! Non ci crederò mai e, ora, mi hai distrutto! Ihih! (Borgan singhiozza)

"Piango! Sì! Piango! L'Ispettore Borgan piange perché ha ucciso sua moglie! Questo desideri?" e sbatte la cornetta sull'apparecchio telefonico.

Torna impassibile da Baladieu e, rivolgendosi a lui dice, ignorando il violento colloquio telefonico: "Cosa vuole confessare Baladieu? Cosa vuole confessare il nostro piccolo e brutto anatroccolo grigio? Ahah!" e sorride.

"Nero! Ispettore, nero..." suggerisce Baladieu.

"Che cosa significa?" chiede Borgan.

"Che l'anatroccolo è nero e non grigio!" esclama l'altro.

"Va bene, nero! Sì! Nero, va bene. Giusto! Non cambia nulla! Lei è un delinquente nemico della verità. Lei usa la verità come merce di scambio per i suoi subdoli progetti. Forse devo riaprire l'indagine sulla morte di Clotilde e credo che, a quella faccenda, debba andare ancora a fondo. Alcune cose non quadrano, specialmente su di lei caro Baladieu! Ma, in fondo, le voglio bene, la stimo e desidero crederle ancora" continua Borgan carezzando il ciuffo ribelle dell'uomo. "Sa cosa le dico allora? Ascolti le mie ultime volontà! La sua versione dei fatti coincide con la mia! Selma dorme beata a casa sua. L'ho vista io stesso che stava riposando. Nella vasca della caldaia non ci sono cadaveri. Clotilde si è suicidata e, in quella gabbia di matti del Residence Selma, non verrò più fino a quando andrò in pensione! Se ci sarà un altro delitto, vedetevela fra di voi, giocate a mosca cieca e saprete chi è l'assassino. E poi, sa una cosa Baladieu? Quando, malauguratamente, andrò a Montmartre, girerò per Avenue Trouden! Va bene così? Le ho detto come la penso!" esclama il poliziotto. Raccoglie tutti gli incartamenti del caso, che sono sulla sua scrivania, e li getta nel cestino della carta straccia.

"Sì, va bene Ispettore. Grazie! Lei è un buon uomo!" risponde Baladieu congedandosi da Borgan.

Baladieu lascia l'uffico dell'Ispettore. Borgan chiama al telefono il suo collaboratore Mattel e gli dice: "Hai notizie dei movimenti di George? No? Metti un uomo anche dietro Baladieu! Non lasciargli neanche un minuto di libertà. Temo per la sua vita e poi aggiornami."

"Stai accanto a me! Non fare rumore! Cammina lentamente e, mi raccomando, non inciampare nel tappeto!" esclama la Poltel.
"Nient'altro? Posso respirare?" domanda Antoine.
"Sì, basta che non fai alcun tipo di rumore! Tu sei un essere rumoroso! Anche quando sei in silenzio, sei rumoroso!" esclama la donna.
"E quale rumore emetto, se mi è lecito saperlo?" chiede Antoine.
"I tuoi pensieri che si muovono, stupidamente, in quella scatola che hai come testa, fanno un enorme baccano! Hai capito Brocahrd?" dice la Poltel.
La donna e Brochard sono sul pianerottolo. Vanno all'uscio di Baladieu in punta di piedi, facendo entrambi attenzione a non inciampare sull'orrendo tappeto giallo che copre l'intero pianerottolo.
"Dammi le chiavi!" ordina la donna. "Eccole!" Brochard consegna il mazzo di chiavi alla donna. "Scusami ma sono molto teso, tanto teso e, come al solito, in questi frangenti, la mia colite inizia a palpitare come il cuore di un atleta" dice Brochard accarezzandosi l'addome.
"E allora? Cuore di atleta! Cosa significa?" chiede innervosita la donna.
"Devo andare alla toilette! Ecco che succede! Devo andare immediatamente alla toilette! Ho una immediata necessità di chiudermi in un bagno e quindi torno a casa mia e resto lì tranquillo, in attesa" risponde Brochard.
"Ora? Proprio ora devi andarci?" aggiunge la donna.
"Sì! Ora! In questo momento! Tra un attimo potrebbe essere

tardi." risponde Brochard comprimendo le mani sul ventre. Nel frattempo, la donna, afferra con stizza le chiavi dalle mani di Brochard e apre le tre serrature, una dopo l'altra. I due entrano con circospezione in quell'angusto luogo di pochi metri quadri che Baladieu chiama salottino. L'appartamento di Baladieu è un antro scuro e minaccioso. L'uomo fa a meno dell'illuminazione perche è ammalato di una rara sindrome che lo condanna a una eccessiva sensibilità alla luce. In tutta la casa, Baladieu ha solo due lampade. Una, in camera da letto, edun orrendo lampadario nell'altra stanza che, l'uomo, sopravvalutandola, chiama salone. Per arrivare in camera da letto bisogna superare un vero e proprio percorso di guerra, un suk arabo, un mercato delle pulci, fatto di cianfrusaglie, scatole di cartone, imballaggi ancora chiusi e una quantità enorme di inutilità grande quanto il negozio di un rigattiere.

Brochard inizia ad avere una eccezionale sudorazione e, rivolgendosi pietoso alla donna che gli è accanto, dice con un filo di voce: "Cara! Come devo dirtelo?   Ho la necessità di andare alla cesso! Ora!"

"E vai allora! Vai a casa mia! A casa tua! Lasciami lavorare!" risponde la Poltel con un guizzo agli occhi, come chi, dopo tante disavventure, è a due passi dal tesoro. I due superano la minuscola sala d'aspetto ed entrano in quello che Baladieu chiama il grande salone.

Anche qui, ai due, si presenta lo stesso spettacolo. L'arredamento è semplice, povero e privo di gusto. Lungo la parete un mobile degli anni '50 in tek, sulle cui innumerevoli mensole sono sistemati, alla bell'e meglio, oggetti di varia natura, tra cui una gamba di manichino. Sul lato destro, un grosso tavolo in noce scura accanto al quale è accostata una sedia impagliata. Al centro del tugurio un divano in velluto nero, sul quale, resti biologici di varia grandezza e natura fanno mostra di sé, senza il timore di essere tolti. Tutto l'ambiente è pervaso da un cattivo odore che, spesso, costringe chi viene a bussare alla porta, a rifiutare educatamente di entrare, tanto è il lezzo, il cattivo odore, che pervade quel luogo tenebroso.

"Ma dove sarà la toilette?" chiede a denti stretti Brochard, andando a tentoni e inciampando spesso.

"Se ci fosse spazio, direi qui!" esclama la donna, "non penserai di andare ora alla toilette? In questa casa, spero? Ti ho detto di andare via!" risponde la Poltel dilatando le pupille in cerca di chissà quale elemento che possa incastrare Baladieu.

"Forse non ti è chiara la mia situazione! Non ho più il tempo di andare altrove, dimmi solo dov'è la toilette di Baladieu?" chiede a bassa voce Antoine. "Lì! Brochard! É di fronte a te! Vai alla toilette e non preoccuparti d'altro! Resto io a indagare e, poi, è mai possibile che, ogni volta in cui dobbiamo stare all'erta, tu vai al cesso"? grida a denti stretti la donna.

Brochard sta tanto male. Spesso ha questa necessità anche al mattatoio. Purtroppo, non riesce a trovare subito un sostituto e, allora, il povero misero si contorce, porta le mani all'addome indolezito e continua imperterrito il suo lavoro, che è quello di uccidere pecore, manzi e maiali. Gli animali, per questa iattura dell'uomo, subiscono atroci amputazioni e dolori inimmaginabili. Spesso arrivano al termine della macellazione feriti gravemente, ma non morti.

Brochard non ama tutto ciò, perché si ritiene un professionista serio, ma la sua volontà è annientata dai forti mal di pancia. Ora, stringendo con le mani l'orlo dei pantaloni, comprende che non ha più tempo per decidere. Deve assolutamente trovare una porta da aprire, anche se è in casa di Baladieu. Deve soddisfare i desideri della sua pancia e poi pensare a cosa può succedere se Baladieu torna. Apre finalmente la porta della toilette e la richiude rapidamente alle sue spalle, entrando in un altro luogo buio che Baladieu chiama vezzosamente *il riflessorio*. La Poltel è nel salotto. Al buio, la donna, cammina a tentoni, poggiando le mani su qualsiasi cosa incontri sul suo cammino che possa darle aiuto. Cerca ostinatamente una lampada. Ricorda che, una specie di abat-jour, era poggiata sul tavolo.

La trova e cerca nervosamente un pulsante per darle vita. Riesce a far luce in quell'ambiente che nulla ha di umano, se non la presenza del mobilio.

"Ah! Che schifo! Che ribrezzo!" esclama la Poltel. Intorno al suo corpo si è formato un alone di polvere spessa come un muro.

"Fra poco sarò divorata dalla polvere!" pensa la donna e inizia a tossire, inalandola, fino a quando decide di coprirsi la bocca con la mano.

"Che inferno, Dio mio! Non è possibile avere un'esistenza normale se si vive in un ambiente così malsano! Saranno anni che non fa pulizia e, poi, che cattivo odore! C'è puzza di fogna! Ci nasconderà i cadaveri dei cani che trova per strada!" pensa la Poltel.

"Ho quasi finito!" grida Antoine dalla toilette, "aspettami, amoruccio mio, sto arrivando!"

"Non riesco a decidere se sia più disgustoso il tuo urlo o la casa di Baladieu. Resta lì! Stai tranquillo, non c'è nulla di nuovo. Rilassati e pensa alla tua colica! Prima o poi finirà." E poi, a bassa voce, sussurra: "Finirà! Spero che finisca tutto, fastidioso Brochard!"

Madame Poltel ricorda bene tutto l'ambiente, era già entrata nell'appartamento di Baladieu per depositarvi il cadavere di Clotilde. Il divano, il tavolo, l'unica sedia e tutti gli oggetti sono allo stesso posto in cui li aveva lasciati. Baladieu non aveva mosso neanche la sedia.

"Che uomo orrendo!" pensa la donna, "qui è un covo di infezioni, l'anticamera del purgatorio. È lui l'assassino di Selma, ne sono certa! Solo un crudele omicida potrebbe vivere in queste condizioni! Quest'uomo non pulisce casa sua da anni! Che sudiciume!"

Mentre la donna riflette si accorge che, sul lungo mobile di tek, addossato alla parete, accanto agli occhiali da sole di Clotilde c'è poggiato un nastro merlettato rosa. La Poltel raccoglie la striscia di tessuto e lo infila nella tasca. Immagina subito che potrebbe essere una prova. Ricorda di aver visto quella fettuccia di stoffa allacciare la vestaglia di madame Selma. "Ecco! Questo è interessante! Il nastro di Selma. Come è possibile che si trovi qui? Allora Baladieu mente o è lui l'assassino! Ora sono certa che Baladieu non è innocente come dice" conclude la donna. "Finalmente è tutto a posto! La battaglia è di nuovo vinta! Abemus papam! Esco, amore mio!" esclama Antoine uscendo dal bagno. Nel chiudere la porta, l'orlo dei pantaloni si impiglia nella maniglia e li straccia in un sol colpo. "Guarda, maledetto Baladieu! Ho strappato anche i miei pantaloni nuovi!" impreca Antoine, costretto a sorreggere l'indumento con le mani.

"Senti, Bochard! Non pensare ai tuoi stupidi pantaloni! Guarda qui cosa ho trovato! Qualcosa che inchioda il pazzo!" e tira fuori dalla tasca la cintura di merletto, mostrandogliela.

"Hai trovato qualcosa di buono! Ma non appartiene a Clotilde?" chiede Brochard.

"Clotilde! Che stupido! É di Selma! Hai dimenticato che Baladieu ci ha parlato di una cinta che penzolava dalla caldaia?" risponde la donna.

"É vero! Hai ragione! Dammela che la metto ai miei pantaloni, altrimenti vado al mattatoio con le braghe nelle mani. Ahah!" aggiunge Brochard sorridendo.

"Sei un animale, Brochrad! In una situazione del genere tu pensi al macello, a sorreggerti i pantaloni! Ho sbagliato tutto nella mia vita! Non dovevo venire da te a chiedere aiuto, quel giorno!" conclude delusa la donna.

"Ma cosa dici, ti amo!" esclama Brochard continuando a sorridere.

"Basta! Taci e sparisci dalla mia vista! Reggi i pantaloni con le tue mani! Guardati! Sei uno spettacolo pietoso! Ma che puzzo esce dalla toilette!" esclama la Poltel.

"É vero! Hai ragione! Non ho ancora premuto il pulsante dello sciaquone" risponde Brochard.

"Brochard! Vai alla toilette e fa' scorrere l'acqua! Mancava anche il cattivo odore del bagno!" ordina la donna.

"Vado! Basta che non brontoli!" aggiunge Brochard.

Mentre i due inveiscono, si ode il rumore delle serrature della porta che si aprono, l'una dopo l'altra.

"É Baladieu! Devo trovare subito un nascondiglio, una tenda, un guardaroba, qualcosa in cui chiudermi. Quest'uomo non ha neanche un lenzuolo. Dove vado? Dove vado?" si chiede la Poltel.

Ha un'idea. Afferra gli occhiali da sole, li mette agli occhi, si accomoda sul divano e assume la stessa posizione in cui lei e Brochrad posero il cadavere di Clotilde.

"Io vado a chiudermi nella toilette! Lì, sicuramente, non andrà a guardare!" esclama Brochard e corre al bagno.

Baladieu, con la sua solita flemma, entra in casa e non si accorge di nulla, tanto è preso dai suoi pensieri. Va nel salone e scopre qualcosa che lo terrorizza.

La donna è seduta al buio, sul divano. Ha un aspetto sinistro e l'oscurità le dà una sembianza macabra. Le braccia molli sono poggiate sulle ginocchia e il tronco è leggermente inclinato in avanti, come se fosse in procinto di cadere.

"No! É un incubo! Non finirà mai questa storia! Tu sei l'ectoplasma di Clotilde!" esclama con un filo di voce Baladieu.

Dopo aver pronunziato queste parole sviene, cadendo d'un colpo sul pavimento. L'uomo non è riuscito ancora a superare la tragedia che lo ha coinvolto. Erano stati giorni terribili.

Ogni cosa lo accusava e le prove raccolte dall'Ispettore Borgan portavano a una sola conclusione: Baladieu aveva ucciso la vecchia Clotilde.

Mentre è a terra svenuto la donna chiama a denti stretti Brochard: "Dove sei? Maledetto piccolo uomo! Quando ti cerco non ci sei mai! Vieni subito! Baladieu è qui a terra!"

Brochard non risponde.

"Brochard!" esclama la donna, "vieni via! Dobbiamo andare a casa immediatamente! Ormai ho in tasca le prove che lo inchiodano! Vieni qui, imbecille! Scappiamo mentre è ancora a terra!"

"Ho finito! Un momento, pulisco il vaso!" risponde Brochard.

"Pulisce il vaso? Guarda che risposta! Lui pulisce il vaso e Baladieu è svenuto ai miei piedi!" e aggiunge, "presto vieni via! Lascia stare le pulizie di primavera!"

"Eccomi!" risponde Brochard. Vede il corpo di Baladieu e chiede alla donna:

"Hai ucciso anche Baladieu?"

"Non dire idiozie! Non l'ho neanche sfiorato con la mano! Appena mi ha visto è crollato a terra ed è svenuto" risponde la Poltel.

"E perché?" chiede l'uomo.

"Come perché?" risponde irritata la donna. "Mi ha vista lì seduta sul divano nella stessa posizione in cui si trovava il cadavere di Clotilde! Ha avuto un colpo, non capisci?" spiega la donna.

"Ah! Va bene! Capisco! Gli hai dato un'obrellata sulla testa! Ahah!" esclama Brochard sorridendo.

"Non l'ho toccato! Come devo ripetertelo? É solo svenuto!" spiega pazientemente la Poltel.

"Ma non respira! Lo vedi che non respira? Quando non si respira si è decisamente morti!" aggiunge saggiamente Brochard, grattandosi il capo.

"Ma come puoi dire una cosa del genere? Da quella distanza riesci a sentire il suo respiro?" chiede la donna.

"Guarda che è come un bue al mattatoio, quando muore ha la bava alla bocca e non respira! Come Baladieu in questo momento, vedi!? Baladieu ha la bava alla bocca! Comunque sembra morto! Le gambe molli sono molli! Ha le braccia rilassate e ha i piedi valgi, guarda lì fra le gambe! Ecco, toccalo fra le gambe e dimmi se è ancora caldo!" esclama l'uomo.

"Toccalo tu fra le gambe! A me fa schifo. Non ho mai messo le mani tra le gambe di un morto!" risponde offesa la donna.

"Neanche io! É repellente! Non mi piace toccare un cadavere. La sua carne sta diventando grigia come una pecora e, poi, ha un sintomo inequivocabile. Gli occhi semichiusi!" esclama Brochard.

"Imbecille! Non è morto! É solo svenuto! Come devo dirtelo? E poi, tutti possono avere gli occhi semichiusi!" sentenzia la donna.

"Ma respira? Sei certa che respira? Perché non facciamo la prova dello specchio? Come nei film americani?" consiglia Brochard.

"Ma di quale specchio parli? Ti sei guardato intorno? Vedi uno specchio?"

"Sì! Credo respiri ancora. Spero di sì! Ora tu apri la porta e vai a casa tua! Qui me la vedo io! Non ti sopporto più Brochard! Averti al mio fianco è come avere la diarrea per strada!"

Brochard alza le spalle e va via. Ha difficoltà a camminare. I pantaloni scivolano e spesso inciampa, ma riesce ad arrivare alla porta.

"Allora io vado via! Questa volta fai da solo! Non voglio metterci il naso con un altro cadavere fra i piedi!" esclama Brochard voltandosi verso la donna che è china sul corpo di Baladieu.

"Va via stupido! Lascia la porta aperta! Devo essere accanto a lui quando si risveglierà" risponde la Poltel.

"E se non si risveglia? Se è morto e non si risveglia più? E se…" chiede Brochrad.

"E se, se, se! Vado via anche io e lo lascio qui!" lo interrompe la donna.

"Tu lo lasci lì? Sei una donna senza cuore! Abbandonare quel povero diavolo. Mah!" esclama Brochard.

"E tu sei un vigliacco, come al solito! Va via! Va via!" grida la Poltel. Mentre la donna è inginocchiata accanto a Baladieu, che non ha intenzione di riprendere conoscenza, ode un forte tonfo per le scale. Brochrad è scivolato sui gradini ed è caduto sul pianerottolo. Mentre si ode il brontolio di Brochard che cerca di rialzarsi, dalla bocca di Baladieu, escono solo flebili suoni. Lentamente si trasformano in sillabe, poi in suoni articolati, fino a quando inizia lentamente a parlare: "Diooooooo! Dio! Dioooooooooo! Dio, Dio, Dio! Non è possibile! Lì, dove c'era la vecchia Clotilde, ora c'è il fantasma della vecchia Clotilde! Che giornata da incubo! Oggi vado al commissariato di Polizia, parlo con l'Ispettore Borgan, gli dico che la storia del cadavere di Selma è una mia pura invenzione e rischio che mi spari a causa del litigio con sua moglie, rischio di morire sotto un'auto a Place de la Concorde, sopravvivo alla folla del metrò, torno a casa annientato nel fisico e nell'anima, stanco più che mai e che cosa trovo ad attendermi? Che cosa trovo sul divano di casa mia? Il fantasma della vecchia che si è suicidata più di un anno fa, ad attendermi, fissandomi con lo sguardo di ghiaccio e gli occhiali da sole. Come se l'avessi uccisa io! Lei signora, come la chiamerebbe questa? Sfortuna?" Baladieu, risvegliandosi dallo svenimento, chiede con garbo alla donna che gli è di fronte.

"Baladieu, non tema nulla! Ora ci sono io, accanto a lei. Inginocchiata accanto a lei. Non abbia paura di morire! Ora è vivo! É vivo e anche vispo a quanto pare!" risponde con voce suadente la Poltel.

"Ma io non la conosco! Mi dica signora, lei chi è, e cosa fa nel mio apprtamento? La prego non menta! Mi dica la verità! Sono morto e lei è un angelo che mi sta dando le chiavi della mia camera in purgatorio?" chiede Baladieu, con voce lenta e soffermandosi su ogni parola. Dopo aver ripreso conoscenza, fissa negli occhi la Poltel e aggiunge: "Anche lassù, negli spazi siderali, dove gli emisferi della luce si incontrano con il buio profondo e le farfalle diventano bruchi, sì, lassù, qualcuno grande, ma grande davvero più di me, ha pensato di aiutare Baladieu? Oh Dio! Sono l'essere più infelice del mondo. Ora che sono morto, chi adotterà il mio cane? Il mio gatto? Il cardellino? Chi darà da mangiare ai miei adorati figli e a quel povero essere di mia moglie? Come farà tutta questa gente a sopravvivere? Ora che Baladieu non c'è più!" "Baladieu! Io non sono il suo angelo custode e non ho le chiavi della sua camera in purgatorio! Lei non è morto! É semplicemente svenuto! Sono la signora Poltel, la sua vicina. Si ricorda di me?" "La signora Poltel? Lei è qui per portarmi nel letto della seduzione? Per fornicare con me?" esclama l'uomo.

"No! Signor Baladieu! Lei è robusto e io sono esile. Non posso portarla da nessuna parte. Provi lei, invece, ad andare da solo in camera da letto!" risponde la donna tentando di convincerlo.

Baladieu si alza, affranto dalle sue parole. Ha le gambe ancora molli che gli tremano. Con la manica della camicia asciuga la bava ai lati della bocca e cerca a tentoni qualcuno a cui poggiarsi.

"Lei non è qui perchè mi vuole bene, ma per portarmi a letto e fare atti osceni! Me lo ha detto l'Ispettore Borgan!" esclama Baladieu.

"Le ha detto questo il nostro Borgan? Carino da parte sua! Che delicatezza quell'uomo! Io non ho affatto intenzione di portarla a letto, Baladieu! Come uomo non mi interessa. É insulso e a volte stupido! Io sono qui, perché ho udito un tonfo provenire dal suo appartamento, mi sono preoccupata, sono corsa alla sua porta che era aperta e l'ho vista distesa a terra, tutto qui, senza dare spazio alle sue fantasie erotiche, dettate da quell'essere spregevole che è Borgan!" spiega la donna a Baladieu. "Come vede, l'Ispettore si sbaglia! Sì! Il nostro caro Ispettore Borgan si sbaglia! Perché?" sta per dire la Poltel.

"Perché?" chiede Baladieu spalancando le pupille

"Perché è uno stronzo! Non comprende l'amore degli uomini, l'affetto di una vicina, la semplicità degli inquilini. Lui, Borgan, vede solo assassini e colpevoli. Per lui siamo feccia!" conclude la donna.

"É vero quello che lei sta dicendo: Borgan mi vede come colpevole. Ai suoi occhi io sono colpevole di omicidi efferrati. É sicuro che io abbia ucciso Clotilde!" esclama Baladieu.

"Scusi, Baladieu! Non ricorda bene, ma Clotilde l'ha uccisa lei! Ora si è redento ed è diventato un brav'uomo. Un po' pazzo, ma un brav'uomo. Venga, mi segua, l'accompagno nella camera da letto" dice la donna.

"Sì, grazie! Un momento, vedo dove ho messo le chiavi di casa" dice Baladieu e fruga nelle sue tasche fino a quando le trova.

"Ha ragione! Ha proprio ragione! Eccole! Pensavo di aver chiuso la porta e poi di aver visto Clotilde o quello che è il fantasma di Clotilde, ma ora che ho notato lei, penso che non ci fosse alcun fantasma. I veri fantasmi sono quelli che abbiamo dentro di noi e io ne ho tanti!" esclama Baladieu tentando di tastare il di dietro alla Poltel.

"Baladieu! Ma cosa fa? Lei mi sta toccando il culo?" chiede sgomenta la donna.

"No! Signora Poltel! Non mi permetterei mai! Sto solo controllando che non sia il fantasma di Clotilde!" risponde l'uomo.

"E per farlo ha bisogno di palparmi?" chiede innervosita la donna.

"Ma l'Ispettore Borgan…" inizia a dire l'uomo.

"Lasci perdere quel malato sessuale! Ora è qui in camera da letto e può riposarsi" coclude la Poltel interrompendolo.

"Certo, mio angelo custode! Ma lei chi è?" chiede Baladieu sedendosi sul letto. "Sono la signora Poltel! La sua vicina. Ora la lascio, spero che si senta meglio e a Borgan non dica che ero qui! Mi raccomando!" aggiunge la donna. "Non dirò nulla! Lo giuro su ciò che ho di più caro al mondo!" esclama Baladieu.

"Non giuri mai sulle anime dei suoi genitori! La prego!" lo interrompe la donna.

"Giuro sulla verità! Sì, la cosa più cara che ho al mondo!" dice solennemente Baladieu.

"Baladieu! Lei è un professionista della bugia! É il massimo docente della menzogna! Lei è un uomo che modifica in continuazione la verità! Non dica cazzate!" esclama irritata la donna e aggiunge, "ora, comunque, vado via! Ho udito un rumore nel palazzo, vado a vedere cosa è successo. In questo Residence accade di tutto, sempre che si riesca a sopravvivere!"

La donna va via, chiudendo la porta alle sue spalle e tenta di scoprire la provenienza di quel tonfo.

**Capitolo XIII**

George sospinge a fatica su per le scale un grosso baule. Sta per giungere al primo piano, quando inciampa e, l'ingombrante peso, scivola al piano terra, rischiando di travolgerlo.

Il giovane impreca a voce bassa perchè gocciola di sudore e la sua gamba più corta lo tormenta. É intimorito e spera che nessuno abbia udito lo schianto. Con passo lento e precario ridiscende i gradini e scopre la cassa al centro del pianerottolo far bella mostra di sé.

Speriamo che nessuno abbia udito il frastuono e pensa: "Non vedo l'ora di liberarmi di questo fabbricato! É stato il mio incubo fin da bambino ma, grazie a Dio, tutto sta per concludersi."

Con fatica si accovaccia e verifica se la cassa è ancora intatta e, mentre si asciuga l'abbondante sudore, pensa al da farsi.

Ha la sensazione che un alito di vento gli sfiori i capelli. Alza all'istante lo sguardo e scopre Bovary, e il suo cane, che lo fissano immobili, stando nascosti in un anfratto. Bovary è convinto che George non si accorga di lui. Anche George fa finta di nulla, perché sa che il cieco non può riconoscerlo. Si rende conto che il baule è ancora integro e sorride soddisfatto.

"Buona sera Baladieu!" esclama il vecchio inaspettatamente. "Fa piacere incontrare gli amici. Non la sento da tempo e spesso mi chiedo: ma quel simpaticone del mio vicino, dove si è cacciato? Chissà cosa fa tutto solo chiuso in casa? Ed ecco che ci incontriamo!"

Bovary esce dalla penombra e si avvicina a George con passo malfermo. Ha bisogno del fido bastone per evitare le probabili insidie del percorso. Senza che l'altro se ne accorga, assesta un colpo sulla schiena del cane che emette un piagniucolio.

"Facciamoci strada August. Non dimenticare che, ogni angolo, può essere un grave impedimento ma fortunatamente ci sei tu e il mio fido legno pronti ad aiutarmi!" esclama il cieco.

"Buona sera Bovary!" risponde George camuffando la voce.

"Purtroppo, mio caro Baladieu, io sono un condannato a vita. É come se un giudice, che nel mio caso è la natura, indifferente a tutto, avesse emesso una sentenza di ergastolo senza che io abbia commesso alcun delitto e senza che abbia potuto difendermi. La invidio amico mio! Lei rifiuta tutto ciò che io amo e, quindi, cosa devo pensare?" Bovary aspetta la risposta di George, che non arriva, e continua: "Che lei sia semplicemente un ribelle. Ahah!" dice il vecchio e sorride.

"É vero!" risponde George. "Rifiuto cose che gli altri amano, ma non posso farci nulla. É la mia indole! La schizofrenia non è una malattia come le altre, è uno stato dell'essere. Sono stato messo al mondo così! Da quella stessa natura che si definisce indifferente a tutto" spiega George.

"Giusto! É la sua natura! Cosa pensa del delitto? Appartiene alla sua natura?" chiede Bovary.

"No! Non è tra le mie priorità. Preferisco vedere la televisione!" risponde l'altro irritato.

"Vede! Mi accorgo dalla sua voce che, quando ho pronunciato la parola delitto, ha avuto una leggerissima contrazione delle labbra. Questo indica un'indiretta propensione, mi scusi!" esclama Bovary.

"Maledetto vecchio! Devo stare attento! Costui riesce a leggere nei pensieri!" pensa George e risponde: "No! Non si scusi affatto! Comprendo che era solo un suo concetto espresso ad alta voce e null'altro."

"Eh, caro Baladieu! Lei è ancora giovane e, sicuramente, avrà tutto il tempo che desidera per visitare ogni anfratto della sua anima e trovare la verità. Io, invece, sono già arrivato al traguardo e alcune cose le ho scartate a priori. Non è vero August?" chiede Bovary, accarezzando la testa dell'animale che fa capolino dalla carrozzela e continua, "cosa trasporta di tanto importante su per le scale? Un cadavere per caso? Ahah!" e sorride.

"Niente di importante! Vecchia biancheria che ho deciso di seppellire in soffitta" risponde George.

"Seppellire? Che brutta parola! Si seppelliscono i morti o i bauli in cui ci sono i cadaveri, ma non penso che sia il suo caso. Lei è una persona perbene e non uccidrebbe nessuno. Vero Baladieu?" George non dice nulla.

"Non ho udito la sua risposta!" esclama il vecchio e, riflettendo, dice: "Ma poteva chiedere aiuto a qualcuno? A George, per esempio. É forte, e poi è sempre disponibile. Pensi che, alcuni giorni fa, sono stato costretto a cambiare due sedie della mia cucina, ho chiesto il suo aiuto e che cosa ha fatto quel buon giovane? Gliele ha portate fin dentro casa!"

"Lo so!" risponde George incollerito e aggiunge: "Che brava persona!" E pensa fra sé: "Vecchio rompicoglioni, quelle due maledette sedie pesavano una tonnellata."

"Vede mio caro Baladieu, ognuno ha i suoi lati positivi. Anche lei è un buon uomo, basta entrare in sintonia e si comprendono tante cose. Non è vero August?" chiede il vecchio al cane, accarezzandolo.

L'animale, udendo le parole del padrone, scuote la testa, inizia a ringhiare e a battere le zampe anteriori sulle piccole ruote della corrozzella.

"Signor Bovary! Lo leghi bene su quell'aggeggio, ho paura che anche così possa mordermi. Bisogna tenere i cani sempre al guinzaglio" esclama George tirandosi indietro.

"Stia tranquillo Baladieu, August è un animale buono ed educato e, poi, come può morderla, costretto com'è?" risponde il vecchio. Bovary è accanto alla cassa e l'accarezza come se volesse conoscerne la consistenza: "Di buona marca, fabbricata sicuramente nel secolo scorso, ben tenuta e di un colore molto carino. É verde! Il colore dei campi. Il colore della campagna d'estate. Un tempo c'erano dei buoni artigiani, ora è tutto cambiato. Dove è finito il lucchetto per aprirla?" chiede Bovary.

"Lasci stare il lucchetto! Ho della biancheria di valore e temo possa insudiciarsi, toccandola, e poi è rosso" George risponde con sgarbo.

"Rosso, verde, azzurro. I colori sono tutti uguali per un povero cieco!" dice sommessamente il vecchio, "ma non avevo intenzione di toccarla, a me basta annusarla. Non vedo!"

"Sì, lo so che è cieco Bovary, ma non credo che valga la pena aprirla! Sono solo cose vecchie! Ricordi di un tempo in cui mia madre era una splendida ragazza" dice George levando gli occhi al cielo.

"Doveva essere davvero bella! Viveva a Parigi?" chiede Bovary.

"No! A Nizza" risponde secco il giovane.

"Ah, che bella città! Splendida e piena di sole, non l'ho mai vista, peccato" aggiunge Bovary.

Mentre i due parlano, il cane dà un forte strattone alla corda di cuoio che Bovary tiene stretta nella mano e si libera. Accovacciato sulla carrozzella punta dritto al baule, lo annusa e inizia a grattare la superfice con le zampe.

"Bovary! Richiami il cane! Temo che possa combinare qualcosa di brutto!" esclama George.

"August! Abbandona l'idea di vedere cosa c'è dentro! Il signor Baladieu ci ha detto che il baule contiene solo vecchi vestiti. É inutile che tenti di aprirlo!" dice Bovary all'animale.

Il cane non dà alcun seguito alle parole del padrone e continua nel suo intento piroettando intorno alla cassa. Solleva la gamba e, dispettosamente, urina.

"Bovary! Ha pisciato sul bagaglio! Brutta bestiaccia! Va' via dalle mie cose! Come ti permetti di inzozzare i miei ricordi!" grida George.

Il liquido giallastro si diffonde a macchia d'olio sulla parete del baule con evidente disagio del giovane. Nonostante sia impedito nei movimenti, riesce a mollargli un poderoso calcio ai fianchi, ma perde l'equilibrio, scivola sul pavimento e la protesi vola via per le scale.

George fissa la gamba che si allontana verso la porta della lavanderia.

Osservando la scena, vorrebbe urlare, chiedere aiuto a Bovary, ma resta prostrato e sconsolato. Mai avrebbe pensato che la sua protesi potesse sfuggirgli e andare così lontano, tanto da non poterla più prendere. Allunga le mani e tenta, con un ultimo sforzo, di afferrarla, ma l'arto fasullo ha già colpito l'uscio della cantina.

Il cane dispettoso sembra sghignazzare di piacere e, sentendosi non affatto appagato, ripete il gesto osceno anche sui suoi pantaloni. George non sa cosa dire, né cosa fare. Deve però, assolutamente, raccogliere l'arto senza che Bovary se ne accorga.

É offeso, indignato, umiliato, irritato e nauseato dal gesto volgare e umiliante dell'animale. Riesce comunque ad afferrargli la coda e, con un rapido movimento, lo scaglia lontano. Il cane precipita dalla carrozzella e rotola per le scale disorientato. Si sentono i suoi guaiti che si allontanano. Tutto ciò avviene così rapidamente che Bovary non ha il tempo di accorgersene e, nessuno dei due contendenti, intende fare rumore.

"Dove sei August? Ti ho sentito guaire! Dove ti sei ficcato? Perché ti allontani da me senza la mia autorizzazione?" esclama il padrone a voce alta e, non ricevendo alcuna risposta, tenta di ritrovare l'animale dimenando il bastone e distribuendo colpi ovunque.

Alcuni fendenti raggiungono George che è ancora disteso a terra. "Ah! Che dolore!" urla il giovane, aggiungendo: "stai alla larga da me, vecchio, con quell'orrido bastone! Allontanati immediatamente!" tentando di difendersi con le braccia. Ma è tutto inutile. Cerca riparo, arrancando e nascondendosi dietro il baule ma, Bovary, non abbandona la furia e non smette di chiamare il cane: "August! Testa dura di cane! Dove ti sei cacciato? Vieni qui dal tuo padrone che ti vuole bene! Non ti è ancora chiaro che il tuo posto è accanto a me?"

Nel pronunciare queste parole inciampa sulla cassa e ruzzola, cadendo a peso morto su George che, piagniucolante, è riverso a terra. I due si ritrovano abbracciati come vecchi amici, fino a quando, August, con uno sforzo inumano risale le scale. É affaticato e afflitto. Gli mancano le forze ma, in un ultimo gesto di rappresaglia, tenta di defecare sulle scarpe di George. Questo folle gesto non gli riesce, perché non è a suo agio. Preferisce i giardini di Arles e poi c'è troppo tranbusto per i suoi gusti. Sceglie di svenire ai piedi del padrone.

Nel frattempo, la Poltel, segue dall'alto tutta la scena senza intervenire e pensa tra sé: "Bene! Bovary sta facendo il suo dovere! George è in difficoltà! Speriamo che il vecchio riesca a scoprire qualcosa. Sono certa che, in quel baule, ci sia il corpo di Selma che quel farabutto del figlio, in conbutta con Baladieu, ha assassinato. Dovrei andare giù e, mentre i due discutono, tentare di aprire la cassa."

La donna freme per intromettersi ma ha paura che il giovane, o lo stesso Bovary, le facciano del male. Allo stesso tempo ha deciso che il baule contiene il cadavere di madame Molowsky.

É difficile far cambiare idea a qualcuno che ha gia determinato di essere nel giusto. L'anno precedente madame Poltel, in società con Brochard, ebbe l'idea di trascinare il cadavere di Clotilde a casa di Baladieu. La Polizia lo avrebbe trovato e, a quel punto, il folle progetto era compiuto, ovvero, far accusare Baladieu della morte di Clotilde.

Nonostante Antoine sapesse bene che l'unica colpevole era la Poltel, i due non ebbero alcun indugio a collaborare con l'Ispettore Borgan, dando informazioni fasulle sul conto di

Baladieu. Baladieu è sì uno schizofrenico, ma è anche un uomo intelligentissimo. Riuscì a portare il gioco in suo favore, inventandosi una lettera di addio, scritta da Clotilde prima di morire, che lo scagionava completamente da ogni accusa. Lanciò, poi, il cadavere della donna dal proprio balcone aiutandosi con un tavolino portavivande. Questo epilogo non era nei piani della Poltel e di Brochard. I due stupidi figuri, con le loro false accuse, convinsero addirittura l'Ispettore Borgan che Baladieu fosse innocente. Gli idioti finiscono per annegare nelle loro stesse idiozie.

Ora, invece, il feroce assassino è ancora in libertà e può uccidere di nuovo. Queste argomentazioni, e l'imbecillità di Brochard, non le permettono di intervenire. Deve ascoltare attentamente le parole di George e trarne giuste conclusioni.

"Mi lasci stare! Non mi stringa, mi fa male! Non mi tocchi le parti intime! Quanto è irritante Bovary!" urla George.

"Baladieu! Mi deve scusare, ma il comportamento del mio cane è imperdonabile!" esclama Bovary e continua, "ha tentato di defecare! Povero cane, soffre di una rara forma di stitichezza canina che lo blocca per giorni interi! Ecco perché, quando riesce a trovare una persona amica, va da lui, come se volesse regalargli qualcosa di sé! "Bovary scopre che August è disteso ai suoi piedi e lo accarezza: "In questi difficili momenti dovresti essere accanto a me, ma la cecità e l'età ti hanno reso stupido" gli dice il vecchio.

"No! Sono certo che lo ha fatto per vendicarsi di chissà quale stranezza canina!" Ho visto un ghigno satanico nei suoi occhi! Era cosciente di ciò che stava compiendo e, non mi dica idiozie, parlando di cecità, vecchiaia e stitichezza. I cani hanno altri sensi sviluppati, più dell'uomo! Guardi! Guardi, Bovary sta anche sorridendo!" esclama George.

"Ma cosa vuole che veda, sono cieco! Lui è cieco come me! Invece di dire sproloqui, dia una mano a sollevarmi." Afferra il bastone e, prima di rialzarsi, colpisce Agust sul dorso. Anche George, dolorante, riesce a sollevarsi e, claudicante, tenta di recuperare la protesi. L'animale abbaia, ma Bovary non ci fa caso, anzi, continua ad accarezzarlo in segno d'amore, fino a quando il cane, esausto, gli morde una mano. Bovary afferra il suo legno e lo colpisce energicamente sulla testa. Il cane guaisce, ma non reagisce. George, nel frattempo, riesce a recuperare l'arto e mentre risale le scale è testimone di ciò che accade.

"Ha picchiato il cane! Ma cosa fa? Lei è un essere malvagio! Che cattiveria! Bastonare un cane, pe rgiunta cieco!" inveisce George.

"Io non ho mai bastonato August! Per me è come un figlio. Sono solo un cieco molto sfortunato e con una mano dolorante. August mi ha morso per errore e io l'ho punito! Non severamente, ma l'ho punito! Eccomi di nuovo in piedi, ora posso darle io una mano a sollevare il baule" dice Bovary, giustificando il suo comportamento.

"Ma lasci stare! Lasci stare! Se c'è un uomo sfortunato, quello sono io, nell'averla incontrata oggi!" gli risponde George.

"Ma cosa dice! Mi perdoni per il fastidio che il mio amico le ha arrecato. Ora, comunque, lasciamo perdere ogni rancore contro il mio animale e pensiamo al da farsi! Possiamo aprire il baule e vedere se gli indumenti sono bagnati di urina?" chiede Bovary.

"Lei è anche un curioso! Un maledetto curioso! Ora ho capito che il suo vero scopo era quello di spiare nelle mie cose personali!" risponde George molto innervosito.

"Non dica questo Baladieu! Sono addolorato, mi creda, le giuro su ciò che ho di più caro al mondo!" esclama Bovary.

"Non giuri sul cane! La prego, lasci perdere per una volta il suo cane!" aggiunge George.

"Le giuro sulla cara anima di mia moglie Guglielmina, che non era nelle mie intenzioni curiosare" termina Bovary.

"Si! Ora siamo ai giuramenti! Bovary, prende impegni sulla prima cosa che ricorda. É anche uno spergiuro. Lei è un vecchio curioso e pericoloso. Ora apro il baule, così mettiamo a tacere per sempre ogni suo desiderio di conoscenza!" dice George nervosissimo. Il giovane si alza e prende le chiavi dal taschino del suo gilet. Ne infila una nella serratura della cassa. Bovary fa un passo indietro. É terrorizzato. Inizia a muoversi scompostamente come se dovesse affrontare un grave pericolo. Balbetta, le mani gli tremano ed esclama con un filo di voce: "Aiutooooooooooo! Ho paura dei cadaveri, ho paura della gente defunta, ho terrore di tutto ciò che è morto, io amo la vita, amo le passeggiate al porto e, forse, lei non mi crederà, amo anche le donne" urla, ponendosi le mani sugli occhi.

"Ma lei, oltre a essere cieco" è anche pazzo da legare!" esclama George.

La Poltel, ascolta le grida e pensa che Bovary abbia scoperto il cadavere di Selma e grida a sua volta: "Antoine vieni! Dannazione, vieni subito che Bovary ha trovato Selma!"

Brochard, è a casa sua e sta tendando di infilarsi dei nuovi pantaloni.

Ha messo su qualche chilo e gli vanno strettissimi in vita. É allo specchio, quando sente l'urlo della donna.

"Dio mio! Allora Baladieu aveva ragione? Hanno ritrovato per davvero il corpo della Molowsky? Chissà dove l'avevano nascosto?" pensa l'uomo, dimenticando ciò che sta facendo. Getta via i pantaloni sul bracciolo di una poltrona e corre verso la porta. É in mutande, non se ne accorge e si precipita al piano di sotto.

La Poltel, nel vedere Brochrad scendere le scale, esprime tutto il suo disappunto ed esclama: "Ma cosa fai? Bestia! Esci in mutande? Devi aver perso i lumi della ragione? Che vergogna! Pensa che un giorno ti ho amato!"

Solo allora Antoine si accorge di come è conciato e si lascia cadere, inginocchiandosi sul pavimento, coprendosi con le mani le parti intime. Non sa che dire, se non: "Perdonami cara! Pensavo che fosse accaduta una disgrazia! Sono corso così su due piedi."

"Su due piedi? Sei corso? Una disgrazia? Sei tu l'unica disgrazia della mia vita! Corri su a vestirti decentemente!" gli ordina la donna, ma poi lo ferma, "nooooooooo! Non muoverti, anzi, scendiamo al piano terra." George sta aprendo il baule in cui ha nascosto il corpo della mamma.

I due si precipitano giù per le scale. George armeggia con la serratura, evidentemente non trova le chiavi giuste per aprire la cassa.

"Devo averle dimenticate da qualche parte" dice a denti stretti.

"Ma la prego Baladieu, non continuiamo più questa farsa, le credo, le credo. Non penso sia il caso che lei debba mostrarmi il cadavere, pardon, che dico, la biancheria" esclama Bovary.

Finalmente George trova le chiavi e, in un sol colpo, apre la cassa. Il vecchio, nonostante sia cieco, non leva le mani dagli occhi ed esclama: "Dio mioooooo! Quanto puzziamo da morti! Che spettacolo orripilante! A cosa mi tocca assistere alla mia età! Sono malfermo, non approfitti anche di me, la prego Baladieu!"

Giungono anche la Poltel e Brochard in mutande che, senza indugio rivolgono, immediatamente lo sguardo all'interno del baule.

La Poltel fissa George e gli sussurra: "Ma questi sono vecchi abiti? Null'altro che pezze e per giunta passate!" Visto che non riceve alcuna risposta chiede: "Dove ha nascosto il cadavere di sua madre?"

George, annichilito, non comprende cosa stia succedendo, per lui è una situazione irreale e, a sua volta, urla: "La pazzia è di casa al Residence Selma: ciò che accade qui, non succede neanche negli ospedali psichiatrici. Gli unici veri cadaveri siete voi!" Richiude il baule sbattendo il coperchio e apre la porta del suo appartamento. Spinge la cassa in casa e, voltandosi verso i tre, dice con tono minaccioso: "Mi vendicherò per questo affronto! Sembra tutto un incubo, ma ve la faccio pagare!"

Bovary è a testa bassa, silenzioso e dispiaciuto. La Poltel ne approfitta e gli dice: "Non si preoccupi Bovary! Siamo solo all'inizio. Ho visto il terrore nei suoi occhi! É lui che ha ucciso la madre e non so ancora quando e come lo abbia fatto. Baladieu è il suo complice, ma lei ha fatto un ottimo lavoro. Continui a indagare, noi saremo sempre accanto a lei.

Signora Poltel, spero che George non mi aumenti l'affitto! Oltre ad essere cieco, sono maledettamente povero" risponde il vecchio e va via più sconsolato che mai, dimenticandosi del cane.

Brochard è nudo, infreddolito e silenzioso ma riesce a balbettare qualcosa alla Poltel: "Vedi a cosa hanno portato le tue indagini? Avevo ragione quando ti ho detto che questa storia non mi interessava! Ora George ci ha anche minacciato! Speriamo che non ci porti in tribunale. Dovremo ragionare diversamente."

La donna voltandosi, verso di lui, leva il dito indice e, a denti stretti, gli dice: "Tu! Non osare più parlare con me! Hai rovinato tutto! Sei ancora in mutande e pretendi di dettare leggi? Pretendi di discutere con me? Dei miei progetti? Sai cosa ti dico? Che io sono stufa! Vai su, indossa qualcosa di decente e poi avrei il diritto di parlare.

Brochard, umiliato, alza le spalle e va via verso casa sua.

La donna resta da sola e pensa: "Eravamo a un passo dalla soluzione. Ho capito imediatamente che George e Baladieu sono gli assassini, ma come provarlo? Senza il cadavere di Selma?"

"Pronto? Ispettore Borgan, sono Moret! Poco fa ho udito un gran frastuono per le scale. Sembra che Bovary, la Poltel e Brochard abbiano litigato sul contenuto di un baule che George tentava di portare sul terrazzo. Penso che stia succedendo qualcosa."

"Il baule cosa conteneva?" chiede Borgan.

"Non lo so! Da qui non riesco a vedere tutto ciò che accade" risponde il sergente.

"Moret! Devi chiamare per darmi notizie, non illazioni! Quella è una banda di pazzi, non puoi prendere sul serio tutto ciò che fanno" e continua a guardare e ad annotare. Ci vediamo più tardi, qui, in commissariato" risponde l'Ispettore.

**Capitolo XIV**

"Signora Poltel! Non sono qui per una nuova indagine! Ho bisogno che entrambe mi aiutiate a risolvere un rebus, dandomi qualche informazione" chiede Borgan alla donna, accomodandosi sul piccolo divano ai lati del salotto. Brochard è in poltrona e sfoglia pigramente Le Parisienne. La donna si accomoda garbatamente accanto all'Ispettore e tenta di dissimulare indifferenza. Con cortesia, rivolgendosi al poliziotto, esclama: "Chieda pure Ispettore! Le abbiamo già dato il nostro aiuto, quando ha indagato sulla morte della povera Clotilde, ricorda?"

"Certo! Purtroppo ricordo. Voi abitate da tempo nel Residence e conoscete tutti gli altri inquilini, vero? Sapete le loro abitudini, la loro vita, cosa fanno, di cosa parlano, è così signora Poltel?" chiede Borgan.

"Certo Ispettore! Sono una pensionata e, dalla morte di mio marito, vivo purtroppo relegata in casa, da sola! Da sola, Ispettore e la solitudine è un male orrendo. Ihlh!" La donna inizia a singhiozzare. Asciuga le lacrime con un fazzoletto che tira fuori dalla tasca e continua: "Ora ho trovato il signor Brochard, un uomo molto, ma molto perbene, che mi fa compagnia. Insieme condividiamo tante cose" risponde la donna.

"Grazie cara! Apprezzo le tue parole sincere e poi," aggiunge Antoine,

"Taci! Non interrompermi!" esclama con tono duro la donna, ma accorgendosi di aver esagerato, aggiunge: "Mio caro, lascia che sia l'Ispettore a comprendere la mia triste storia di donna. Dicevo, dunque, che la compagnia del signor Brochard ha alleviato la mia solitudine. Prendiamo insieme un caffè, parliamo e null'altro. Cosa vuole che le dica, Ispettore, vita quotidiana noiosa. Anche se le cattive lingue... Lasciamo perdere!

"No signora, la prego! Non fraintenda. Parlavo di informazioni, solo semplici informazioni. Ma, purtroppo, dopo la mia ultima esperienza, posso affermare che spesso siete stati entrambi inaffidabili!" esclama l'Ispettore conoscendo bene i due personaggi.

"Borgan! La prego, non è nostro lavoro indagare. Non è vero Antoine?" chiede la donna.

"Sì, cara! Non siamo poliziotti, né agenti segreti. Se sappiamo qualche cosa glielo diciamo con piacere, Ispettore!" risponde Brochard continuando a sfogliare il giornale con indifferenza.

"Madame Poltel! Io so bene che lei e Brochard, siete due curiosi" dice il poliziotto.

"Ispettore, la prego!" esclama la donna interrompendo Borgan.

"Ora ascolti me! Io so che, oltre ad essere curiosi, siete anche pettegoli! So anche che non posso fidarmi di voi ma, purtroppo, devo farlo, altrimenti non riuscirò mai a saper cosa realmente sta accadendo a 5 di Rue Muller. Non dimentichi, mia cara signora Poltel, che vi ho scoperto a origliare alla porta del signor Baladieu e di altri affittuari. Spesso mi avete mentito, ricorda signora Poltel? O devo rinfrescarle la memoria?"

"Ispettore, la prego! Non ci tratti come due indiziati! Lei ha potuto constatare che Baladieu è completamente pazzo e, riguardo agli altri, hanno tutti qualcosa da nascondere. Ma le sembra giusto che venga a casa mia ad accusarmi e ad offendermi? A parte che ha anche offeso il mio amico Brochard!" esclama la donna.

"É vero! Sono d'accordo con te! Lei non può accusarci di nulla!" esclama Brochard lasciando cadere a terra il quotidiano.

"Taci Brochard! E lasciami parlare!" dice la Poltel interrompendo l'uomo bruscamente. "Noi abbiamo collaborato nella sua precedente indagine, abbiamo dato tutto il nostro aiuto affinché lei scoprisse che la morte di Clotilde era una disgrazia e non un omicidio. Ora viene da noi e, dopo averci chiesto delle informazioni, ci offende?! E no, Ispettore! Non è giusto da parte sua!"

"Signora Poltel!" la interrompe l'ispettore, "non sono venuto qui per litigare con lei, né per offendervi, sono qui per chiedervi aiuto…"

"E allora chieda! Lasci stare il passato. Sta parlando con una donna onestissima!" conclude la Poltel.

"E anche di un uomo onestissimo come me!" esclama Antoine.

"Ti ho detto, per piacere, di non interrompermi più! Credo sia giunto il momento di collaborare con lei, sempre che non ci considera due esseri spregevoli. Noi le daremo tutto l'aiuto che desidera. La donna si ricompone e, poggiando le mani ai fianchi, aggiunge: "Io non voglio essere accusata di nulla. Non ho fatto niente di male e sono un'anima pura."

"Dai cara! Non esagerare con questa purezza! Anche noi possiamo sbagliare" questo sta dicendo Borgan. "Dobbiamo avere pazienza e rispondere alle sue domande" dice Brochard riprendendo il quotidiano.

"Antoine! Non credo che Borgan abbia bisogno di un avvocato difensore! Si difende bene da solo!" esclama innervosita la donna.

"Va bene, ora basta! Forse è meglio iniziare da capo. Signora Poltel, signor Brochard, sono qui da voi per ricevere delle risposte. Sempre che ne abbiate. D'accordo?" chiede Borgan.

"Va bene! Va bene, Ispettore, dica pure, le risponderò" afferma la donna.

"Cosa rispondi cara? Vorrei saperlo anche io, visto che il signor Borgan non ha ancora chiesto nulla!" esclama Antoine rivolgendosi alla donna.

"Ma non riesci a trovare un secondo in tutta la tua giornata per far tacere la bocca? Brochard! Non hai capito ancora niente? Accidenti a te!" L'ispettore

Borgan ci vuol chiedere sicuramente da quanto tempo non vediamo madame Selma Molowski? Ecco! Ora hai capito cosa desidera Borgan?" esclama la Poltel.

"Ma chi le ha detto che volevo chiedervi questo?" chiede a sua volta irritato il poliziotto e aggiunge: "Se permette, signora, le domande le pongo io! Si limiti a rispondere! Grazie. Ora mi dica, da quanto tempo non vedete madame Selma? Mi risponda per piacere!"

"Ecco, Ispettore! Siamo di nuovo partiti con il piede sbagliato! É vero! Non me lo aveva chiesto! Ma sa, sono una donna di mondo, non sono distratta e, per giunta, ho un buon orecchio. Non la incontriamo da un paio di giorni, stando alla mia ricostruzione dei fatti, sono almeno due giorni che non vedo la sua faccia nascosta dietro le tende. Questo mi ha davvero incuriosita perché se di pettegolezzi noi dobbiamo parlare, la Molowsky è la regina della maldicenza! Controlla dalla sua postazione ogni movimento degli affittuari e, poi, riferisce a quell'essere viscido di George! Ecco tutto qui! Nient'altro!" risponde la donna.

"Bene Madame! Ora le vorrei chiedere che cosa è accaduto recentemente al piano terra?" chiede Borgan.

"Nulla! Credo nulla!" risponde la donna con indifferenza.

"No, signora! Ecco, allora, se dico che lei è una bugiarda, la offendo? Mi spieghi cosa stavate facendo con Bovary, George e un baule pesante che, quest'ultimo, tentava di portare in lavanderia! E non mi dica che non è vero perchè Moret, il mio sergente ha visto tutto. Per piacere mi dia una spiegazione plausibile e seria dell'accaduto!" chiede innervosito Borgan.

"Siamo anche controllati da questo Moret? Bene, ormai possiamo metterci nella lista degli indagati, caro il mio Ispettore e, poi, mi dice che ha bisogno di informazioni? Lei è un bugiardo! IhIh!" e inizia a singhiozzare.

"Non siete indagati! Ma testimoni!" esclama ad alta voce

Borgan.

"Testimoni di che cosa? Non sappiamo nulla della sparizione del cadavere di Selma! E non abbiamo visto chi l'ha uccisa!" risponde la Poltel.

Brochard, irritato, si alza dalla poltrona e rivolgendosi alla donna dice:

"Accidenti a te! Ecco la donna che non sbaglia mai! Dovevi dire qualcosa d'altro? O secondo te, sono io il bugiardo?"

"Ma io non ho mai parlato di assassinio, di corpi nascosti. Vi ho solo chiesto che cosa è accaduto?" esclama il poliziotto e aggiunge, "chi vi ha detto che madame Selma è stata uccisa? Baladieu? Quel pazzo maniaco?"

"Ispettore! Lasci perdere la signora Poltel. Lei è così! Pulita e dice tutto quello che pensa" dice Brochard tentando di ammansire Borgan.

"Ma vedi stupido, che ci attira nelle contraddizioni, non te ne accorgi?" aggiunge la donna rivolgendosi ad Antoine, mentre l'Ispettore li fissa incredulo.

"Vorrei una spiegazione plausibile! Da entrambi!" esclama il poliziotto.

"Cara! Mi accorgo che stai dicendo tante sciocchezze! Ispettore, ascolti me: stavamo scendendo, quando abbiamo udito le grida di George. Arrivati al piano terra, abbiamo visto Bovary discutere accesamente con lui, sicuramente per qualcosa che riguardava il condominio. Tutto qui! Ci siamo trovati accanto a loro, li abbiamo salutati e siamo andati via. Le giuro, questa è la verità!" risponde Brochard.

La Poltel ascolta attentamente ogni parola di Brochard approvando con il capo: "È vero, Ispettore, questa è la sacrosanta verità. Nulla di più. Noi siamo due persone molto riservate. Le aggiungo che non abbiamo ascoltato una parola di quei due, anche perchè non ci interessava nulla del contenuto della cassa e poi, Baladieu, non ci ha detto nulla sul ritrovamento del cadavere!" conclude la Poltel.

"Ma cosa dici? Devi sempre aggiungere una tua parola stupida? Ho detto tutto, non dire altro" la redarguisce innervosito Brochard. "No, mio caro Brochard! Siamo partiti ancora una volta con il piede sbagliato. Ora io le farò delle domande, a cui risponderete con serietà! Dicendo la verità! Altrimenti posso arrestarvi entrambi per reticenza!" esclama Borgan rivolgendosi ai due. L'Ispettore pensa che lo stiano prendendo in giro ed è nervoso."

"Come, ci arresta così, su due piedi? Ma noi non abbiamo ucciso nessuno! Né, tentomeno, madame Selma. Siamo innocenti, diglielo anche tu, Antoine!" afferma la donna impaurita.

"Innocenti! Che parolona! Nessuno è innocente fino a prova contraria. Mi spieghi meglio, mio caro Antoine: Brochard, cosa ci faceva in mutande? A piano terra? In compagnia di Bovary, George e la signora Poltel? Me lo dica? Andava al mare" chiede l'Ispettore ad alta voce.

"No, Ispettore! Chi le ha detto che ero in mutande? É una menzogna!" esclama Antoine

"Moret! Sì, il mio Sergente l'ha visto in mutande!" risponde il poliziotto.

"Te l'ho detto imbecille! Scendi nudo? É chiaro che qualcuno ti veda, che qualcuno ti osservi e ti fotografi addirittura" dice la donna redarguendo l'uomo.

"Mi fotografano? Accidenti! La colpa è tua cara! Perchè non mi hai atteso? Sarei andato a vestirmi decentemente, a indossare dei pantaloni, invece di urlare e dirmi di correre giù a vedere il cadavere di Selma, che Bovary aveva scoperto" dice Brochard esausto.

"Bovary? Ha scoperto il cadavere di Selma? Ma cosa dice, Brochard? Perché non avete avvertito la Polizia? Voi omettete cosa importanti e ora, la vostra posizione, è gravissima!" grida Borgan.

"Ispettore! Possiamo ricominciare da capo un'ultima volta? La prego, la scongiuro, non ci tratti come due delinquenti. Ora, con calma, le diremo tutta la verità! Siamo gente onesta e laboriosa, forse Brochard è un ex delinquente, ha commesso degli errori in passato, ma ora è un buon uomo, la prego!" chiede pietosa la donna.

"Come! Io, un ex delinquente? Cosa dici di fronte a un poliziotto? Tu devi essere proprio scema!" esclama Brochard ascoltando le parole della Poltel.

"Signora Poltel! La mia pazienza si è quasi esaurita. Vorrei che entrambi foste più onesti, come dire, più seri e mi raccontaste, per filo e per segno, cosa realmente è accaduto!" chiede Borgan e, alzando gli occhi al cielo, esclama a denti stretti: "Ma perché è toccato a me occuparmi di questo caso? Sono un poliziotto davvero sfortunato! In tutta questa confusione, c'è anche mia moglie che mi ha lasciato. Maledetta donna! Gliela farò pagare!"

"Ora non si innervosisca, Ispettore. Ha ragione, ma noi abbiamo paura. Stiamo vivendo nel terrore da quando Baladieu ci ha confessato di aver scoperto in lavanderia il cadavere di Selma. Io e Antoine temiamo che l'assassino possa farci del male. Se davvero vuole sapere il nostro parere, Baladieu e George hanno ucciso madame Selma. Sono loro gli assassini" conclude la donna.

"Ma voi avete le prove?" chiede l'Ispettore Borgan.

"Certo che ho le prove! Anzi, io e Antoine abbiamo, le prove!" risponde la donna.

"Io non ho nulla! Se non una forte emicranea provocata dalle tue idiozie. Sei una donna impossibile! Bene, ti vuoi mettere nei guai? Fallo! Ma non chiedere aiuto a me. Ispettore, io non sono responsabile di ciò che le dirà la signora. Voglio chiarirlo una volta per tutte!" esclama Brochard. Borgan è frastornato e non riesce a interrompere i due.

"Tu responsabile di me? Ma come ti permetti? Sei un imbecille e io ti sopporto a stento! Contraddici sempre le mie splendide idee e poi parli solo degli animali del mattatoio!" grida la donna.

"Ispettore serebbe un reato parlare del proprio lavoro?" chiede Brochard.

"No! Non è reato! É reato, invece, dire bugie e bugie e bugie. Ecco allora la verità! Siete due bugiardi!" esclama irritato il poliziotto. "No! Non lo siamo! Anzi, a pensarci bene, con la nostra verità lei ha scoperto che Clotilde si era suicidata! Ora continui a indagare e scoprirà che Baladieu l'ha uccisa e poi l'ha violentata!" dice la Poltel rivolgendosi al poliziotto.

"Che cosa orrenda!" esclama Borgan.

"Cioè, scusatemi, ho sbagliato, mi correggo. L'ha prima violentata e poi uccisa!" precisa la donna e continua: "É un uomo viscido e dice cosa insensate. Pensi che si è presentato qui da noi dicendo che non stava bene. Lo abbiamo accolto in casa e lui, candidamente, ci confida di aver trovato nella vasca della lavanderia un cadavere. Le sembra un uomo normale? Per me è completamente folle e merita di andare in prigione!

La prego, signora, di non giungere a conclusioni sbagliate. Indagherò a fondo su quello che mi ha raccontato. Le posso assicurare che Madame Selma Molowsy sta bene ed è a casa sua" dice Borgan.

"La Poltel e Brochard fissano l'Ispettore e poi esclamano: "Allora non è morto nessuno?"

"Nessuno! Stanno tutti bene!" risponde il poliziotto.

Nel frattempo squilla il telefono di Borgan.

"Scusatemi! Devo rispondere al telefono" dice l'uomo e si allontana dai due.

"Pronto Borgan" risponde il poliziotto con un filo di voce per non essere ascoltato. "Chi parla? Ah, sei tu amore? Scusami se non ho risposto. Ma non è possibile, quando mi chiami rispondo immediatamente! Allora non mi credi? Allora non mi credi? Che dici, sono un verme? Come ti permetti di insultarmi? Guarda che io mi sto guadagnando il pane, non sono una parassita come te. No! Hai torto! Io porto i soldi a casa e tu li vai a spendere con il tuo amante. Comunque ne parliamo dopo! Ora sono con degli indagati, della feccia che mi tocca interrogare. Forse feroci assassini e non posso distrarmi. Che dici, sono stronzate? Sono cose serie!" Borgan si asciuga il sudore. É nervoso e parla a tratti: "Ma io ti anniento! Pronto! Non ho capito cosa hai detto? Ripeti per piacere? Devo portare la cena? Perché questa sera sei con me. Ah! Amore mio è fantastico! Allora ti bacio, corro in brasserie. Bene! Ti va del caviale? D'accordo. Ti bacio. A stasera. Torna a casa! Che felicità!" esclama Borgan.

I due restano immobili, allibiti e senza parole. Hanno ascolatato la telefonata. "Allora, dicevamo. Signora Poltel, mi ripeta tutto da capo che prendo appunti" dice l'Ispettore.

"Ma noi non siamo indagati, vero Borgan?" chiede la Poltel con un sorriso di circostanza.

**Capitolo XV**

La porta dell'appartamento di George si apre. L'uomo mette fuori la testa dall'uscio, si accerta che non ci sia nessuno e spinge fuori il baule. É notte. Il solito frastuono della città satura l'aria come foschia al mattino. Nelle strade di Montmartre orde di turisti si spandono a macchia d'olio, rendendo vivace il dedalo di viuzze che sale su al Sacro cuore. L'onda rumorosa, più passa il tempo e più aumenta di intensità, cosparge come l'umidità i vetri delle finestre, gli scaffali delle brasserie, i teli di plastica delle bancarelle aperte fino al mattino e l'androne del piccolo edificio al 5 di Rue Muller.

Nel Residence Selma, tutti dormono, o almeno così sembra.

Il russare monotono della Poltel e del suo compagno Antoine, si spalma come burro sul pane lungo le scale dell'edificio mentre Baladieu, con gli occhi spalancati, è disteso.

Rivive le tragedie della sua vita scavando nel buio con le pupille dilatate, in attesa di vedere ai piedi del letto la *silhouette* dell'assassino che viene per ucciderlo e far tacere così un testimone scomodo.

Baladieu batte i denti per la paura e pensa alle cose orribili che potrebbero capitargli. Il povero uomo, sofferente cronico di insonnia, tenta spesso di addormentarsi, ripetendo a bassa voce le parole di una filastrocca che gli cantava la madre da piccolo.

Nessuno si accorge del rumore sinistro che George provoca spingendo con forza il grosso baule. Il giovane ha legato una corda alle estremità della cassa. La tiene serrata con la mano e, a tratti, la spintona. Ad ogni scalino, è costretto a premere un pulsantino metallico che è sulla sua protesi. Il finto arto si raddrizza ed è pronto a riprendere il suo lavoro.

Questo intervento fastizioso opprime il giovane da anni tanto che, spesso, fissa con odio la finta gamba, responsabile inconsapevole di ogni sua disgrazia. Ma, nonostante queste iatture, il giovane riesce a sospingere la cassa fino al primo piano. Lo stridolio sinistro provocato dal suo peso, e dai gradini di legno, lo tradisce e, spesso, è costretto a fermarsi e attendere. George è sudato. Non è abituato a tali sofferenze. Quando, finalmente, giunge sul pianerottolo decide che è giunto il momento di riposarsi. Sistema alla bell'e meglio il baule per evitare che cada per le scale e si siede su un gradino. La cassa è alle sue spalle ben ferma. Un leggero scricchiolio tradisce il silenzio in cui è avvolto tutto il palazzo e, il giovane, non ha il tempo di coglierne la provenienza. Il baule, spinto da mani attente, rovina con tutto il suo peso sulle sue gambe non ancora ritte. George perde l'equilibrio già precario e si lascia andare. Non ha nemmeno il tempo di comprendere cosa stia accadendo quando inizia a guizzare giù per le scale, battendo il capo violentemente su ogni gradino. Il frastuono che provoca il lungo scivolone è attutito da un vecchio tappeto rosso disteso alla bell'e meglio sulla scalinata. George cerca riparo, tentando di afferrare la ringhiera, ma è inutile. Alla fine di questa folle corsa, il corpo appesantito dallo spostamento e dal peso del voluminoso oggetto, colpisce violentemente con il capo la porta dell'appartamento di Bovary, senza che l'uomo possa far nulla. Una leggera linea di sangue corre sui gradini, parallela alla ringhiera. Il capo di George, spaccato, giace in una vistosa macchia rosso scuro che si allarga e imbratta il pavimento. Il corpo esanime giace privo di vita dinanzi alla porta di casa di Bovary.

Sono le sei del mattino e il vecchio cieco esce per la solita passeggiata mattutina con il suo fido August.

"Di nuovo qui! Manigoldo! Ti ho detto che questo pianerottolo non è la tua camera da letto!" esclama Bovary, urtando il corpo esanime di George.

Bovary assesta con il bastone un colpo al cadavere per farsi strada e continua: "Spostati! Vai a dormire altrove! Se ti trovo di nuovo qui, chiamo la Polizia. Quel Borgan, cerca solo assassini di donne anziane, ma dei barboni non ne sa nulla. Dormi qui ogni notte, ne sono certo! Ho detto tante volte a George di chiudere questo maledetto portone, ma quell'uomo è sordo a entrambe le orecchie. Vieni August! Cerca di passare in questo spazio che questo sacco di pulci ha lasciato libero per noi" e colpisce il cane con una randellata. La bestia riesce a schivarla e inizia a ringhiare, quando scopre il cadavere che è davanti all'uscio di casa.

La carrozzella riesce a superare la porta e il cane continua a latrare.

"Zitto! Non abbaiare! La gente dorme e non ha intenzione di ascolatre la tua voce!" esclama Bovary.

Il cane, con una piroetta, riesce a liberarsi della carrozzella e cambia posizione. Si accosta al cadavere e gli urina copiosamente sui pantaloni. Bovary tira con gran forza la cinta di cuoio, saldamente legata al carrozzino e aggiunge: "Vieni qui! Non restare lì impalato come un imbecille! Fatti strada! Non attendere il mio aiuto e cerca di passare. Non ringhiare! Quando torniamo parlo con George. Lo so che è inutile, ma tento di smuoverlo da quella sua stupida apatia e lo costringo a fare qualcosa per l'umanità. Gli dirò che bisogna assolutamente chiudere il portone e il cancello del giardino altrimenti, questo signore, ci onorerà ogni notte della sua presenza. A Parigi i barboni sono tanti! Tutti riescono a organizzarsi, tranne te. Vai a dormire in metro! Lì è caldo e ce ne sono tanti!

Bovary comprende che è impossibile uscire da casa. Vorrebbe raggiungere il portone, ma il cadavere di George glielo impedisce. Decide allora di non uscire più. "Buongiorno Parigi! Aria nuova con ospiti a casa. Ahah!" esclama Bovary e sorride. "Dai August! Mio fido amico, oggi aspetterai a casa che il nostro ospite si svegli" esclama il vecchio e, sorridendo, rientra e chiude la porta. Il suo cane lo segue leccandosi le ferite.

"Devo assolutamente fare il punto di questa situazione. A Montmartre c'è un problema e io devo risolverlo. La gente ride di me quando la interrogo. Non ho il morto, non ho l'assassino. Ho solo un pazzo che asserisce di aver visto un cadavere in lavanderia e che poi viene qui in ufficio e ritratta tutta la sua versione. Non riesco a cavare un ragno da buco. Non so che fare. Borgan! Devi arrenderti e non andare più al Residence, ne va della tua incolumità mentale. Sono tutti recidivi, bugiardi, direi pazzi da legare, ma io sono la legge e la legge è uguale per tutti. La Poltel non mi ha dato alcun indizio, né la Rocher, né quel vecchio cieco, né lo stesso Baladieu che fantastica e vive nel terrore. Non so proprio dove sbattere la testa" pensa fra sé Borgan, seduto alla sua scrivania.

Suona il telefono. L'Ispettore afferra la cornetta e, infastidito, dice: "Pronto? Ispettore Borgan?" Ha un attimo di pausa e poi: "George! Accidenti! Ma è morto? Proprio morto? Accidenti ancora! Va bene, sarò da te fra qualche minuto. Chiama la scientifica e gli altri! Ne avremo per tutta la giornata."

Le scene del crimine sono tutte uguali. Una gran folla di curiosi, gente che sbircia oltre il limite, sperando di vedere il cadavere. Ci sono tante auto delle forze dell'ordine e un andirivieni di agenti con oggetti strani fra le mani. Anche il luogo più anonimo assurge all'interesse della cronaca, se è una scena del crimine. Sia esso un vicolo, un boulevard, una piazza. Gli addetti ai lavori si ostinano a ripetere: "Attenti questa è una scena del crimine!"

Una lunga striscia di plastica gialla delimita la zona in cui è avvenuto il misfatto e, poi, ci sono altri poliziotti con le tute bianche simili a quelle degli astronauti che trasportano grosse valigie di metallo grigio. Sono quelli della famigerata "Scientifica". Fotografano, misurano, raccolgono tracce, riescono a trovare un ago in un pagliaio, calcolano la circonferenza di ogni capocchia di spillo trovato sul selciato e procurano tante altre cose inutili, come raccattare prove che non serviranno neanche in tribunale. Nessuno bada al cadavere.

Tutto il popolo degli spettatori non paganti lo fissa con indifferenza, senza pietà. Non conta più nulla. Non è più chi era prima. É un'anima, senza storia, senza un vissuto. È una *silhouette* disegnata a terra col gesso bianco, da analizzare e spingere dentro un sacco di plastica nera. Giunge infine il patologo. É come un direttore artistico e, generalmente, è un uomo anziano. Come medico è una nullità che si è rassegnata a curare i morti non riuscendoci più con i vivi. Ha degli spessi occhiali di plastica che, a dire la verità, la gente ignora a cosa servano. Sono rivelatori di sostanze organiche. Dall'esito del suo studio breve e minuzioso inizieranno le indagini. In un fugace lasso di tempo palesa al responsabile della Polizia l'ora in cui è avvenuto il decesso e il tipo di arma usato. Il responsabile delle indagini chiede al patologo altri particolari. Riceve una monotona e laconica risposta: "Ne parleremo dopo l'autopsia!"

Autopsia è una parola incomprensibile, perché *auto* significa fare da sé. Non è così. Il corpo sarà smembrato da più mani sconosciute, sarà brutalizzato, sarà sezionato, sarà tagliato e chi più ne ha più ne metta. Dopo circa un paio di giorni il vecchio dottore fallito scriverà un rapporto in cui è anche precisato cosa ha mangiato il cadavere prima di diventare tale. Ecco che cosa è un omicidio. Una ripetizione di azioni che non danno alcun sollievo al morto, le cui generalità saranno annotate su una cartella grigia che leggeranno un paio di persone. Si ostineranno a leggerla più volte, per trovare una soluzione al decesso. Come se la morte avesse necessità di essere compresa. Non è una malattia, una condizione, un elemento saltuario dell'esistenza umana.

É la regina dell'arco vitale. La vera essenza della vita e nessuno si interesserà a chi apparteneva quel corpo che, fino al giorno prima, sorrideva, piangeva, mangiava, bestemmiava e faceva tante altre cose, oltre a farsi uccidere. La scena del crimine è simile a una grande rappresentazione musicale. Tutti i musicisti producono suoni non articolati fino all'arrivo del maestro sul podio. Finalmente, Borgan, apre la portiera della sua auto, scende e si prepara a dirigerli.

"Moret! Moret! Dove sei?" sono le prime parole che pronuncia l'Ispettore una volta giunto sulla scena del crimine.

"Eccomi Ispettore! Sono qui, parlavo con dei testimoni!" risponde Moret.

"Bene! Ce ne sono?" chiede l'Ispettore.

"No! Ispettore! Nessuno ha visto nulla, d'altronde il fattaccio è avvenuto a notte fonda e, per strada ci sono solo turisti, potrebbe essere stato uno di loro!" risponde Moret.

"Tu pensi che un turista abbia potuto assassinare George?" chiede Borgan sorpreso dalla risposta del suo collaboratore.

"Ho detto potrebbe, Ispettore!" esclama Moret avvilito e, pensa, che forse era meglio non parlare.

"Andiamo dentro che è meglio!" risponde sdegnato il poliziotto. Entrano nell'androne e lì a terra, in bella mostra, vede il cadavere di George assediato da una chiazza di sangue scuro. La porta del suo appartamento è aperta e ne esce un fetore infernale.

"Lo hanno assassinato prima che potesse portare fuori l'immondizia!" dice Moret, indicando con la punta della penna la porta dell'appartamento.

"Forse vuoi dire che, se fossestato in casa sarebbe morto lo stesso? Questo stai cercando di dirmi sarcasticamente?" risponde l'Ispettore.

"No! La prego, non fraintenda, volevo solo dire che c'è un grande fetore che proviene dalla casa del morto" aggiunge Moret, appesantendo la sua posizione

"Riesci a dare una spiegazione a tutto ciò che vedi! Sei veramente bravo, in gamba e hai anche tanta ironia! Penso che poche persone abbiano davvero valorizzato la tua professionalità!" esclama con ironia Borgan.

"Grazie Ispettore, la ringrazio di cuore per questo suo complimento" risponde Moret non comprendendo a fondo il reale significato di ciò che ha detto il capo.

"Le strisce di sangue! Le hai viste? Guarda! Vanno dritte in direzione del corpo! Forse, dopo essere stato colpito, aveva intenzione di tornare indietro a gettare l'immondizia, chiudere la porta e accasciarsi al suolo. Pensi che sia andata così Moret? Perché, se la tua risposta fosse sì, sparisci dalla mia vista per i prossimi trent'anni!" Esclama irritato Borgan. "Ma, Ispettore, la mia è solo una supposizione" risponde Moret giustificandosi. "É una supposizione che fa acqua da tutte le parti. Iniziamo da capo che forse è meglio, per la conduzione dell'indagine. Credo che, invece, sia andata così. George era al primo piano con questa enorme e pesante cassa che è ai suoi piedi e di cui analizzeremo il contenuto. Non so per quale ragione, qualcuno o qualcosa lo ha strattonato. Lui è caduto colpendo violentemente tutti i gradini, fino a ricevere il colpo mortale al capo contro la porta di Bovary. Pensi che come versione vada bene, Moret? Cosa te ne pare, mio caro giovane Sergente?" chiede Borgan.

"Benissimo Ispettore! Forse lei non mi crederà ma avevo pensato subito che fosse andata così!" risponde Moret dicendo il falso.

"Dimmi, ora, chi ha scoperto il corpo? Sicuramente il cieco Bovary?" chiede l'Ispettore.

"No! Bovary neanche se n'è accorto. É stato Gaston, il giovanotto del droghiere che porta il latte agli Oteil ogni mattina" risponde Moret.

"Dov'è ora?" chiede l'altro.

"É qui. Vuole parlare con lui?" risponde Moret.

"Cosa ne pensi Moret?" dice l'Ispettore.

"Vado subito a chiamarlo" risponde il Sergente.

"Come è possibile che debba avere come aiutante un tale imbecille?" aggiunge a denti stretti il poliziotto. Moret si dirige verso il cortile e, dopo poco, torna con il bretone, tenedolo sottobraccio.

"Buongiorno signore! Sono Gaston!" esclama il ragazzo, una volta giunto al cospetto dell'Ispettore.

"Buongiono a te Gaston! Tu chi sei? E cosa facevi alle otto nell'edificio?" chiede l'Ispettore a bruciapelo.

"Sono l'aiutante di Culon!" risponde laconicamente il giovane.

"Chi è questo Culon?" aggiunge Borgan.

"Il proprietario dell'epicerie all'angolo di Rue Poulet" risponde il bretone.

"Allora, dimmi tutto! A che ora sei arrivato e che cosa hai visto? Moret!" e nel frattempo annota la sua dichiarazione. "Mi raccomando!" ordina l'Ispettore.

"Ogni mattina porto il latte alla famiglia Oteil. Ogni mattina, alle otto in punto. Anche oggi, ho fatto la stessa cosa" dice il giovane.

"Alle otto anche oggi?" chiede Moret e annota sul taccuino.

"Certo! Alle otto in punto. La signora Oteil è categorica, vuole il latte ogni mattina alle otto" risponde Gaston con un atteggiamento serio.

"Bene! Vai avanti, continua!" aggiunge Borgan.

"Appena sono entrato nell'androne del palazzo ho visto subito il signor George disteso a terra. Ho detto: buongiorno signor George! Non avendo ricevuto risposta, ho pensato che fosse impegnato a cercare qualcosa a terra e sono salito dagli Oteil" risponde il brettore con naturalezza.

"Non ti sei accorto che George fosse morto? Entri in un palazzo, trovi un uomo a terra in una macchia di sangue e non ti accorgi che è morto? Anzi, pensi che sia disteso a cercare qualcosa che ha perso? Inaudito!" esclama Borgan. "Poteva essere disteso a terra per tante ragioni. Anche io mi distendo a terra se perdo gli spicciolini sotto al banco all'epicerie.

Quando, però, sono andato via l'ho trovato nella spessa posizione in cui l'ho lasciato" dice il giovane.

"E allora che cosa ti è venuto in mente, ragazzo mio, con la tua fulgida intelligenza? Dimmi!" chiede irritato l'Ispettore.

Ho pensato che non l'avesse trovata e la cercasse ancora. Gli ho detto di nuovo: buongiorno signor George e sono tornato in bottega" aggiunge Gustav.

"Va bene! Ora va via!" E resta a nostra disposizione" dice Borgan afferrandolo per un braccio e strattonadolo fuori dal portone, rivolgendosi a voce bassa a Moret esclama: "Ma non è possibile Moret? Costui ha scoperto il corpo e non ha avvisato nessuno. Non posso incontrare gente simile? Ed allora chi ci ha chiamati? Posso saperlo Moret? O nell'edificio c'è gente che passeggia senza accorgersi di un cadavere?"

"Si Ispettore! Ci ha chiamato Bovary! Il cieco che abita qui" dice Moret indicando la porta dell'appartamento del cieco.

"Ma non mi hai detto che lui non ne sa niente?" aggiunge Borgan.

"Aspetti che le spieghi, Ispettore. Un momento che cerco sul taccuino." Moret sfoglia alcune pagine e poi, esultando, dice: "Ecco ho trovato! É stata una scoperta indiretta!" risponde Moret.

"Cosa significa indiretta!? Moret, parla chiaro!" chiede il suo capo.

"Significa che ci ha chiamato per un problema e noi ne abbiamo trovato un altro. Ci ha sollecitato, urlando al telefono, ad intervenire, perché, nell'androne del palazzo, c'era un barbone che dormiva davanti alla sua porta, occupando l'intera spazio di accesso. Voleva che venissimo subito, per farlo sgombrare e accompagnare in un dormitorio dei poveri. É intervenuto l'agente Miron e ha scoperto il corpo del signor Molowsky" risponde Moret dettagliando.

"Ah! É andata così? Impossibile!" dice Borgan.

"Ispettore, è andata proprio così! Glielo giuro! Ho tutto scritto qui sul mio taccuino" aggiunge Moret.

"É inutile che giuri. Conoscendo la gente che abita in questa gabbia di matti, ti credo senza che giuri. Dunque, Miron è arrivato e ha visto il cadavere. Più o meno alle otto e trenta" chiede l'Ispettore! "Sì, Ispettore. Ah! Ecco, arriva il patologo!" esclama Moret puntando l'indice.

L'anziano dottore varca la porta dell'edificio, vede il cadavere, muove il capo disapprovando e dice: "Alle cinque di questa mattina mi hanno chiamato per una ragazzina annegata nella Senna. Alle sette un'altra telefonata mi avvisava che un operaio era andato sotto un tram a Place de la Republic e alle nove mi comunicano l'esistenza di un cadavere in un edificio a Montmartre 5 di Rue Muller. Eccomi qui. Oggi è una giornata terribile per me!" esordisce il patologo.

"Immagino quanto lo sia per i morti, dottore!" esclama Borgan e continua: "Buongiorno! Grazie per essere qui. Mi faccia sapere come è deceduto. Nel frattempo, vado un po' in giro e mi rendo conto di cosa possa essere accaduto. "Buongiorno Borgan! Brutta giornata anche per te vero? Non preoccuparti! Se guardi bene questo corpo puoi farti immediatamente un quadro della situazione. É caduto dalle scele e ha battuto il capo. Vedi quelle strisce di sangue?" chiede il medico all'Ispettore.

"Sì, le vedo!" risponde Borgan.

"Sono la prova di ciò che ti ho detto, comunque gli do un'occhiata e poi ti faccio sapere" aggiunge il patologo aprendo la sua borsa da lavoro.

"Potrebbe però essere stato spinto! Dico, potrebbe?" chiede il poliziotto.

"Certo Borgan! Potrebbe, diciamo potrebbe. Tu vedi omicidi dappertutto. Sai che esistono ottocento modi per morire nella propria casa? Tra cui il suicidio e l'incidente domestico?" dice il medico.

"Va bene! Mi scusi, faccia il suo lavoro e, la prego, si sbrighi! Ho tante cose a cui pensare" conclude Borgan.

"Moret! Vai a chiudere la porta dell'appartamento di George. Il fetore è notevole! Anzi, vai prima in casa, dai una guardatina generale e mi raccomando, non far rumore, perché madame Selma Molowsky è a letto malata e sicuramente sta riposando. Fatti un giro e porti via l'immondizia. Chiaro? Comunica a quelli della scientifica di venire più tardi con me a casa di George. Non parlate con madame Selma! Lo farò io più tardi. E aprite questo dannato baule, per piacere, devo ripetervelo?!" ordina Borgan a Moret.

Moret annota e risponde: "Tutto chiaro Ispettore! Vado e torno." E va via.

Borgan lascia il patologo al suo lavoro e sale lentamente al primo piano. Giunto al pianerottolo si guarda intorno e non scopre nulla, a parte una leggera piegatura ai lati del tappeto. Comprende che ha sorretto qualcosa di pesante che è stato portato via... Il tessuto porta ancora i segni.

"Il baule era qui!" pensa Borgan. "Lì c'è la porta degli Oteil che, naturalmente, non hanno udito nulla e piu avanti quella dei Rocher. Proverò a chiedere loro qualcosa più tardi. Per ora attendo il parere del patologo e poi si vedrà."

## Capitolo XVI

"Ti rendi conto che hanno ucciso George? Quel povero giovane! Che morte orribile! Scaraventato dal tetto!" dice la Poltel a Brochard che è nella toilette a radersi.

"Ecco l'ipocrisia che regna sovrana in questo mondo" risponde Antoine.

"Che cosa vuoi dire con questa frase?" chiede la donna.

"Voglio dire che tutti odiavano George! Tutti avrebbero voluto ucciderlo con le proprie mani! Quell'essese spregevole! Questo vale anche per me! Ora che è morto, o è stato assasinato, la gente dice: povero ragazzo!" spiega Antoine alla donna.

"Ma si dice così, per ogni essere umano. Antoine! Nessuno ha mai esultato per la morte di qualcuno!" risponde la Poltel.

"Anche su questo non sono d'accordo!" dice Brochard uscendo dalla toilette con il sapone da barba sul viso. "Quello che intendevo dire, è che ognuno ha la sua verità! Ognuno ha la sua situazione di comodo! Pensa a George, ricco, solo, con una madre malata, eppure era l'essere più odiato del Residence. Non dava pace per il pagamento delle fatture. Era un taccagno di prim'ordine sull'economia del condominio. Ora è tutto finito! Chi lo ha ucciso, sicuramente, lo odiava molto e ora esulta. Ahah!" conclude Brohard sorridendo.

"Antoine! Non si uccide per una fattura del gas!" esclama la donna.


"Ma non è detto che sia stato ucciso, può essersi suicidato, può essere che, guardandosi allo specchio questa notte e scoprendo che era un essere immondo, ha deciso di farla finita." aggiunge Antoine.

"E tu, allora?" chiede la Poltel. "Dovresti suicidarti ogni mattina" e sorride.

"Quanto ti detesto! Trovi sempre il modo giusto per offendermi! Pensa invece con quella tua testolina, chi può essere stato a ucciderlo. Cerca il colpevole, se ce n'è uno" chiede Antoine.

"C'è solo un uomo che poteva fare una cosa del genere. Baladieu! Ne sono certa! Lui è il ritratto dell'assassino perfetto, farebbe fuori chiunque per un po' di danaro. Io penso che George non abbia dato i soldi a Baladieu" aggiunge la donna.

"Di quali soldi parli? Non erano in affari" chiede Antoine.

"I soldi che George ha promesso a Baladieu per aiutarlo ad assassinare Selma. Hai dimenticato che è morta anche quella povera donna?" risponde la Poltel.

"Ma non dire sciocchezze! Hai sentito Borgan? Selma sta bene! É malata, come al solito. Ma con la morte non ha nulla in comune! É viva ed è a casa sua!" esclama Antoine

"Io non credo! Ora scendo e vado a dare un'occhiata" dice la Poltel.

"C'è ancora Borgan! Quel meschino, sicuramente, ti chiederà tante cose. Fai attenzione a cosa rispondi" conclude Brochard.

L'Ispettore Borgan, dopo il breve sopralluogo, ridiscende le scale e fissa di nuovo il corpo del giovane.

"Chi può averlo ucciso? E poi, ci vuole un movente. Era sicuramente un essere spregevole, gretto, ma la sua esistenza era limpida come l'acqua. Chi ha avuto interesse ad assassinarlo?" pensa l'ispettore. "Allora dottore, come va? Ha qualcosa per me?" chiede Borgan, scavando con le mani fra gli oggetti che erano chiusi nel baule. "Solo vecchi abiti e null'altro. É morto per portare questa roba in soffitta. Come è assurda la vita... La sua parsimonia lo ha ucciso." esclama il dottore, interrompe i pensieri del poliziotto tossendo, e dice: "Sì Borgan! É tutto abbastaza semplice. Il poverino è caduto dalle scale e, sospinto dal peso del baule che tratteneva con una cinghia legata alla mano, ha sbattuto il capo violentemente sui gradini, per poi colpire infine l'anta di questa porta qui (e indica l'appartamento di Bovary). La cassa ha fatto la sua parte. Guarda! Ci sono dei grossi lividi sui muscoli delle gambe, probabilmente è inciampato in uno scalino e la cassa gli è caduta addosso. La morte è da posizionarsi tra le due e le cinque di questa mattina. Credo che sia stata una malaugurata disgrazia. Se avesse pagato un facchino per trasportare il baule, sarebbe ancora vivo. Ecco la mia diagnosi e, gggiungo che per qualche altro particolare, devo aspettare l'autopsia. É chiaro!?" esclama Borgan interrompendolo con garbo.

"Non prendermi in giro! Ne ho altri quindici alla morgue da sezionare. Ne uccide più il caldo che un'epidemia e, poi, ho gli stranieri. Questo non è un caso urgente e credo che tu debba aspettare almeno tre giorni" risponde sorridendo il patologo.

"E cosa faccio in questi tre giorni?" chiede l'Ispettore continuando a fissare il corpo.

"Cerca di riappacificarti con tua moglie! Ecco quello che farai! Mio caro amico" dice il medico con tono garbato. "Ha ragione! Lo farò! Grazie e mi avvisi lei quando tutto è pronto" risponde il poliziotto.

"Stai tranquillo, riceverai il referto completo sulla scrivania al massimo fra tre giorni. Io vado via!" dice il patologo.

"Buona giornata dottore e buon lavoro per quelli che l'aspettano. Ahah!" esclama Borgan, accennando a un sorriso.

"Ciao Borgan, buona giornata anche a te" risponde il medico accennando un sorriso. Raccoglie i suoi attrezzi da lavoro, indossa il soprabito e va via.

"Ora devo dirlo alla madre! Cazzo! Spero che comprenda. Ho parlato solo una volta con lei ed è stata una catastrofe e, poi, bisognerà pensare a un luogo dove ricoverarla. Povera donna! Chissà se hanno parenti, amici, conoscenti, altrimenti chiamo il centro assistenza anziani e se la vedranno loro" dice Borgan a bassa voce.

"L'Ispettore ode alla sue spalle il rumore della porta

dell'appartamento di George che si chiude.

"Ispettore Borgan! Tutto a posto. Guardi! Ho qui i sacchi dell'immondizia. Vado a metterli nel cassonetto e torno" dice Moret.

"Aspetta! Aspetta! Non muoverti!" grida Borgan. Fermati! Devo dare un'occhiata a questi sacchi!" esclama l'Ispettore.

Da una delle buste grige fuoriesce un nastro merlettato dello stesso colore e della stessa forma che Baladieu gli ha detto di aver visto.

"Porta questo materiale al commissariato! Ho trovato un lavoro serio per te! Resta lì e aspettami! Nel frattempo li apri e metti su un tavolo della segreteria tutto il loro contenuto.

"Ma puzzano come un cane morto!" esclama Moret.

"Lo so! Hai ragione, ma forse ho scoperto qualcosa! Fai come ti ho detto! Io mi tratterrò qualche minuto ancora. Aspetto che la scientifica abbia finito il suo lavoro, leggo il loro rapporto e poi ti raggiungo al quattordicesimo. É chiaro!" ordina l'Ispettore.

"Chiarissimo! Devo indossare un paio di guanti da sera e controllare il contenuto dei sacchi" risponde Moret.

"Bravo Moret! Come vedi siamo sempre in sintonia! Ora va! Presto!

Se quello è il nastro della vestaglia di Selma, vuol dire che Baladieu ha ragione. In teoria potrei trovare anche la sua camicia e il secchiello che la conteneva. Può essere che il patologo si sbagli e ci troviamo di fronte a un delitto!" pensa Borgan, quando sente la voce della Poltel alle sue spalle.

"Dioooooo! Mioooooooo! É atroce! George è morto! Povero giovane! Lo amavano tutti nel palazzo! Cosa faremo senza di lui? Buongiorno Ispettore! Ha visto che cosa orribile?" esclama sconvolta la donna.

"Sì, ho visto, signora Portel! Una vera tragedia! Il patologo dice che potrebbe trattarsi di una disgrazia. Il povero giovane è caduto dalle scale. Ora che è qui, mi sa dire se questa notte ha sentito qualche strano rumore?" chiede Borgan.

"No, Ispettore! Una notte come le altre. Niente di strano, ma...
Aspetti! Ora che ci penso bene, ho udito il cigolio di una porta
che si chiudeva. Era fastidioso, come se fosse un lungo stridio.
Dormivo e mi sono svegliata. Le confesso che ho pensato stessi
sognando e mi sono riddormentata" risponde la Poltel.

"Si ricorda l'orario?" chiede Borgan.

"All'incirca le due. Sì, erano le due. Ho guardato l'orologio di
Antoine che era sul comodino e segnava quest'ora" aggiunge la
donna.

"Grazie signora Poltel! Come vede questa è collaborazione!"
conclude il poliziotto.

"Va bene! Solo questo? Nessun interrogatorio? Grazie, sa bene
che noi collaboriamo" aggiunge la donna.

"Ispettore, abbiamo fatto! Possiamo andare?" dice un poliziotto
della scientifica.

"Cosa avete trovato?" chiede Borgan.

"Nulla! Nulla! C'erano solo le impronte di Molowsky e il baule
era macchiato di sangue. All'interno abiti usati, molto usati e
cianfrusaglie varie" risponde l'uomo della scientifica.

"Bene! Ora, prima di andare via, date un'occhiata al suo
appartamento! Potreste trovare qualcosa di interessante" ordina
l'Ispettore.

"Ma non abbiamo le chiavi!" risponde l'altro.

"Accidenti, è vero! Le ha portate via Moret! Aspettate! Lo
chiamo al telefono e lo faccio venire qui" esclama l'Ispettore a
bassa voce.

"No! Ispettore! Per noi è tardi. Abbiamo un incidente mortale a
Boulevard Haussman. Ce lo hanno comunicato ora. Possiamo
fare nel pomeriggio o domani mattina. Comunque lo sigilliamo
e mettiamo i timbri della sezione scientifica: locale sottoposto a
sequestro". Conclude l'uomo.

"Va bene! Buona idea! Non credo che la Molowsky debba

uscire. Anche io devo andare in commissariato e, il sopralluogo, dovrà essere un lavoro attento. Quindi, domani mattina, torniamo!"

"Va bene anche a me" conclude Borgan.

"Allora possiamo andare, Ispettore?" chiede l'altro.

"Sì, andate, e buon lavoro!" risponde Borgan.

"Grazie anche a lei, madame Poltel, la sua testimonianza mi sarà certamente utile" conclude il poliziotto.

I due tecnici sella scientifica raccolgono gli attrezzi da lavoro e vanno via. Borgan si congeda anche dalla Poltel che continua a fissare sconcertata il corpo di George che sta per essere portato via dai commessi della morgue.

"Allora, buona giornata madame Poltel! A domani. Ho un altro paio di domande da fare a lei e a Brochard" dice Borgan. sperando che la donna vada via.

"Va bene Ispettore! A domani" salutano gli uomini della scientifica, ma la donna non va ancora via.

"Porca miseria! Accidenti! É mai possibile che in questo condominio entrino tante persone? Sembra Place de la Republic il giorno del mercato!" urla Bovary dall'interno.

Si ode il rumore di una serratura e il vecchio cieco compare in mutande. Caccia fuori il bastone dalla fessura e, poggiandolo a terra, si accorge che il corpo è ancora lì.

"Buongiorno signore!" esclama Bovary all'Ispettore Borgan: "Spero che lei sia della polizia! Questa mattina sono stato io a chiamarvi. Questo signore qui, e assesta un colpo alle braccia del cadavere, non ha paura di nessuno! Pensa che abbia prenotato una camera all'Ambassador! Va' via! Ti ho detto, va' via!" E colpisce ancora con violenza il cadavere con la punta del suo bastone, credendo sia il barbone. "Un momento, signor Bovary! Sono l'Ispettore Borgan! E questo non è un barbone che dorme, ma il cadavere del signor George Molowsky!" esclama il poliziotto.

"Dio mio! Cosa mi dice? George è venuto a morire davanti alla mia porta? Che atto di grande amicizia! Sapevo che era un giovane sensibile ed educato, ma non immaginavo che arrivasse a tanto. Quindi, lei mi sta dicendo che George ha atteso che, quel bell'imbusto del barbone, andasse via, per distendersi e morire qui! Non ho mai visto in vita mia un tale gesto!" esclama Bovary, accennando a un lieve pianto.

"No, Signor Bovary! É stato sempre qui, dalle due di questa mattina. Lei ha pensato che fosse un barbone e ha chiamato la Polizia. Anche se rimarrà deluso, questa è la verità" gli spiega l'Ispettore.

"Ecco! Questo è uno dei gravi problemi della cecità! Non vedere nulla! Il poverino era qui, probabilmente in cerca di qualcuno che gli desse una mano e io non gli ho dato alcun aiuto! Anzi l'ho redarguito! Povero me, cosa ho fatto senza accorgermene? Senti, Gustav..." Il vecchio si volta all'interno dell'appartamento e dice: "Neanche tu hai ringhiato, abbaiato, insomma, non hai fatto niente per dirmi che George era disteso qui. E morto! Ispettore, ma come è successo?"

Nel frattempo giungono gli operai della morgue e iniziano a impacchettare il corpo in una grossa busta di plastica grigia. Bovary, pensando che siano due mendicanti entrati nel palazzo per derubare il cadavere, afferra con forza il bastone e li percuote entrambi.

"Accidenti a lei!" grida uno dei due operai della mortuaria. "Vecchio pazzo! Per poco non mi ha rotto una mano con quel bastone!"

"Andate via ragazzacci! Abbiate ripetto di un morto! Se volete del danaro, ecco, ve ne do io a sufficienza! Non scavate nelle sue tasche, era un brav'uomo e non merita un oltraggio simile. Ispettore, perchè non arresta questi due delinquenti!?" Introduce la mano all'interno della porta, caccia fuori due biglietti usati della metro e li porge ai due uomini. "Ecco! Qui ci sono i soldi!

Potete comperare quello che volete! Ma lasciatelo stare!
Ispettore, li blocchi, per piacere! Sono degli sbandati che non
hanno paura nemmeno della polizia" dice a Borgan.
"Non abbia timore, Bovary. Sono i tecnici della morgue che
portano via il cadavere. Li conosco" risponde pazientemente
l'Ispettore.
Uno dei due operai raccoglie i due biglietti dalle mani del
vecchio e, pur di assecondarlo, gli dice: "Grazie signore! É
molto gentile, comunque, ora, noi andiamo via."
"Signor Bovary! Questa notte ha udito qualche rumore strano
che l'ha incuriosito? Me lo dica! Può essere un aiuto per le
indagini" chiede Borgan stando sulla soglia dell'appartamento.
"Certo! Certo! Mi faccia pensare. Sì! C'è qualcosa che mi ha
destato, anzi, diverse cose. La persiana della signora Billet,
all'una, non funzionava bene. Si è incastrata nei battenti della
finestra e la povera donna ha dovuto ripararla a quell'ora di
notte. C'è stato poi il signor Carente che ha tentato di rimettere a
posto il rubinetto del bagno. Poteva essere l'una, o l'una e
trenta. Aspetti, mi faccia ricordare. C'è stato qualcosa di
veramente strano. La signora Clodine ha urinato alle due precise
e non alle tre come le capita ogni notte. Alle quattro circa, il
dottor Roussou, ha scoreggiato più di una volta. Ma questo
avviene ogni notte e io non ci faccio più caso. Altro con ricordo,
Ispettore. Sono una persona molto riservata e non ascolto mai
ciò che fanno i miei vicini. Se vuole, questa notte, posso
scriverle una relazione in braille e dargliela domani. Va bene?
Così anche io l'aiuto nell'indagine" conclude Bovary.
"No! Per l'amor di Dio, Bovary! Già mi ha dato tante
informazioni, non voglio approfittare di lei ulteriormente"
risponde l'Ispettore.
"Ma è morto di infarto? Di apoplessia? Di un qualche morbo
fulminante?" chiede Bovary.
Gli operai completano il lavoro e portano via il corpo di George.

"Arrivederci Ispettore! Buon lavoro!" e sorridono, guardando Bovary.

"É caduto dalle scale e ha battuto violentemente la testa" spiega Borgan.

"Poverino! Povero George! Che destino atroce! Ma purtroppo è la legge del contrappasso, mio caro Ispettore!" esclama il vecchio.

"Che cosa significa? Ne conosco tante di leggi, ma questa mi è completamente sconosciuta" chiede Borgan.

"Ora le spiego Ispettore. Che fa, entra? Così prendiamo anche un buon caffè. Le farà bene!" esclama il vecchio e rientra in casa per far strada a Borgan.

"Grazie, signor Bovary, con piacere!" risponde il poliziotto.

"Bovary spalanca il battente e Borgan entra, chiudendo la porta alle sue spalle. Intanto, sul pianerottolo, c'è la Poltel che ha deciso di tornare a casa quando, dall'alto delle scale, ode una voce: "É andato via Borgan?" chiede Brochard nascosto appollaiato a avvinghiato alla ringhiera del primo piano.

"Ma dove sei?" risponde la Poltel, non vedendolo.

"Sono qui! Qui sopra! Al primo piano. Borgan è andato via?" chiede di nuovo Antoine.

"Sì, Antoine, ma perché ti nascondi?" domanda la donna.

"Perché sono in mutande!" risponde Brochard.

"Allora la tua è una volgare abitudine quella di scendere nudo!" conclude la Poltel.

"No! Ero nella toilette e ho pensato di ascoltare anche io che cosa dice la polizia. Ho visto te e sono rimasto a origliare qui, dove nessuno può vedermi. Ho le ginocchia anchilosate e anche un po' di freddo" spiega l'uomo.

"Va bene, lascia perdere! Parlare con te è come rivolgersi a un sordo. Torniamo a casa che ho un'idea" conclude la donna.

L'appartamento di Bovary è un antro scuro. L'ispettore, appena varca la soglia, calpesta involontariamente la coda del cane, che è ben nascosto nel buio, in attesa di ospiti e pronto ad assalire chiunque tenti di entrare. L'animale, con la coda dolorante, abbaia e tenta di morderlo afferrandogli il polpaccio.

"Stai sereno, August! L'ispettore è un nostro amico!" esclama Bovary, mentre apre la porta del salone. Non gli dia retta, Ispettore. Vuole solo giocare. É un pacioccone che soffre in silenzio come me."

Borgan comprende la situazione di pericolo e, con destrezza, da vero atleta, inizia a mollare calci all'animale. La bestia abbaia per il dolore ma, l'Ispettore, non molla la presa. Conosce bene l'ira e la pericolosità dei cani e, senza dargli tregua, continua a colpirlo con pugni e schiaffi fino a quando lo supera e va avanti nel corridoio. Il cane, nonostante riceva ogni giorno bastonate dal suo padrone, resta stordito senza comprendere una tale brutalità.

"August! Torna al tuo posto! Ispettore venga, venga, che il caffè è già qui. Lo avevo appunto preparato per me. Ma non immaginavo di averla ospite" dice Bovary.

Il poliziotto, senza mai abbandonare l'attenzione verso il cane, giunge in salotto con un guizzo: "Eccomi qui!" dice "Il suo cane è un animale simpaticissimo, vedo che ama i suoi visitatori.

August, nel frattempo, guaisce per il dolore. Bovary non ci fa caso.

"Si segga Ispettore, stia comodo, ora le parlo della legge del contrappasso mentre lei sorseggia questa miscela arabica che, spero, le piaccia" dice il vecchio accomodandosi.

L'Ispettore si siede su una poltrona e inizia a sorseggiare il caffè che Bovary, con molta attenzione, gli ha poggiato sul tavolo.

"Porca miseria! É amaro!" esclama sorridendo l'Ispettore.

"Ahah! Ha ragione! Lo zucchero è accanto a lei, sul tavolo, lo prenda!" dice Bovary, anche lui sorridendo.

Borgan, a tentoni, cerca la zuccheriera, ma non trova nulla. Rimette a posto la tazzina con il caffè e rinuncia a berlo.

"Allora, mi parli di questa legge, Bovary!" chiede al cieco.

"George sembra, per quello che mi è concesso sapere, che volesse uccidere la madre in società con Baladieu, perchè aveva intenzione di vendere il Residence a degli acquirenti cinesi. La madre non era d'accordo, d'altronde è comprensibile, mio caro Borgan, che un giovane voglia iniziare una vita nuova e diversa. Questa è la tesi di madame Poltel. Ora, che finalmente il suo progetto è andato a buon fine, rimane vittima di una banale caduta. Una caduta, però, così violenta che lo uccide. Mio caro Ispettore, come vede, non sempre c'è un premio per le nostre azioni. Anzi, spesso, non veniamo affatto premiati come è accaduto a George" spiega Bovary.

"Questo le ha detto madame Poltel quando le ha parlato? Le ha esposto questa tesi?" chiede l'Ispettore.

"Sì! É venuta qui, in compagnia di quel personaggio strano di Brochard, il suo compagno, che è un uomo stupido e bugiardo e mi ha svelato questo segreto che, a quanto pare, ha saputo dallo stesso Baladieu" risponde Bovay.

"La Poltel ha saputo, da Baladieu, che lui era in combutta con George per assassinare madame Molowsky?" chiede l'Ispettore.

"In poche parole mi hanno detto questo. Io ho ascoltato e, mi creda Ispettore, pur di aiutarla a smascherare i due farabutti, ho accettato di darle una mano a mettere a nudo il piano di George e Baladieu" dice il cieco.

"Si spieghi meglio: collaborare a che cosa? Vorrei che mi dettagliassc i particolari di questa impresa" domanda l'Ispettore.

"Mi hanno chiesto di controllare tutti quelli che entrano nel palazzo, per scoprire se ci sono altri complici. Io, proprio ieri, ho trovato Baladieu fuori dalla porta di casa mia che armeggiava con un grosso baule. Sono uscito e ho tentato di conoscerne il contenuto" spiega Bovary.

"Cosa c'era nel baule?"

"Niente di interessante.Vecchi abiti, scarpe, indumenti intimi della madre. Questo conteneva" risponde Borgan interrompendolo.

"È vero Ispettore! Lei ha un acume straordinario! C'erano vecchi stracci e null'altro. Io ho continuato ad aiutarli, fino a questa notte, quando ho scoperto che gli Oteil sono scesi giù per le scale e si sono diretti verso il portone, ma non ho avuto ancora il tempo di parlare alla Poltel" aggiunge il vecchio.

"Gli Oteil?" L'Ispettore resta di stucco e chiede all'uomo: "Cosa c'entrano gli Oteil con Baladieu, George, la Poltel e quell'imbroglione di Brochard?" pensa fra sé Borgan e chiede all'altro: "Ma come ha scoperto che erano gli Oteil? A che ora sono scesi? Quando sono ritornati? La prego di raccontarmi tutto."

"Saranno state le due, sì, all'incirca le due, ma non sono usciti dal palazzo. Questa cosa mi ha davvero incuriosito. Si sono fermati sul pianerottolo e, dopo qualche minuto, sono risaliti. A quel punto sono tornato a dormire, ricordo bene che erano le due, perché, dopo pochi attimi che sono rientrato, ho udito urinare madame Clodine" risponde Bovary.

"È sicuro che madame Clodine abbia urinato alle due precise?" chiede Borgan.

"Sì! Generalmente la povera donna la fa alle tre, ma questa notte ho sentito lo scroscio alle due. Sarà perché, il figlio, le ha regalato due casse di acqua minerale delle alpi. É molto diuretica" risponde il vecchio.

"Mi diceva degli Oteil. Come può essere certo che fossero loro?" chiede ancora l'Ispettore.

"Dal cigolio delle ruote della borsa di madame Oteil. Quelle due piccole ruote hanno bisogno di una spruzzatina di olio" risponde Bovary.

"E mi ha detto che non sono più usciti? Si sono trattenuti sul pianerottolo alle due di notte?" chiede Borgan.

"Questo mi ha colpito. Sono scesi dal loro appartamento, non sono usciti, o almeno così mi è parso e, dopo poco, sono risaliti. Ispettore! Come le ho detto non mi interessa sapere cio che fanno gli altri affittuari" spiega il cieco.

"Va bene, Bovary! Lei mi è stato prezioso e il suo caffè era buonissimo! dice Borgan.

"Ma se non lo ha bevuto?" chiede Bovary.

"Come lo ha scoperto? Lei è cieco!" esclama l'Ispettore.

"Sì! Sono cieco ma non sordo! Va bene Ispettore, sono felice di aver parlato con lei e sono anche distrutto. Mi creda, sto malissimo per la disgrazia che è accaduta a quel giovane. Non era niente di eccezionale, ma morire in quel modo! Esclama il vecchio congedandosi da Borgan.

Cosa vuole Bovary? Per ora non posso che sperare sia stata una disgrazia" aggiunge l'Ispettore.

"Perchè, cosa le fa pensare il contrario? Ha gia delle prove che contraddicono questa tesi?" chiede incuriosito Bovary.

"No, Bovary! Niente. Siamo ancora all'inizio di questa indagine" risponde distratto il poliziotto.

L'Ispettore guadagna l'uscita. Il cane, comprendendo subito che avrebbe avuto di nuovo la peggio, si accuccia dietro la cappelliera nel corridoio. Il poliziotto esce sul pianerottolo e si ferma a pensare: "Gli Oteil. Accidenti! Non ci ho pensato prima!"

"È terribile Antoine! Raccapricciante! Ho visto il corpo di George, povero giovane, in una macchia di sangue."

"L'ho visto anche io! Hai ragione, ma purtroppo la vita è così, anche per gli animali. Al mattatoio arrivano vivi, belli, forti e poi muoiono miseramente... Mucche, vitelli, pecore, tutti nella stessa maniera".

"Antonine! É mai possibile che tu debba dire sempre le stesse cose? Ascolami. invece! Vieni, sediamoci e ascolta il mio piano..."

Brochard si accomoda e fissa interessato la donna.

"Prima di tutto voglio chiarire una cosa! Non verrò con te a ficcarmi in qualche situazione scabrosa. Mi è gia andata bene con la morte di Clotilde e non vorrei ritrovarmi con un pugno di mosche. Ora ascolto il tuo piano e poi..." dice Antoine.

"E poi?" chiede la Poltel interrompendolo.

"E poi, se lo reputo idoneo, accetto" risponde Brochard stropicciando le mani sulle ginocchia dolenti

"Non dire sciocchezze!" esclama la donna e continua, "ascolta quello che ho deciso di fare e taci! Non interrompermi come al solito! Noi abbiamo le chiavi di tutti gli appartamenti! La porta della Molowsky è stata chiusa questa mattina dal collaboratore di Borgan e non sarà riaperta fino a domani. Attendiamo la sera e poi, nottetempo, scendiamo al pianoterra, apriamo la porta e ci introduciamo nella casa. Nessuno ci vedrà perchè a quell'ora dormono tutti. Controlleremo ogni angolo e, sono certa, che troveremo le prove della morte della Molowsky e di suo figlio perché, secondo me, mio caro, Antoine, George è stato assassinato da qualcuno che lo odiava, ma proprio tanto!"

"Certo! Lo penso anche io! Escludiamo quindi un assassinio per amore. Ahah!" risponde Antoine e scoppia in una fragorosa risata.

"Quanto sei stupido!" aggiunge la Poltel e continua: "Ci stai? Così saremo io e e te a risolvere il caso. C'è da farsi mettere in prima pagina e, poi, te la immagini la faccia di Borgan?"

"E se ci scoprono?" chiede Antoine.

"Ma chi vuoi che se ne accorga!" Bovary, a quell'ora, è a letto e russa come un ghiro. Ahah! Ti prego!" risponde la donna sorridendo.

A Brochard spaventa più la disinvoltura e la superficialità con cui la Poltel prende queste decisioni che andare di notte in una casa dove è stato commesso un omicidio. Accetta a malincuore e, per amore, si lascia coinvolgere in questa nuova avventura.

Sono le cinque del mattino e Parigi dà la buonanotte agli ultimi ospiti delle birrerie. Non c'è molto ossigeno nell'aria, è stato tutto preso dal fiatone dei turisti che salgono a piedi a Montmartre, dai sospiri dei finti innamorati, dai lunghi discorsi degli ubriachi e dalle miriadi di parole in libertà che la gente comune pronuncia dandosi la buonanotte. Brochard è affaticato per tutto ciò che è stato costretto a fare nelle ultime ore. La gamba gli duole tremendamente e pensa, in cuor suo, che l'incontro con la Poltel non abbia migliorato la sua vita ma, bensì, l'abbia resa piena di rischi e paure. "Forse era meglio che dedicavo la mia esistenza agli animali" dice Antoine, brontolando e indossando un pigiamone di lana a strisce bianche e nere. La Poltel lo guarda e scoppia in una sonora risata: "Sembri un detenuto ai lavori forzati!" esclama la donna.

"Ho la faccia di un detenuto?" chiede Antoine sbadigliando.

La faccia no! Ma il pigiama si! Come ti sei conciato? Se qualcuno ti incontra per strada pensa che tu sia fuggito dal carcere e che vaghi per la città in cerca di un nascondiglio. Ahah!" aggiunge la Poltel e ride a crepapelle.

"Perché, cos'ha di tanto ridicolo il mio pigiama?" chiede incuriosito Antoine.

"Nulla. Manca solo la palla al piede. Ahah!" la donna continua a ridere ed esclama: "Potevi scegliere un altro colore, no?"

"Era l'ultimo e poi me lo hanno dato a metà prezzo. Se non ti piace, puoi sempre voltarti dall'altro lato e non radiografarmi come fai di solito" risponde irritato Antoine.

La donna comprende che ha offeso la sua sensibilità e corregge il tiro: "Non pensi che, forse, sarebbe stato meglio prenderne un altro?"

"Sì, ho capito che questo lo hai avuto a metà prezzo, dicevo un altro modello. Questo ti invecchia."

"Anche tu spesso vesti da vecchia! Ma io non te l'ho mai detto!" risponde l'uomo.

"Io, vecchia!? Ma cosa dici? Io sono di un'eleganza squisita" risponde stizzita la Poltel.

"Lascia perdere. Andiamo, che il lavoro ci aspetta!" esclama Antoine.

"Ma non ti cambi?" chiede la donna.

"No! Mi annoio vestirmi in ghingheri a quest'ora del mattino. Sono assente dal lavoro da diversi giorni, per seguire le tue folli avventure e non voglio cambiare abito. Mi piaccio così! Poi vado a casa di un assassino, non a un ballo a corte" risponde Antoine.

"Va bene! Va bene! Non inalberarti! Scendi con questo pigiama bianco e nero. Comunque speriamo di non incontrare nessuno" conclude la donna.

I due aprono la porta di casa e sono sul pianerottolo. Guardando la porta di Baladieu, la donna sussurra a Brochard: "Eccolo lì, che dorme! Il vigliacco! Uccide le vecchie e poi dorme come un agnellino, ma non preoccuparti, ci sono io qui per rovinarti la vita. Brutto pazzo!"

"Ma non hai detto che era molto intelligente? Un uomo di cultura? E ora, invece, dici che è peggio del cane di Bovary" risponde Brochard.

"Lascia perdere… Dovrei spiegarti che cosa significa la parola strategia, che tu non conosci" aggiunge la donna.

"Come al solito pensi di sapere tutto tu! Conosco la parola strategia. La usiamo al mattatoio per stabilire con il direttore quali capi devoro essere uccisi per primi e quali invece possono prendersela comoda, come le vacche, ad esempio. A nessuno interessa la loro mungitura" spiega Antoine.

"Io ti odio Brochard! Non c'è discorso in cui tu non faccia entrare le vacche, le pecore e i maiali!" esclama la donna.

"Attenta alle scale!" dice Brochard a voce bassa. Giungono al piano di sotto e, infine, al pianoterra. Un bagliore lunare illumina l'entrata del Residence. Un'immagine spettrale che colpisce l'immaginazione della Poltel.

"Di notte, questo palazzo, sembra il castello di Dracula" dice a bassa voce la donna.

"Non lo conosco e non lo voglio conoscere!" esclama Brochard.

"Chi?" chiede la Poltel.

"Dracula. Non so chi sia ma ora non voglio sentirne parlare" la interrompe Antoine." La Poltel si ferma, fissa l'uomo e tira un profondo sospiro di rassegnazione.

"Dammi le chiavi che apro la porta! Hanno messo queste strisce di plastica che mi infastidiscono!" La donna strappa i sigilli e, voltandosi verso Brochard dice: "Ecco, ora non mi danno più fastidio!"

Infila la chiave nella toppa e apre la porta dell'appartamento di Selma Molowsky.

"Dioooooo! Che fetore!" esclama la donna.

"Qui dentro il cattivo odore supera quello del macello. Neanche le carcasse di pecora hanno questo miasma" aggiunge Antoine.

"Dentro è buio, le persiane sembrano essere state sigillate da anni. Non c'è alcun passaggio d'aria."

"Io non respiro!" esclama la donna e aggiunge, "lascia la porta spalancata, così entrerà un po' di aria pura! Che fetore!"

"Non posso!" risponde Antoine, "se qualcuno ci vede, finisce male!" risponde Brochard.

I due camminano a tentoni, spesso urtando oggetti posti come ornamento nel lungo corridoio, provocando rumore.

"Shhhhh!" esclama la donna. "Non provocare frastuono e cerchiamo l'interruttore della luce." Brochard con la mano tesa, poggiata sulla parete, riesce a trovarne uno. Tutto l'ambiente si rischiara. I due si coprono il naso con i propri fazzoletti.

"L'aria è irrespirabile! Ma dove sono vissuti George e la madre? In una latrina perpetua?" Borbotta fra sé Antoine.

"Fermo!" dice la donna. "Ora andiamo in quella stanza, a destra."

"Va bene!" risponde Antoine.

Entrano nel salotto rosso. Una densa nube di pulviscolo si leva alta quando i due entrano in quel grande spazio.

"Allora, Antoine, io cerco di qua!" esclama la Poltel indicando il lato destro della stanza. "E tu vai e apri tutti quei cassetti che sono lì!" aggiunge indicando col dito il lato sinistro.

"Ma cosa devo cercare?" chiede l'uomo.

"Non lo so ancora! Ma trova qualsiasi indizio che possa aiutarci!" risponde la donna.

"Ma quali indizi devo trovare?" chiede ancora Brochard.

"Maledizione! Come sei duro! Cerca un'arma, per esempio, un coltello, qualcosa che Baladieu e George abbiano potuto adoperare per uccidere Selma" risponde irritata la donna.

I due si dividono e aprono cassetti, guardaroba, mobili d'epoca, tutto ciò che è chiuso, sperando di trovare un elemento interessante.

Madame Poltel è fermamente convinta di scoprire il vero assassino della donna. L'odio assurdo per Baladieu e George le fa perdere il contatto con la realtà. I due dimenticano che il sole sta per sorgere e potrebbero trovarsi in serie difficoltà, se qualcuno li vedesse. Ma sono fortunati. Nel Residence Selma solo pochi affittuari escono la mattina presto: Francoise Rocher, che lavora in una pasticceria gestita dal cugino, e la moglie Geltrude che svolge il lavoro di cameriera in una birreria. Devono uscire alle prime ore dell'alba per fare le pulizie al locale. Duro lavoro il loro, ma non sono gli unici parigini che escono per strada all'alba. Tutte le fermate della metro traboccano di gente che va a lavorare. Il dedalo di viuzze che, da Montmartre, scende giù verso il centro della città è pieno di passanti che si muovono velocemente, come l'aria che, con il trascorrere del tempo, si è fatta più respirabile. Gli Otel escono dal palazzo intorno alle nove del mattino per far spesa, Baladieu dorme fino alle tre del pomeriggio per quel suo problema di insonnia e Bovary porta a spasso il cane non più tardi delle sette.

La Poltel e Brochard controllano meticolosamente l'appartamento mentre, sui loro volti, appaiono i primi segni di stanchezza.

"Non pensavo che questa casa fosse così grande!" esclama la donna.

**Capitolo XVII**

"Moret! Perché hai aperto un solo sacco? Ti avevo ordinato di aprirli tutti!" chiede innervosito l'Ispettore.

I due sono nella sala deposito del commissariato. Dinanzi a loro c'è un grosso tavolo, su cui sono poggiati i tre sacchi dell'immondizia dei Molowsky di cui, uno, è aperto.

"Ho pensato che gli oggetti che lei cerca, possano trovarsi in questo sacco" dice Moret, stringendo fra le mani la busta dell'immondizia vuota. "Ecco perchè ne ho aperto uno solo!" risponde Moret.

"Bene Moret! Adoperi la statistica! Spero davvero che tu abbia ragione, perché, se non fosse così, andrai a raccattare i sacchi dell'intero cassonetto al numero 5 di Rue Muller!" esclama Borgan."

"Ma Ispettore…" cerca di rispondere il Sergente.

"Lascia perdere e dammi i guanti!" esclama il suo superiore.

"Ne ho uno solo! Non ne ho trovati altri!" risponde Moret.

"Allora dammelo! E, per piacere, fatti più in là! Così non vedo nulla!" conclude Borgan.

I due sono fortunati. Tra le tante scatolette di carne, sardine, frutta sciroppata, foglie di insalata, l'Ispettore scopre un secchiello da spiaggia, una camicia verde e una striscia di stoffa merlettata.

"Ecco! Finalmente Ispettore! Ho trovato quello che cercava! Ho fatto bene a non aprire gli altri!" dice Moret.

"Non hai fatto bene! George, ha ficcato tutto in un solo sacco e tu chissà per quale colpo di fortuna lo hai aperto. Comunque, qui, ci sono le prove che George ha ficcato la madre nella caldaia, ma non che l'abbia uccisa. Potrebbe darsi che la madre sia morta per cause naturali e George non abbia avuto il coraggio di farla seppellire. Tra di loro esisteva un grande legame affettivo. Potrei anche comprendere che non voleva staccarsi dalla donna e tenersela in casa dopo morta, ma sarebbe stato un rituale macabro e poco igienico. Il fetore proveniva dalla camera da letto, ora ne sono certo. Come sono anche sicuro che George è stato assassinato. C'erano tante cose strane in quella casa e anche loro erano alquanto strani. Che dilemma! Dovremo indagare a fondo. Ci sono particolari che non riesco a comprendere ancora e dovrei chiedere al giovane. Peccato che non posso contestargli alcun reato" esclama Borgan.

"Perché è morto!" aggiunge solerte il Sergente.

"Sì! Questa volta hai ragione! Il corpo che abbiamo visto nel letto del suo appartamento, sono certo, fosse quello di sua madre e non stava dormendo. Era morta, truccata, ben vestita e posizionata sotto le coltri.

"Hai capito Moret? Tu non lo hai notato, te lo sei lasciato sfuggire!" esclama Borgan.

"Ispettore! Lei mi ha detto di fare un giro per la casa. Io l'ho fatto davvero! Dalla porta socchiusa della camera da letto ho visto che la vecchia dormiva e, allora, ricordandomi le sue parole, non ho fatto il benché minimo rumore. Ho soprasseduto e sono andato nelle altre stanze" risponde Moret.

"Hai ragione! É vero, sono stato io a darti quell'ordine. Ma non cambia nulla. Ora andiamo a casa dei Molowsky e facciamo un sopralluogo serio. Chiama la scientifica e quelli della morgue e dì loro che, tra un'ora, dobbiamo essere al 5 di Rue Muller. Con loro mi sento più al sicuro, altrimenti rischiamo di inquinare le prove. Vai da Baladieu e portamelo al pianoterra, mi occorre la sua presenza per un riconoscimento. Bussa pure a Bovary. Voglio controllare con lui di nuovo gli orari e il susseguirsi degli avvenimenti. Ora scappa. Nel frattempo faccio una telefonata!" ordina Borgan al Sergente.

Moret, appena mette piede nell'edificio, scopre che il sigillo alla porta di George è stato violato. Annota sul notes qualcosa e sale al secondo piano.

"Signor Baladieu! Apra! É la Polizia!" grida Moret bussando alla porta dell'uomo. Non riceve alcuna risposta.

Non è in casa! Devo dirlo a Borgan! Altrimenti è un bel guaio.Pensa il poliziotto.

"Aiuto! Non ho fatto niente di male! Aiutatemi! C'è qualcuno che vuole uccidermi!" grida dall'interno Baladieu con una voce strozzata alla gola.

"Apra la porta Baladieu! Sono il Sergente Moret! Posso aiutarla!" grida a sua volta Moret.

"Nessuno può aiutarmi! Nessuno! Sono l'uomo più accusato della terra. Mi vergogno, ma non mi avrete. Mi suiciderò, pur di non cadere nelle vostre grinfie! Aiuto, qualcuno mi aiuti! Vogliono mandarmi ai lavori forzati!" continua Baladieu.

"Signor Baladieu! Nessuno vuol mandarla ai lavori forzati! Sono il Sergente Moret, l'assistente dell'Ispettore Borgan, sono venuto da lei per dirle..." afferma Moret.

"Non c'è più nulla da dire! Ho detto tutto a Borgan! Lui mi ha creduto! Ora io non so chi si lei, che vuole che io apra la porta!" esclama Baladieu interrompendolo.

"Se mi fa finire di parlare e, nel frattempo, apre questa porta, le spiego tutto. Sono venuto per dirle che Borgan l'aspetta al pianoterra. Deve fare un riconoscimento. All'Ispettore serve la sua testimonianza anche per la morte del signor George!" esclama Moret.

"George è stato ucciso? E da chi? Un uomo già così morto come lui non poteva essere stato assassinato! Era immortale, nella sua vita da cadavere" chiede Baladieu.

"A questa domanda non so risponderle. Noi lo abbiamo trovato al pianoterra con la testa rotta" conclude Moret.

Si ode il rumore delle tre serrature. La porta si apre e compare il faccino impaurito di Baladieu.

"Allora è tutto vero? Ho ragione io? Ormai sono l'uomo della verità, ma non vedo il mio angelo custode!" chiede Baladieu.

"Il suo angelo custode?" domanda stralunato Moret.

"Sì! Madame Poltel, la mia unica amica. Ditemi la verità! É morta anche lei? Perché in questo caso c'è un'epidemia in giro!" esclama Baladieu uscendo fuori la porta. Ha una mutandina sulla testa, da cui fuoriesce ribelle un ciuffo di capelli cosparsi di gel. Nella parte anteriore dell'indumento è disegnato un piccolo cuore. È chiaramente un vestiario da bambino.

"Baladieu! Lei ha sul capo una mutandina da bebè?" chiede Moret.

"Sì! É per placare l'inerzia di questo mio ciuffo ribelle. La metto in casa tutto il giorno, ma con scarsi risultati, vede?" dice Baladieu mostrando la vertigine ai capelli.

"A dire il vero è disgustosa!" risponde il poliziotto.

"Lei non è una persona sensibile! La mutandina di un bambino è la cosa più pura che ho trovato in un mondo così lercio!" dice Baladieu.

"La signora Poltel non è morta! Nessun altro è morto, a parte George e la madre. Venga con me al pianoterra. L'aspetta l'Ispettore Borgan per farle vedere qualcosa di interessante, credo…" spiega Moret.

"Va bene, allora scendo! Eccomi, vengo subito!" esclama Baladieu.

"Ma la mutandina, non la toglie?" chiede il poliziotto.

"Perché dovrei? Lei va in giro senza mutande, signore?" risponde Baladieu.

"Io ho le mutande!" conclude Moret.

I due giungono al pianoterra e il Sergente bussa alla porta di Bovary, ma non riceve alcuna risposta. Inizia a battere forte i pugni e a premere contemporaneamente il dito sul campanello.

"Un momento! Un momento, vengo subito! La gente pensa che io abbia un negozio e che sia una commessa. Vuole che io apra immediatamente la porta! grida Bovary dall'interno. Moret non sente le sue parole e continua a premere il pulsante.

"Eccomi, sono qui!" esclama il vecchio e apre la porta. "Qui non ci sono elemosine!" afferma il cieco, scambiando il Sergente Moret per un questuante e aggiunge, "vi ho detto tante volte che non dovete chiedere le elemosine bussando alla porta della gente! La prossima volta chiamo la Polizia!"

"Ma io sono la Polizia!" esclama Moret.

"Mi scusi, allora! Non mi a spettavo che la Polizia fosse così malridotta da andare a chiedere l'elemosina!" esclama Bovary.

"Ma non dica idiozie! Sono il Sergente Moret e devo comunicarle che l'Ispettore Borgan intende incontrarla tra poco per comunicazioni urgenti! Tutto qui!" risponde Moret.

"Deve dirmi qualcosa sul ritrovamento del cadavere di George che è avvenuto proprio qui, dinanzi alla porta di casa mia?" chiede Bovary e, per indicare la posizione, colpisce Moret sul piede, con la punta del suo bastone.

"Ahi! Accidentacci a lei! Stia attento con questo bastone, per poco non mi bucava il piede!" grida dolorante Moret.

"Non sapevo che il suo piede fosse sotto la punta del mio bastone! Se è così, mi scusi Capitano!" risponde Bovary.

"Sono Sergente! Non Capitano! Non lo diventerò mai, se lei continua a colpirmi. Che dolore Bovary!" dice Moret con un filo di voce. "Mi perdoni! Ma ho solo piantato il mio bastone qui, per dirle che…" continua il cieco e, involontariamente, colpisce di nuovo il piede del poliziotto.

"Per dirmi cosa? Vada via! Sparisca dalla mia vista. Lei è pericoloso per la collettività! Ahi! Che dolore! Mi ha colpito di nuovo!" dice Moret lamentandosi e poi: "Ora vado via! Mi ha ascoltato quando le ho detto che Borgan la vuole incontrare immediatamente? E allora io sparisco, mi dileguo. Ne va della mia vita!" esclama il Sergente.

"Va bene, a fra poco! Faccia come crede. É il primo poliziotto che si lamenta. Non ne ho visti altri! Deve essere un figlio di papà!" esclama Bovary con una punta di ironia.

"Io la metto in carcere la prossima volta, Bovary! Anche se cieco!" urla Moret. Bovary, senza profferire parola, rientra in casa e richiude rapidamente la porta.

"Non ho mai visto gente così! Questi sono tutti pazzi!" dice il poliziotto ad alta voce.

"Ora lo hai capito, Moret?" esclama Borgan che è entrato nel palazzo con gli agenti della scientifica. "Bisogna stare lontani dal Residence Selma. Penso che sia un luogo infernale, quindi, facciamo i nostri rilievi e scappiamo via!"

Arriva anche il patologo, brontolando. Appena vede gli altri poliziotti esclama: "Spero per te che davvero ci sia un cadavere! Perché, anche oggi, è una giornata dannata. In questi ultimi giorni non trovo pace. Non ho il tempo di sorseggiare un bicchiere di vino."

"Il vino le fa male! Si ricordi! I cadaveri, invece, sono inoffensivi. Oggi avremo qualche sorpresa, ma non le farò perdere tempo. Glielo assicuro!" risponde l'Ospettore e poi aggiunge: "Buongiorno Baladieu, vedo che lei non cambia mai! Molto carino il suo copricapo!"

"La prossima volta ne indosserò uno da Capostazione! Così le piacerà di più!" esclama stizzoso Baladieu.

"Moret, apri questa porta!" L'Ispettore scopre che i sigilli sono stati strappati. Non è la prima volta che gli capitano cose del genere e, rivolgendosi al medico che è alle sue spalle: "Ecco, vede dottore! Come al solito hanno rotto i sigilli! Sarà stato qualche imbecille a cui probabilmente davano fastidio." Aumenta il volume della voce e dice: "I pettegoli che vivono al secondo piano."

Moret, solerte, cerca nella tasca le chiavi. Le prende e le infila nella toppa, quando si blocca udendo un urlo di donna provenire dall'interno.

"Selma è viva! Ispettore, sento i suoi lamenti!" grida il Sergente rivolgendosi a Borgan.

"Macchè viva! Apri subito questa dannata porta! Vediamo chi ha urlato, anche se, credo, di conoscere questa voce" esclama Borgan.

"Ispettore, fatto!" dice Moret.

Borgan, dà una spallata ed è dentro, seguito dagli altri. Vede la luce accesa e, sapendo dove dirigersi, percorre velocemente il corridoio e apre la porta della camera da letto.

L'Ispettore ha dinanzi a sé uno spettacolo terrificante. Il cadavere di Selma Molowsky è nel letto dove il poliziotto l'ha vista la prima volta. Il corpo è stato rigirato e, il suo enorme deretano nudo, fa capolino dalle lenzuola. Il viso della signora Poltel e del suo amico Brochrad sono segnati dal terrore. Entrambi, inginocchiati a terra, stendono pietosi le braccia verso Borgan, che li guarda con disprezzo. Antoine, appena scorge i poliziotti entrare nella stanza, carponi, va a nascondersi dietro una vecchia poltrona, accanto alla finestra, come un bambino scoperto a commettere chissà quale marachella.

Borgan, nel vederli, non sa che dire altro se non: "Sapevo che eravate qui. Ma non immaginavo che arrivaste a tanto. Siete due idioti!"

"Ispettore! Selma è davvero morta! É morta, povera donna!" urla piangendo la Poltel. "Ispettore, mi creda! Siamo qui per una serie di catastrofici, sfortunati, eventi. Pensavamo che madame Selma avesse bisogno di noi, ora che è rimasta sola, senza che nessuno possa accudirla. Abbiamo trovato la porta aperta e siamo entrati. Nulla di grave!"

"Moret! Moret! Dove sei? Hai dimenticato la porta aperta?" grida Borgan.

"No, Ispettore! Sono certo di averla chiusa con due mandate!" risponde Moret.

"No! Non l'hai chiusa bene! Guarda chi ho trovato! La signora Poltel e il suo fido amico Antoine Brochard che ora, nel vedermi, si nasconde dietro la poltrona. Esca Brochard! Esca subito da lì! Non le faccio niente e non l'arresto, ma esca da quel ridicolo nascondiglio" e rivolgendosi alla donna, dice: "Vi rendete conto che siete su una scena del crimine e l'avete inquinata con la vostra presenza? Vi rendete conto che, per questo, potrei mettervi le manette! Vi rendete conto che siete due pettegoli bugiardi! No! Voi non capite! Per voi la menzogna e la bugia sono come il cappuccino la mattina. Questa è la sacrosanta verità."

"Ispettore! Lasci che le spieghi tutto poi capirà e, naturalmente se lei lo reputa necessario, può fare di noi tutto cio che vuole ma, la prego, mi lasci parlare!" esclama la Poltel mentre Brochard spia dalla spalliera della poltrona senza muoversi.

"Ecco, mi spieghi bene! La ascolto attentamente e, mi raccomando, dica la verità! Finalmente una verità!" dice Borgan, "e non ci faccia perdere tempo! Perché, questa mattina, ho cinque cadaveri da sezionare!" esclama il dottore che ha assistito alla scena.

"Certo Ispettore! Questa mattina ero scesa al pianoterra per mostrare a Brochard dove è stato ritrovato il cadavere di George. Mentre parlavavamo, ho notato che la porta dei Molowksy era aperta e siamo corsi a vedere se la signora Selma avesse bisogno di aiuto. É rimasta sola e, sicuramente, non ha visto in giro suo figlio" narra la donna.

"E, dunque, continui! Senza altre invenzioni!" chiede Borgan.

"Ispettore sono qui! Mi ha detto il capitano Marat che mi voleva parlare! Permesso? Mi scusi!" esclama improvvisamente Baladieu facendosi spazio tra i presenti.

"Baladieu! Taccia, per favore, e mi faccia interrogare la sua degna amica!" esclama Borgan vedendolo accanto a sé.

"Ma lei non è mia amica! É il mio angelo custode!" dice Baladieu, tentando di accarezzare la donna.

"Ispettore! Non ascolti Baladieu! Ascolti la mia confessione! Siamo entrati, c'era buio, abbiamo cercato in ogni stanza e,

finalmente, arrivati qui, abbiamo visto la donna a letto svenuta.
Brochard si è subito prodigato, tentando di aiutarla, e le ha fatto
anche la respirazione bocca a bocca" esclama la donna.
"Che schifo!" dice a denti stretti Baladieu e aggiunge: "Non lo
avrei mai fatto. Avrei preferito farla morire!"
"Baladieu! Non interrompa!" esclama l'Ispettore e, rivolgendosi
alla donna, dice: "Continui!"
"Abbiamo visto che non c'era più nulla da fare. La vecchia era
morta! Morta come uno morto da qualche giorno. Ecco perché
c'era quel cattivo odore in casa! Questa è la verità, Ispettore
Borgan! Glielo giuro su ciò che ho di più caro al mondo."
"Non giurare su di me, ti prego!" dice Antoine uscendo
lentamente dal suo nascondiglio.
"No! Invece lo giuro sul tuo amore, che questa è la verità!"
conclude la Poltel.
"Finito? Avete concluso quest'arringa? Mi avete inondato con le
vostre bugie? Non so che fare di voi! Io già sapevo che Selma
era morta. Ora dovete fare solo una cosa" ordina Borgan.
"Sì Ispettore! Ci dica!" rispondono all'unisono Brochard e la
Poltel.
"Andate via! Sparite dalla mia vista, altrimenti rischiate grosso.
Non fatevi vedere più! Quando, malauguratamente, passerò per
Montmartre, cambiate strada e, se vi capita qualcosa, non correte
al commissariato! Risolvete il problema tra di voi con la morra
cinese. Avete capito? È chiaro?" urla esasperato Borgan ai due.
"Sì, Ispettore! Faremo come dice lei. Grazie, grazie. Io e
Brochard, ora, andiamo a casa e ci rimarremo. Chiuderemo bene
la porta. Questo palazzo sta diventando davvero pericoloso.
Troppi omicidi!" esclama la donna.
"Allora, ragazzi! Incominciate i rilievi e lei, dottore, dia uno
sguardo al cadavere. Sicuramente la donna è morta da qualche
giorno. Moret, al commissariato mi spieghi perchè hai lasciato la
porta aperta" rivolgendosi poi a Bovary: "Venga Bovary, venga

qui che le devo parlare!" esclama l'Ispettore.

"Vengo anche io, Ispettore? Non mi lasci con il morto, non saprei che dirle!" esclama Baladieu. L'Ispettore si tiene a debita distanza da Bovary, conoscendo il suo micidiale bastone.

"Amici! Voglio ringraziarvi per la collaborazione che avete dato alla Polizia. Grazie a voi due siamo riusciti a completare le indagini" dice Borgan e conclude: "Ora potete andare."

"Scusi Ispettore! Ma la polizia non ha messo una taglia? Un regalino? Che ne so, un piccolo omaggio per quelli che danno una mano come noi. Niente! Proprio niente?" chiede Baladieu.

"Baladieu, vada via, la prego, ed evitiamo di incontrarci per strada." conclude Borgan, andando via dalla scena del crimine.

Sono passati alcuni giorni da quando Borgan e Moret hanno scoperto il cadavere di Madame Selma Molosky nel suo appartamento.

La vecchia è morta alla fine della sua lunga e tormentata vita. Nessun giudizio su di lei. Selma è il simbolo di un mondo che, da tempo, è scomparso. Si è sciolto come lo zucchero nel caffè. Mi chiederete: perchè questo esempio? Vi rispondo subito. Quando prendiamo il caffe, afferriamo dal bancone del bar la prima bustina di zucchero che ci capita. Non è la quantità giusta per noi, ma è lì e ci dà la possibilità di sorseggiare immediatamente la tazzina di caffè. Tagliamo con le unghie il bordo della bustina e introduciamo il contenuto nella tazzina. Per un breve attimo vediamo i granuli bianchi galleggiare ma, subito, scendono sul fondo e si mischiano alla bevanda. Come vedete, è un esempio che calza a meraviglia! Così era il piccolo mondo di quella donna anziana. Erano le mura di casa e la lucida follia che l'hanno tenuta in vita, concedendole spesso luoghi, persone e tempo, che non esistevano più nella realtà. Con Selma Molowsky muore un pezzo di Parigi, forse dell'intera Francia, che dovrebbe fare chiarezza con se stessa.

Sopravvissuta a due guerre mondiali non possedeva più nulla se non la passione di George che, ogni minuto della giornata, l'amava perdutamente.

"Tanto era grande il sentimento che legava i due che, quando la donna è morta per ragioni naturali, il figlio non se l'è sentita di seppellirla e perderla per sempre. Dopo aver tentato di immergerla nell'acqua bollente della caldaia, sperando in cuor suo nella migliore conservazione del corpo, ha preferito lasciarla nel suo letto come se dormisse" pensa l'Ispettore Borgan, redando il rapporto finale sul caso e continua: "Quando ero accanto al suo giaciglio, alla luce di tutto ciò che è accaduto e del trambusto che questa storia ha provocato nel mio animo, mi è rimasta una sola considerazione: quanto puzziamo da morti"

**Relazione dell'Ispettore Borgan del XIV Arrodisment:**

L'indagine per la morte della signora Selma Molowsky e di suo figlio George Molowsky è conclusa. Dopo aver interrogato tutti i testimoni e gli affittuari dello stabile al 5 di Rue Muller, denonimato Residence Selma, alla ricerca di prove che escludessero il suicidio e, dopo aver analizzato a fondo tutta le dinamiche e i moventi, posso concludere che, per quanto riguarda la donna, è morta per cause naturali e. per quanto riguarda il figlio, è stata una disgrazia. Il giovane, dovendo trasportare un baule nel deposito posto sul solaio, è inciampato ed è precipitato al pianoterra, sospinto dal peso della cassa, andando a sbattere violentemente con il capo contro la porta dell'appartamento del signor Bovary.

Firma del responsabile:
Ispettore Borgan

I coniugi Oteil bussano alla porta dell'ufficio di Borgan. L'Ispettore che è seduto alla scrivania, vedendoli, si alza in piedi ed esclama: "Buongiorno signori Oteil! Qual buon vento vi porta qui al commissariato? Mi fa piacere, comunque, che siate venuti. Oggi pomeriggio avevo deciso di passare da voi.

"Ne siamo certi, Ispettore. Sappiamo che sarebbe venuto a trovarci a casa, ma siamo persone educate e non potevamo permettere una cosa del genere. La gentilezza ha una strada, il dovere ne ha un'altra" dice Joseph levandosi il cappello.

"Accomodatevi, prego! Un caffè, signora?! E per lei, Joseph? Che ne dice di un cordiale?"

"Sì, un caffè va bene, Mai come ora, è necessario!" risponde l'uomo, sorridendo.

"Grazie Ispettore Borgan! Lei ha una dolcezza nell'esprimersi che non può definirsi semplicemente educazione, lei sa vivere e comprendere. Noi siamo venuti a costituirci" esclama commossa la donna.

I due si accomodano di fronte all'Ispettore. Il poliziotto, dopo aver ascoltato la dichiarazione della Oteil, prende la giacca che è appoggiata sulla sedia alle sue spalle e la indossa. Vuol dare un tono di ufficialità all'incontro.

"Calma signori! Non giungiamo a conclusioni affrettate e poco sagge. É una mia prerogativa stabilire chi è colpevole. Grazie! Allora, miei cari ospiti, io ho completato la relazione a cui, mi dispiace comunicarvi, non è possibile aggiungere null'altro se non la mia firma. Purtroppo ci siamo conosciuti in un momento molto particolare, ma tutta la nostra vita è fatta di momenti particolari, e spesso unici. Pensate, ad esempio, all'amore, quanti tipi di amore esistono al mondo, tanti. Si può iniziare con quello materno. Noi siamo legati al grembo di nostra madre per sempre, fino alla morte. Un sentimento che non ha concorrenti nel suo genere e lo potremmo definire unico. L'amore per la nostra o il nostro compagno, un sentimento forte che lega due esseri umani fino al compimento del destino, a volte per tante decine di anni, rimanendo inossidabile come l'acciaio. Non è il mio caso, perché mia moglie, purtroppo, mi ha lasciato, scegliendo un altro uomo. Pazienza, me ne sono fatto una ragione. Così era scritto nell'albo d'oro del destino. C'è l'amore per i nostri figli. Io ne ho uno che, devo confessare, non è uno stinco di santo ma, nonostante ciò, gli sono accanto, anche quando la vita è dura con lui. Poi abbiamo l'amore per gli amici. Un sentimento forte che lega persone non consanguinee per tutta la vita. Gente estranea che è vicino a noi, alla nostra esistenza quotidiana, alle nostre vittorie e alle nostre sconfitte. Potrei farvi tanti e tanti esempi, fino ad arrivare ad una amore particolare. Vero, Signora Oteil? Lei sola può comprendere ciò che sto per dire. Il sentimento che ci lega a persone che non sono nostri figli, ma è come se lo fossero" dice Borgan, ponderando bene le parole. Sorseggia da un bicchiere d'acqua e continua: "Ora che siete qui e abbiamo affrontato questo argomento, credo che sia giunto il momento di raccontarvi una storia che riguarda tutti: me, voi, il Residence Selma e, se vogliamo, anche gli altri affittuari. Ho avuto modo di conoscerli tutti e bene durante le indagini per la morte della signora Clotilde che, secondo il mio rapporto, si è suicidata lanciandosi dal balcone del signor Baladieu. Uno schizofrenico che sicuramente conoscete" dice ai due, il poliziotto.

"Sì! Lo conosciamo! Un uomo che ha una esistenza molto difficile. Nella sua mente vivono mille contraddizioni, mille affanni e mille pensieri. Ogni cosa, della nostra società, per lui è un problema e non c'è giorno in cui non è preso dallo sconforto. Ma, Ispettore, è una brava persona, non farebbe del male a nessuno" risponde la signora Oteil.

"Lo so signora! Ho studiato a fondo il suo carattere e la sua personalità. Quando accadde la disgrazia alcuni affittuari, insistettero nell'accusarlo del delitto della donna. Ho visto quanto lo odiano, solo per la sua diversità, per quel suo carattere instabile e mutevole ma, dopo essermi fatto un quadro chiaro di ciò che era accaduto, lo scagionai. Il povero uomo che, nel nostro caso, era davvero innocente, si ritrovò a dover combattere su più fronti contro tutti quelli che desideravano lo mettessi in prigione. Ma Baladieu, pur di dimostrare la propria innocenza, scrisse una simpatica e curiosa lettera che portava la firma della suicida, in cui si autoescludeva dalla morte della donna, anzi, elogiava se stesso per il comportamento che aveva avuto con lei nei sette giorni in cui Clotilde era stata sua ospite. Fino a qui è chiaro a entrambi? Io sapevo tutto, avevo capito ogni cosa, ma ero convinto della sua innocenza e non procedetti oltre.

"Sì, Ispettore! É chiaro come l'acqua. Lei ha aiutato Baladieu a uscirne a testa alta, ha dato una mano a quel poverino a salvarlo da false accuse, anche a costo di mentire. Lei ne è uscito con il candore di un uomo d'onore." risponde Joseph Oteil.

"Si! In effetti, l'ho aiutato. Senza incolpare qualcun'altro. Questa è l'essenza della legge! Non bisogna trovare a tutti i costi un colpevole! Arriva il caffè! Prego signora Oteil!"

I tre sorseggiano la bevanda e Borgan, ancora con la tazzina fra le mani, continua la sua narrazione: "Dunque, dicevamo, Baladieu era l'agnello sacrificale di questa macabra cerimonia della caccia all'assassino. Poi c'era la signora Poltel e Brochard, li conoscete? Ho addirittura pensato che, uno di loro, o entrambi, avessero a che fare con la morte di Clotilde, ma restano due microscopici malfattori, incapaci di elevarsi al rango di colpevoli."

"Sì Ispettore! Li conosciamo bene, anche se, le confessiamo di non aver mai pensato che potessero far male al alcuno" aggiunge Joseph.

"Sono due piccole volpi! Anzi, direi, due minuscole canaglie, pronte ad accusare chiunque pur di pettegolare e conoscere i particolari di ciò che accade. Anche nell'ultima indagine non

hanno cambiato strategia! Avevano stabilito che George, e il Povero Baladieu, avessero ucciso Selma Molowsky. Poi, la sferzata del destino, li ha smentiti quando George è morto, in maniera stupida, ma purtroppo morto e Selma, invece, è stata trovata proprio da loro, nel suo letto in deconposizione da tre o quattro giorni. Sto aspettando la relazione del patologo che mi confermerà la morte per cause naturali, provocata dall'età e dai suoi vari acciacchi. Ci sono i Rocher, brava gente. Hanno alcuni atteggiamenti che io detesto come, ad esempio, costringere gli ospiti che vanno a far loro visita a levarsi le scarpe. La somma dei loro comportamenti è sicuramente positiva, anche per la morte di Clotilde che era la madre di Francoise. Infine, il povero Bovary. É una storia a parte. Un uomo mite e caritatevole, con il desiderio di voler essere sempre presente nella vita degli altri e rendersi utile. Per combattere la depressione che gli ha provocato la cecità, ha ancora il senso della vita e cerca di dare una mano a chiunque. A volte senza riuscirci se non addirittura provocando danni. Ahah! E poi..." esclama l'Ispettore Borgan.
"E poi? Ecco che giunge la nostra ora!" afferma la signora Oteil.
"E poi ci sono i Mansard. La coppia di anziani distrutta dal dolore per la morte della loro povera e unica nipote. Ma i Mansard e gli Oteil sono le stesse persone! Con un piccolo aiuto di trucco scenico!" esclama il poliziotto.
"Ispettore! La prego, non metta il dito nella nostra ferita che, nonostante siano passati molti anni, resta sempre aperta e sanguinante. Le sue parole sono vere e giuste, ma George non aveva alcun diritto di rifiutare l'amore semplice, pulito, onesto di nostra nipote. Dopo averla sedotta, quella serpe si rifiutò di sposarla e, la nostra bambina, non riuscì a superare la vergogna che avrebbe bussato alla sua porta e finì per prendere la tragica, che dico, disumana decisione di suicidarsi. George doveva riscuotere il nostro dolore, doveva comprendere che non è possibile distruggere la vita di un altro essere umano, credere di

non dover mai saldare i propri conti. Ecco perché siamo venuti a consegnarci nelle sue buone mani. Siamo pronti a pagare il nostro conto con la giustizia, perché la nostra giustizia è stata fatta" confessa Joseph Oteil, piangendo e poggiando il braccio sulle spalle della moglie. E aggiunge: "Siamo venuti da lei per non annientare il corso della giustizia, ma per renderlo attuabile. Noi non desideriamo pietà, ma solo comprensione. Siamo noi due che abbiamo spinto il baule e lo abbiamo ucciso."

Borgan fissa i due vecchi e, con la mano, accarezza dolcemente quella della donna.

"Voi, invece, siete venuti qui, per salutarmi e prendere un caffè con me. Spero che la sua fragranza non vi abbia deluso. Ora dovete scusarmi, ho molte cose che mi attendono. Addio!" esclama l'Ispettore interrompendo Joseph Oteil, e sorride loro bonariamente.

# Fine

Made in the USA
Middletown, DE
07 February 2022

60691129R00117